W0357075

fragrance P. 72

Secrets intimes

Du même auteur
aux Éditions J'ai lu

Indécente
N° 10077

Les leçons d'une courtisane
N° 10083

LES CÉLIBATAIRES

1 – Lord Scandale
N° 10412

2 – Les tourments des amants
N° 10418

EMMA

WILDES

LES CÉLIBATAIRES – 3

Secrets intimes

Traduit de l'anglais (États-Unis)
par Daniel Garcia

J'AI LU

AVENTURES
&PASSIONS

Vous souhaitez être informé en avant-première
de nos programmes, nos coups de cœur ou encore
de l'actualité de notre site *J'ai lu pour elle* ?

Abonnez-vous à notre *Newsletter* en vous connectant
sur **www.jailu.com**

Retrouvez-nous également sur Facebook
pour avoir des informations exclusives :
www.facebook/pages/aventures-et-passions
et sur le profil *J'ai lu pour elle*.

Titre original
HIS SINFUL SECRET

Éditeur original
Signet Eclipse, published by New American Library,
a division of Penguin Group (USA) Inc.

© Katherine Smith, 2010

Pour la traduction française
© Éditions J'ai lu, 2013

1

L'erreur aurait pu lui être fatale.

Michael Hepburn bondit de côté une seconde trop tard. Il ne put entièrement esquiver le coup de l'individu dont il distinguait la silhouette au clair de lune. La lame trancha l'étoffe de fin brocart et Michael sentit le métal glacé du poignard entailler ses chairs. Malgré la douleur qui lui cisailla le flanc, il décocha un coup de pied bien placé à son agresseur. Celui-ci cria de douleur et recula en titubant sur les pavés luisants. Mais sitôt qu'il eut recouvré son équilibre, il repartit à l'assaut.

Heureusement, cette fois Michael était prêt à le contrer.

Il commença par le cueillir d'un solide coup au visage. Cependant, le manque de visibilité dans cette petite ruelle l'empêcha de bien viser : au lieu d'atteindre le menton, comme il l'avait souhaité, son poing heurta la gorge. L'agresseur lâcha un cri rauque et Michael voulut en profiter pour lui assener un autre coup de pied, directement entre les jambes.

Les combats à la loyale étaient bons pour ceux qui pouvaient se permettre de perdre.

Michael avait appris cette leçon en Espagne. Mourir avec les honneurs était sans doute un sort estimable, mais pour sa part il estimait qu'il était préférable de rester en vie. D'autant que se faire assassiner dans une ruelle londonienne n'avait rien de noble. Au contraire, il était difficile d'imaginer destin plus sordide.

Son assaillant réussit à parer le coup – prouvant ainsi qu'il l'avait anticipé et qu'il était donc habitué à se battre. Mais il glissa sur les pavés et tomba à la renverse. Dans sa chute, son poignard lui échappa. Michael se précipita pour le ramasser. L'autre, comprenant qu'il n'avait plus aucune chance, s'empressa de se relever et de détaler.

S'il n'avait pas senti du sang chaud imbiber ses vêtements, Michael se serait lancé à sa poursuite.

— Damnation ! grommela-t-il, écartant les pans de son veston pour constater les dégâts.

Sa chemise de lin blanc était maculée de sang. La lame avait dû riper sur une côte, et bien que sa blessure saignât abondamment, Michael était convaincu qu'elle n'était pas très grave. Il avait été si souvent blessé qu'il savait d'avance ce qu'il ressentirait le jour où il recevrait le coup fatal.

Cependant, cet incident n'aurait pu survenir à un plus mauvais moment.

Michael tira sa montre de sa poche et l'orienta à la maigre lumière de la lune pour lire l'heure. Il était horriblement tard, mais il ne pouvait pas se permettre de rentrer chez lui dans cet état, au cas où quelqu'un serait encore debout. Ces jours-ci la maison, quoique immense, était pleine à craquer d'invités, parents ou amis.

Par chance, Michael disposait d'une solution de rechange.

Il rejoignit le fiacre qui l'attendait à quelque distance. Il avait en effet préféré recourir à ce moyen de transport plutôt que d'emprunter la voiture frappée des armoiries ducales, qui n'aurait pas manqué d'attirer l'attention dans ce quartier déshérité.

Le cocher, un homme trapu avec une barbe broussailleuse, s'alarma en le voyant approcher. Probablement Michael était-il très pâle.

— Vous avez eu des ennuis, mon gars ?

— Les bandits des rues se montrent de plus en plus audacieux, répondit Michael avec un détachement ironique.

Le cocher, témoignant d'une honorable discrétion, s'abstint de lui faire remarquer que l'heure tardive et le quartier malfamé se prêtaient aux attaques nocturnes.

Après lui avoir donné l'adresse où il souhaitait se rendre, Michael grimpa dans le véhicule et s'assit précautionneusement sur la banquette usée. Il fut un peu secoué durant le trajet, qui heureusement fut court. Leur destination était beaucoup plus cossue que leur point de départ – et, pouvait-on l'espérer, plus sûre. L'adresse en question était une maison de Mayfair et, au grand soulagement de Michael, l'une des fenêtres de l'étage était encore allumée. Il descendit de voiture et paya la course avec un supplément conséquent.

— Soyez gentil de m'ôter de votre mémoire et d'oublier ce que vous avez vu, glissa-t-il au cocher, lui tendant l'argent.

Le cocher hocha la tête, avant de donner à son cheval le signal du départ.

Michael sonna à la porte de l'élégante demeure. Un jeune homme au visage balafré d'une cicatrice lui ouvrit. Il ne parut pas s'étonner de cette visite tardive – du moins, son expression resta impassible. Il portait un peignoir et ses cheveux défaits indiquaient qu'il s'était déjà couché.

— Entrez donc, milord, dit-il, se reculant.

Michael pénétra dans le hall.

— Désolé de vous tirer du lit, Lawrence.

— Mais non, ne vous excusez pas, milord.

Si du sang n'avait pas goutté sur le somptueux dallage de marbre noir et blanc du hall, on aurait pu croire à un simple échange d'amabilités.

— Lady Taylor… ? interrogea Michael.

— Elle est seule pour la soirée, répondit Lawrence avec une pointe d'ironie dans la voix.

Il fixait du regard la chemise ensanglantée de Michael, entre les pans de son veston.

— Parfait.

Au moins, Michael n'avait pas fait intrusion au mauvais moment. Antonia n'évoquait jamais sa vie privée et Michael ne lui posait pas de questions. Mais il la soupçonnait d'entretenir avec Lawrence une relation plus intime que celle de maîtresse de maison à majordome. Quoi qu'il en soit, cette histoire ne le regardait pas. Michael et Antonia étaient associés en affaires, et il avait toujours séparé la vie privée du reste.

— Pouvez-vous lui annoncer ma présence ?

— Je suis sûr qu'elle sera ravie de vous recevoir. Comme toujours.

Malgré sa blessure qui l'élançait, Michael ne put s'empêcher de hausser un sourcil amusé devant le ton vaguement insolent du jeune homme qui tournait déjà les talons. Lawrence n'avait même pas cillé en ouvrant la porte. Il avait pourtant tout de suite remarqué que Michael saignait.

Quelques minutes plus tard, Michael se retrouva allongé dans la chambre d'Antonia. Mais pas sur son lit : la jeune femme avait fait étendre une couverture sur le sol, pour que le sang de Michael ne tache pas son luxueux tapis.

Antonia portait un peignoir de soie qui moulait ses courbes voluptueuses. Elle avait tiré le tabouret en bois doré de sa coiffeuse pour s'asseoir dessus, juste à côté de Michael qu'elle surplombait, une grimace réprobatrice sur les lèvres.

— Je t'avais pourtant recommandé d'être prudent, dit-elle tandis qu'elle lui déboutonnait sa chemise.

— L'un de mes informateurs prétendait détenir des renseignements sur Roget. Je n'ai pas voulu laisser passer cette chance et j'ai accepté son rendez-vous. De toute façon, ce n'est pas là que j'ai été attaqué. Mon assaillant a surgi alors que je regagnais mon fiacre.

— Tu aurais dû t'y attendre. Le quartier est malfamé.

— C'est vrai.

— Et ces renseignements, reprit Antonia d'une voix radoucie, valaient-ils que tu perdes tout ce sang ?

— Non.

— Je vois, dit-elle, une pointe de déception dans ses prunelles noires. Dommage.

Michael redressa les épaules pour l'aider à retirer la chemise, puis il jeta un regard résigné à sa blessure. Elle était assez vilaine et mesurait près d'une vingtaine de centimètres de long. Cependant, malgré la douleur, Michael savait que ce n'était pas très grave. Et il avait connu bien pire.

— Je n'étais pas sur mes gardes, dit-il. Je ne m'attendais pas à une agression. Mon supposé informateur était déjà reparti.

Antonia posa la chemise ensanglantée sur la couverture.

— Ton agression n'avait sans doute aucun rapport avec ce rendez-vous. Le quartier est infesté de vide-goussets.

— Il n'a pas essayé de me voler ma bourse.

— Parce que ta réaction l'a surpris. Il voulait sans doute te tuer, pour ensuite te délester de ta bourse en toute tranquillité.

La fenêtre donnant sur le jardin était ouverte. Un oiseau de nuit perché dans un arbre lança deux ou trois trilles mélodieux, qui parurent incongrus au milieu de cette conversation quelque peu sinistre.

Michael secoua la tête.

— Non. N'oublie pas que je me suis déjà fait agresser la semaine dernière, et dans des conditions analogues. J'aurais dû m'attendre à un mauvais coup. D'ordinaire, mon intuition est plus fine. Mais désormais j'ouvrirai l'œil. Je commençais à penser que Roget avait définitivement disparu. À présent, je ne suis plus sûr de rien.

— Quoi qu'il en soit, nous l'avons encore perdu.

Antonia s'était penchée pour inspecter la blessure. Ses cheveux d'un noir d'ébène cascadaient sur ses épaules. Elle était castillane par ses ancêtres, et ses origines se retrouvaient aussi dans son teint olivâtre. Elle avait un visage aristocratique. Son nez était peut-être un peu trop long, mais cela ajoutait du charme à ses traits. Et ses lèvres étaient pulpeuses à souhait. Antonia possédait assez d'appas pour damner un saint.

Or, Michael ne s'était jamais considéré comme un saint.

Le peignoir de la jeune femme s'entrouvrit une fraction de seconde, et il en profita pour admirer les rondeurs parfaites de ses seins. Il avait beau être blessé, il n'était pas encore mort. Est-ce à dire qu'il la désirait ? Non. Michael et Antonia avaient été amants autrefois, mais ils avaient mis un terme à leur liaison. Cependant, Michael n'en était pas moins homme.

— Tu es quitte pour une belle cicatrice, dit-elle, trempant un linge dans une cuvette d'eau pour nettoyer la plaie. L'éraflure est longue, mais peu profonde. Je vais demander à Lawrence d'aller quérir un médecin.

— Non.

Antonia soupira d'exaspération.

— Quelques points de suture ne te feraient pas de mal.

— Contente-toi de me faire un bandage bien serré.

Michael n'avait aucune envie de voir se répandre la nouvelle que le marquis de Longhaven s'était fait attaquer en pleine rue. Il préférait ne pas attirer l'attention sur lui.

Antonia soupira encore.

— *Miguel*, je...

— S'il te plaît, il est un peu tard pour nous disputer.

Elle hésita un instant, avant de lancer les bras en l'air dans un geste théâtral de reddition.

— Eh bien, faisons comme tu veux, espèce d'entêté.

Antonia fila dans son dressing. Elle en revint avec une camisole de coton, qu'elle entreprit de découper en bandes d'égale longueur au moyen d'une paire de ciseaux. L'idée d'avoir un pansement taillé dans un sous-vêtement féminin aurait dû l'amuser, mais pour l'heure, Michael avait trop mal aux côtes pour se risquer à rire.

Il se redressa, s'asseyant sur la couverture pour faciliter le travail d'Antonia.

— Je me marie dans deux jours, et je vais devoir inventer une histoire pour justifier ce pansement auprès de ma future épouse.

Antonia lui jeta un regard, avant de s'emparer d'une nouvelle bande de tissu.

— Tu comptes vraiment aller jusqu'au bout ? J'avoue que j'ai du mal à le croire.

— Tu veux parler du mariage ? Et pourquoi non ? Nos fiançailles ont été annoncées il y a des mois.

— Cela ne te ressemble pas, Miguel.

Michael soupira de résignation.

— Que cela me ressemble ou non, j'ai l'intention d'honorer ma parole.

— En d'autres termes, tu vas épouser une jeune bécasse insipide pour la seule et unique raison que c'est ce que souhaite ton père ?

— Je préférerais que tu ne traites pas ma future épouse de bécasse.

Michael eut l'impression qu'Antonia serrait son bandage plus fort qu'il n'était nécessaire. Il laissa échapper un grognement douloureux.

— Elle va t'assommer d'ennui.

Il haussa un sourcil.

— Je ne pense pas que sa mission soit de me distraire. J'ai déjà assez de motifs d'excitation dans ma vie comme cela – sans parler du fait que quelqu'un semble désirer ma mort. Mettons de côté ma fiancée pour l'instant, si tu n'y vois pas d'inconvénient. À ton avis, pourquoi m'a-t-on agressé ?

Antonia se tenait si près de lui que Michael pouvait sentir son parfum de rose. Et ses cheveux d'ébène caressaient ses joues.

— Je n'en sais rien, avoua-t-elle. Mais je pense que tu es important pour quiconque a compris qui tu étais.

Qui il était. Michael n'aurait pas su dire qui il était. Sinon un champion du double jeu, passé maître dans l'art du subterfuge.

— Cette agression était peut-être préméditée, avança-t-il, réfléchissant à haute voix.

— Liée à ta détermination à retrouver Roget ? C'est possible.

Michael se caressa le menton.

— Quoi qu'il en soit, je crois qu'il est préférable de prendre tous les paramètres en compte, avant de s'arrêter sur une hypothèse précise.

— N'essaie pas de me berner, je suis persuadée que tu as déjà une hypothèse, objecta Antonia, qui termina son pansement par un nœud. Ces deux agressions à une semaine d'intervalle ont de quoi glacer les sangs. Jusqu'ici, tes agresseurs ont échoué à te tuer, mais il est fort probable qu'ils se livreront à d'autres tentatives, jusqu'à ce que le travail soit terminé.

— J'aimerais autant que tu ne parles pas de ma mort comme d'un travail à accomplir.

Antonia s'esclaffa.

— Alors, propose-moi une autre comparaison.

Michael poursuivit son raisonnement à voix haute.

— L'ennui, c'est que mon premier agresseur n'a pas survécu à la bagarre. Je n'ai donc pas pu l'interroger.

C'était de la légitime défense et, du reste, ce n'était même pas Michael qui avait tué l'homme, mais son cocher. Celui-ci, témoin de l'agression, avait dégainé un pistolet au bon moment. Ou au mauvais moment, en fonction du point de vue selon lequel on se plaçait.

— Que comptes-tu faire ? demanda Antonia qui de toute évidence s'inquiétait de son sort.

— Il a bien failli m'avoir, marmonna Michael.

Heureusement, le clair de lune avait fait briller la lame du poignard et c'est ce qui l'avait sauvé.

Cependant, tout cela ne lui disait pas comment il pourrait justifier son pansement lors de sa nuit de noces. Même les lumières éteintes, à l'abri des couvertures, sa jeune épouse sentirait le tissu du bandage sous ses doigts. La blessure avait beau ne pas être sérieuse, Michael ne pouvait prendre le risque d'ôter son bandage d'ici deux jours, sous peine de voir la plaie se rouvrir.

Et il se voyait assez mal saigner dans les draps du lit nuptial. Comme nuit de noces romantique, on pouvait rêver mieux.

Damnation.

— J'imagine que tu n'as pas de brandy ? demanda-t-il.

L'alcool était moins destiné à calmer sa douleur qu'à lui éclaircir les idées.

Antonia sourit.

— Si, j'en ai. Du brandy de contrebande. Venu tout droit de France. Mais je l'ai acheté à un trafiquant anglais, pour satisfaire mes principes patriotiques.

Elle se releva avec grâce pour se diriger d'abord vers sa table de toilette, afin de laver ses mains tachées de sang. Puis elle s'approcha d'un guéridon portant une carafe de cristal et des verres. Elle en remplit deux et revint, pieds nus, vers Michael de sa démarche irrésistiblement féminine.

— Merci, dit-il, prenant le verre qu'elle lui tendait.

L'arôme de l'alcool lui flatta les narines et il goûta une gorgée, avant d'ajouter :

— J'aurais besoin d'une chemise. Lawrence pourrait peut-être m'en prêter une ? Avec tout le monde qui loge à Southbrook House en prévision de mes noces, j'ai peur que mon retour ne passe pas inaperçu, même à cette heure tardive. En revanche, je vais t'abandonner ma veste pour que tu te charges de la faire nettoyer.

— Tu sais très bien que je suis toute disposée à satisfaire le moindre de tes désirs.

Le sous-entendu sensuel ne pouvait pas échapper à Michael. Antonia avait beaucoup de qualités, mais elle manquait parfois de subtilité.

— J'apprécie ta loyauté à sa juste valeur, répliqua-t-il d'un ton neutre.

— Mais tu es toujours décidé à épouser ta petite ingénue ?

Michael lui coula un regard par-dessus le bord de son verre.

— Oui.

— J'ai délivré votre précieux colis devant sa porte.

Assise près du feu, Antonia leva les yeux.

— Ta jalousie te rend insolent.

Lawrence – à supposer que cela fût vraiment son nom – s'était appuyé avec nonchalance au chambranle de la porte. L'estafilade qui lui tranchait le sourcil gauche avait épargné son œil, mais la cicatrice se poursuivait sur sa joue, jusqu'au menton. Malgré cette marque, Lawrence restait séduisant. À condition, bien sûr, d'aimer les hommes un peu rustres et larges d'épaules. Lawrence n'était en rien comparable au raffiné marquis de Longhaven, mais dans son style il ne manquait pas d'atouts.

— Au moins, j'éprouve des émotions. Je ne pourrais pas en dire autant de lui. J'ai presque été étonné de le voir saigner. J'aurais juré qu'il ne charriait rien d'autre que de la glace dans ses veines.

— Et tu te serais lourdement trompé, répliqua Antonia.

Michael n'avait rien de froid. Au contraire : c'était de la lave en fusion. Mais il est vrai qu'il le cachait bien. Sa personnalité comportait autant de facettes qu'un diamant taillé. Et du diamant, il possédait aussi la dureté.

— Je parierais qu'il a refusé de rester pour la nuit, dit Lawrence.

— Comment sais-tu que je lui ai posé la question ?

— Je lis une certaine déception dans vos yeux, milady. De toute façon, vous le lui demandez toujours.

— Tu es bien impudent.

— Et vous, milady, vous perdez tout sens commun dès qu'il s'agit du marquis.

— Cela ne te regarde pas, décréta Antonia, d'un ton qu'elle aurait voulu plus impérieux.

À cause de la guerre, le destin d'Antonia s'était retrouvé mêlé à celui de Lawrence. Ils étaient arrivés ensemble en Angleterre.

— Vraiment ? fit-il, sans paraître le moins du monde affecté par le ton coupant de la jeune femme.

Elle s'esclaffa.

— Au cas où cela t'aurait échappé, il est arrivé en sang. Une partie de jambes en l'air n'était pas à son programme.

— Cela ne m'a pas échappé. C'est moi qui ai nettoyé les traces de sang jusqu'à votre chambre. J'ajoute que je lui ai donné l'une de mes chemises et que je l'ai raccompagné chez lui.

— Ton efficacité n'est plus à prouver.

C'était vrai. Lawrence était capable de tenir plusieurs rôles dans sa maisonnée – et dans sa vie, d'ailleurs. Qu'il conduise son attelage, qu'il fasse office de valet ou serve ses invités à table, il se montrait toujours d'une parfaite compétence et d'une discrétion louable.

— Dois-je formuler comment j'aimerais en être récompensé ?

Il s'écarta du chambranle pour s'avancer de sa démarche athlétique. Chaque fois qu'elle le regardait bouger, Antonia pensait à un fauve rôdant autour de sa proie.

Il s'était rhabillé le temps de reconduire Longhaven chez lui, mais il avait remis son peignoir aussitôt de retour ici. L'échancrure du vêtement laissait entrevoir un torse solidement musclé. Et ses prunelles brillaient d'une lueur érotique. Lawrence paraissait déplacé, dans l'univers très féminin de la chambre d'Antonia. Sa virilité primaire détonnait au milieu des vases de fleurs, des rideaux effrangés du baldaquin et des tapis persans.

La jeune femme sentit son pouls s'accélérer. Il était difficile de lui résister quand il la regardait ainsi. Du reste, elle n'était pas certaine d'avoir envie de lui résister.

— Il est tard, protesta-t-elle cependant. Je suis fatiguée.

— Vous dormirez après. Vous dormirez *mieux* après.

Elle aurait dû le congédier.

Mais elle s'en sentait incapable.

— Vous savez bien que votre sommeil est meilleur ensuite, insista-t-il d'une voix qui trahissait son propre désir.

Il avait raison. Elle dormait mieux. Mais elle se réveillait pleine de remords de s'être servie de lui pour assouvir un plaisir fugitif.

— Tu n'es pas gentil d'insister, essaya-t-elle encore de protester.

Lawrence lui prit le bras pour l'obliger à se lever, d'un mouvement impérieux même s'il n'était pas brusque. La chaleur de son corps viril se communiqua à Antonia. Et elle sentit la raideur de son désir palpiter contre son ventre.

— Laissez-moi vous aimer, Antonia, chuchota-t-il à son oreille.

Elle capitula.

Ce n'était sans doute pas très surprenant qu'elle n'arrive pas à s'endormir – mais ça n'en était pas moins fâcheux.

Julianne Sutton s'approcha de la fenêtre de sa chambre et tira les rideaux. Le clair de lune se réverbérait sur les toits des maisons voisines.

Deux jours.

Elle était supposée se marier dans *deux jours*.

Un frisson d'appréhension lui glaça l'échine. Pourtant, Julianne savait depuis longtemps qu'elle devrait épouser un jour le marquis de Longhaven.

Elle s'était habituée à la perspective d'un mariage arrangé. D'une certaine manière, elle avait accepté de s'incliner devant ce qui ressemblait à un fait accompli. En revanche, elle n'avait pas prévu que l'identité de son fiancé changerait en cours de route. Si Harry vivait encore, probablement se sentirait-elle moins nerveuse.

Harry et sa bonne humeur coutumière. Harry et ses sourires taquins...

Des coups frappés doucement au battant tirèrent Julianne de sa rêverie.

— Oui ?

La porte s'ouvrit.

— Tu ne dors pas ? demanda une voix masculine d'un ton de moquerie. J'ai vu de la lumière sous la porte. Que fais-tu debout à une heure pareille ?

— Je pourrais te retourner la question, ironisa Julianne alors que son frère aîné entrait dans la pièce, amenant avec lui une odeur de brandy.

Il ne portait plus sa cravate et ses cheveux décoiffés laissaient deviner d'où il sortait. Une fois de plus, Julianne ne put que constater la disparité entre les sexes. Tandis que les jeunes femmes ne pouvaient sortir nulle part sans chaperon, les jeunes hommes étaient libres de leurs mouvements.

— Au moins, ajouta-t-elle, je suis déjà en peignoir, prête à me mettre au lit. Et je ne titube pas.

— Moi non plus, assura Malcolm, se passant une main dans les cheveux. Je reconnais avoir bu quelques verres de brandy en jouant aux cartes, mais je n'ai pas abusé, loin de là. Pourquoi n'es-tu pas encore couchée ?

— Je… réfléchissais.

— Ah. La nervosité prénuptiale.

Il se laissa choir dans un fauteuil. Son costume de soirée, noir, contrastait bizarrement avec le revêtement du fauteuil, tendu de soie couleur pêche.

— J'ai vu Longhaven à notre club, en début de soirée, ajouta-t-il. Il m'a paru parfaitement calme, comme à son habitude. S'il était lui aussi nerveux, il n'en a rien montré.

Julianne n'était pas certaine que son fiancé pût être considéré comme quelqu'un de « calme ». Cela paraissait trop simple. Disons plutôt qu'il contrôlait parfaitement ses émotions. Mais elle n'était pas dupe. Elle savait qu'il possédait une personnalité bien trempée.

— Tant mieux pour lui, marmonna-t-elle, avant de soupirer. J'avoue que j'aurais préféré le connaître davantage. Avec Harry, au moins, je savais à qui j'avais affaire.

— C'était un brave garçon, acquiesça Malcolm, une pointe de regret dans la voix. Foutu destin.

Si Malcolm avait été aussi sobre qu'il le prétendait, il n'aurait pas employé un pareil mot en présence de Julianne. Mais elle souscrivait à son propos – sinon dans la forme, du moins dans l'esprit.

La mort de Harry avait constitué un sinistre coup du sort. À vingt-sept ans, c'était un jeune homme respirant la santé. Mais il s'était brutalement plaint de douleurs dans la poitrine, et il était mort en l'espace de quelques heures. Ses parents, le duc et la duchesse de Southbrook, avaient été anéantis. Ils avaient aussitôt écrit à leur fils cadet, qui se trouvait en Espagne pour combattre les Français, afin de le supplier de rentrer immédiatement. Aurait-il sagement obéi ? Nul ne pouvait le savoir. L'histoire avait décidé pour lui car la guerre s'était terminée au même moment.

Ainsi, Michael Hepburn était revenu à Londres pour prendre la place de son frère aîné. C'est-à-dire devenir le nouveau marquis de Longhaven, le futur héritier du titre ducal... et le fiancé de Julianne. Leurs parents, d'un côté comme de l'autre, avaient insisté pour que cette alliance se concrétise. Le contrat de mariage ayant été rédigé entre Julianne et le marquis de Longhaven, il n'avait même pas été nécessaire de changer quoi que ce soit aux documents officiels.

Julianne avait tenté de plaider auprès de son père : elle ne connaissait pas le jeune Hepburn – elle n'avait que treize ans lorsqu'il était parti guerroyer en Espagne, et il était resté cinq ans là-bas. Mais, contre toute attente, le nouveau marquis de Longhaven avait accepté ce mariage sans rechigner.

Et les fiançailles avaient été annoncées aussitôt la période de deuil terminée.

La mort de Harry remontait maintenant à plus d'un an. Mais Michael Hepburn n'était rentré en Angleterre que depuis six mois, et Julianne ne le connaissait guère plus qu'avant son départ. Poli mais distant, charmant mais énigmatique, il demeurait pour elle un parfait étranger.

— Oui, triste destin, soupira-t-elle avec un chagrin sincère au souvenir du merveilleux jeune homme qu'elle aurait dû épouser.

Les deux frères se ressemblaient beaucoup physiquement – même carrure imposante, mêmes cheveux châtains et mêmes yeux noisette – mais, pour le reste, Harry et Michael n'avaient rien en commun.

Julianne n'était pas experte en hommes, mais elle avait l'intuition que Michael Hepburn était quelqu'un de complexe.

— Harry me manque, ajouta-t-elle. Il riait sans cesse.

Malcolm avait beau avoir bu, il perçut le chagrin de sa sœur.

— La vie nous réserve parfois des surprises, Julianne. Après tout, peut-être n'est-ce pas plus mal que tu épouses le nouveau marquis. J'ai toujours pensé que Harry était un peu trop prévisible pour te convenir. Ce qui n'est vraiment pas le cas de Michael Hepburn. Il est très difficile de savoir ce qu'il a dans le crâne.

Julianne était arrivée à la même conclusion.

Et cela n'était pas pour la rassurer.

Elle frissonna de nouveau.

2

— Il aurait fallu recoudre, commenta Fitzhugh d'un ton de reproche, aussitôt qu'il découvrit la blessure de Michael. La plaie est vilaine.

Michael s'obligea à sourire, bien que sa blessure lui fît souffrir le martyre. Quand Fitzhugh avait défait son bandage, il avait eu l'impression qu'on lui arrachait la peau.

— Je ne voulais pas qu'un médecin aille colporter qu'il avait soigné le marquis de Longhaven pour une plaie à l'arme blanche. J'ai déjà été plus gravement blessé, et tu es bien placé pour le savoir. Alors, cesse de râler et occupe-toi de moi.

Fitzhugh secoua la tête, mais obéit : il nettoya soigneusement la blessure, avant de mettre un nouveau bandage en place. Trapu, le visage buriné par les années, Fitzhugh était un domestique de toute confiance. Il jouait les valets avec la même efficacité que lorsqu'ils avaient servi ensemble dans l'armée de Wellington, Fitzhugh comme sergent, Michael comme colonel.

Quelques minutes plus tard, Michael enfila une chemise et s'ausculta dans le miroir. Rasé de frais et habillé de propre, il semblait parfaitement normal – à l'exception, peut-être, des cernes qui ombraient ses yeux. Il avait mal dormi, en partie à cause de sa blessure et en partie à cause de ce qui l'avait occasionnée.

Deux tentatives de meurtre en une semaine. Une quête qui demeurait inaboutie. Et une nuit de noces en perspective.

Difficile de trouver le sommeil, avec tous ces soucis.

— Qu'allez-vous lui expliquer, col… milord ? demanda Fitzhugh.

Son ancien sergent avait du mal à se déshabituer d'employer son grade. Il avait aussi, et c'était plus fâcheux, une propension à lire dans ses pensées.

— Je ne sais pas encore, avoua Michael, qui termina de nouer sa cravate et se retourna. J'ai pensé lui raconter que j'étais tombé de cheval, mais je crains que même pour un œil inexpérimenté, ma blessure ne passe pour autre chose que ce qu'elle est : le résultat d'un coup de poignard. Quand j'enlèverai mon bandage, la cicatrice prouvera que j'ai menti. Je préférerais débuter mon mariage sur de meilleures bases.

Fitzhugh se retint de rire.

— La jeune dame devra bien s'habituer aux mensonges que vous lui servirez pour cacher vos véritables activités.

Michael ignora sa remarque.

— Il faudra que je trouve autre chose.

Fitzhugh ramassa le peignoir de Michael et alla le ranger dans le dressing. La journée s'annonçait magnifique, un beau soleil matinal éclairait la chambre. Michael n'avait pas pris les appartements de Harry – il se serait senti traître de récupérer tout ce qui avait appartenu à son frère. Il avait déjà hérité de son titre, de sa fortune et de sa fiancée, alors s'installer dans ses murs était hors de question. Il avait donc gardé sa suite, celle qu'il occupait avant de partir en Espagne et dont le mobilier était toujours aussi austère. Les tentures du baldaquin étaient en tissu bleu foncé uni, un tapis crème recouvrait le parquet et s'harmonisait avec les doubles rideaux des fenêtres. Michael avait vingt et un ans lorsqu'il s'était embarqué pour l'Espagne, et à cette époque les questions de décoration intérieure ne le préoccupaient nullement. Il n'avait pas changé, d'ailleurs. Mais Julianne voudrait peut-être refaire leurs appartements. Ou peut-être pas.

Michael connaissait très peu sa fiancée. Cette distance était délibérée, entièrement de sa faute.

Après tout, il se moquait bien de sa fiancée, de ce qu'elle pensait ou de ce à quoi elle pouvait ressembler. Il était de toute façon résolu à l'épouser, dans l'espoir d'atténuer le chagrin de ses parents qui pleuraient toujours leur fils aîné.

Sur le coup, Michael avait été surpris qu'ils lui demandent d'honorer ce mariage arrangé et de prendre la succession de Harry – il ne s'attendait pas du tout à une telle requête. Mais ses années de guerre ne l'avaient pas totalement endurci et il ne s'était pas senti le courage de refuser. Il était donc rentré à la maison et avait docilement pris la place de son frère, jusqu'à accepter d'épouser la jeune femme qui lui était destinée.

Il en éprouverait moins de remords si Harry ne s'était pas amouraché d'elle et n'avait pas autant rêvé à ce mariage.

Les quelques lettres envoyées par son frère ne laissaient hélas aucun doute à ce sujet. Harry lui avait souvent parlé de la beauté de sa fiancée, mais aussi de son intelligence, de son charme, de sa parfaite éducation… Dans sa dernière lettre, qui n'était arrivée en Espagne qu'après sa mort, son frère lui expliquait combien il se sentait chanceux de s'unir à une femme qu'il chérirait en privé comme en public, et qui illuminerait sa vie.

Michael méritait-il de prendre sa place auprès de lady Julianne ?

Il soupira et se passa une main dans les cheveux. La réponse était évidemment négative. Michael ne ressemblait pas à Harry. Son esprit raisonnait par circonvolutions plutôt qu'en ligne droite. Et il avait vu tant d'horreurs, pendant la guerre, qu'il avait fini par s'y habituer.

— Mon mariage ne sera qu'une affaire de complaisance, dit-il à son valet.

Fitzhugh haussa un sourcil – qui grisonnait, à l'image de ses cheveux.

— Pour vous, ou pour elle ? répliqua-t-il avec son franc-parler habituel. Vous continuerez complaisamment de vaquer à vos affaires, tandis qu'elle s'efforcera complaisamment de ne pas remarquer vos cicatrices, vos absences répétées ou vos retours au petit matin. Vous croyez vraiment que ça peut tenir comme cela ?

— Que veux-tu que j'en sache ? Je n'ai jamais été marié, mais la plupart des mariages aristocratiques impliquent un certain détachement entre époux. Surtout lorsqu'il s'agit de mariages arrangés par les parents. Et puis, elle est très jeune. Elle n'a même pas vingt ans.

Fitzhugh fronça les sourcils.

— Où est le rapport ? Elle a des yeux pour voir. Des yeux ravissants, d'ailleurs. Non, colonel, je pense que vous feriez mieux de trouver une explication valable pour justifier votre état, si vous ne voulez pas débuter votre mariage du mauvais pied. J'ai comme l'intuition que vous ne serez pas au meilleur de votre forme, demain soir, pour honorer votre épouse. Et, jeune ou pas, elle pourrait se poser des questions sur votre manque d'enthousiasme à la satisfaire au lit.

— Je doute fort qu'elle soit capable de faire la différence entre une bonne étreinte et une moins bonne, répliqua Michael, avant d'ajouter avec ironie : Mais merci d'avoir toute confiance dans mes prouesses viriles.

Son valet esquissa un sourire.

— Je me doute que vous aurez à cœur de remplir votre devoir conjugal.

— Ah, enfin un peu de loyauté !

Le sourire de Fitzhugh s'élargit.

— Je me fie surtout à ses appas. Lady Julianne est une très belle femme. Mais je suppose que vous l'avez déjà remarqué.

— Je l'ai remarqué, en effet, acquiesça Michael, s'écartant du miroir.

Oui, c'était une très belle femme. Sa somptueuse chevelure acajou encadrait un visage à l'ovale parfait. Quoique svelte, elle affichait des rondeurs appétissantes aux endroits stratégiques, et Fitzhugh avait raison : l'éclat de ses yeux bleu foncé était saisissant. Julianne lui paraissait un peu trop posée pour ses goûts, mais il n'avait pas vraiment eu l'occasion de parler avec elle.

Dans son esprit, elle appartenait toujours à son frère. Et le plus embêtant, c'est qu'elle devait nourrir exactement la même opinion.

Coucher avec la femme que Harry avait désirée pour lui-même semblait à Michael la pire des trahisons. D'un autre côté, ses parents avaient surmonté leur chagrin pour se consacrer à ce mariage. Sa mère, en particulier, s'était étourdie dans les préparatifs de la noce avec une parfaite exubérance, et elle ne faisait pas mystère de son envie de voir arriver le plus vite possible des petits-enfants.

Mais le dilemme de Michael était encore aggravé par cette agression dont il avait été victime.

— Je pourrais peut-être tout simplement lui dire la vérité ? reprit-il. À savoir que quelqu'un m'a agressé alors que je rentrais d'un rendez-vous. Et que j'ignore aussi bien l'identité de mon agresseur que son mobile, mais que j'ai réussi à me défendre et qu'il s'est enfui. Enfin, que j'ai gardé le secret pour ne pas inquiéter inutilement ma mère à la veille de mon mariage. Qu'en penses-tu ?

— D'ordinaire, vous n'optez jamais pour la vérité, répondit Fitzhugh qui semblait à la fois sceptique et amusé.

— J'ai bien peur, cette fois, de ne pas avoir le choix. Quant à ma mère, c'est parfaitement exact : elle n'a pas eu beaucoup d'occasions de se réjouir, depuis un an. Julianne comprendra que j'aie préféré ne pas ébruiter l'incident, pour ne pas causer de soucis à mes parents. Elle doit toujours pleurer Harry, et elle sait donc très bien ce que représente ce mariage pour eux.

— Certes. Mais vous pleurez vous aussi votre frère, monsieur. Sinon, vous n'auriez pas accepté d'épouser cette fille.

Fitzhugh disait-il vrai ? Michael ne s'était jamais vraiment posé la question. Mais son valet possédait un redoutable don de clairvoyance.

— J'aurais dû me marier tôt ou tard. Alors, pourquoi pas avec elle ? Tout était prêt.

— Justement, monsieur. Cela ne vous ressemble pas de vous plier à ce qui est prévu. Vous avez toujours préféré choisir votre propre voie.

C'était vrai. Cependant, Michael s'obligea à répondre, d'un ton neutre :

— Outre qu'elle est ravissante, elle ne m'a pas donné l'impression d'être de ces jeunes femmes trop gâtées dont la bonne société regorge. Et au moins, je ne serai plus importuné, dans les réceptions, par les matrones qui cherchent à me mettre leurs filles dans les pattes. Mes meilleurs amis sont mariés, à présent. J'étais le dernier célibataire de la liste.

Mais ses amis s'étaient mariés par amour. Alex St. James et Luke Daudet, ses frères d'armes, avaient trouvé la femme idéale.

Tout le monde n'avait pas leur chance. Michael se marierait d'abord par devoir. Toutefois, son sacrifice ne serait pas énorme. Comme il l'avait fait valoir à son valet, Julianne était une fiancée tout à fait convenable.

— Mon tour est venu, ajouta-t-il. Et le statut matrimonial offre certaines libertés.

Fitzhugh s'esclaffa si fort que son rire résonna dans la pièce.

— Des libertés ? Nous en reparlerons dans six mois, colonel.

La différence de maturité entre les boutons de fleurs des orchidées roses et des orchidées blanches n'intéressait pas vraiment Julianne. La jeune femme n'écoutait que d'une oreille distraite sa mère et la duchesse de Southbrook parler d'arrangements floraux. Toute son attention était concentrée sur la boule qui lui nouait l'estomac.

L'élégant petit salon lui paraissait trop exigu. Julianne étouffait, malgré les fenêtres ouvertes qui laissaient pénétrer une légère brise. À l'extérieur, le soleil brillait dans un ciel d'un bleu azuréen. Un pareil temps avait de quoi rendre de bonne humeur, mais elle se sentait écrasée par le poids du destin.

C'était pour demain.

Que Dieu me vienne en aide...

Elle n'avait pourtant pas d'objections fondamentales à épouser Michael Hepburn. Après tout, il était bel homme, riche et titré. Il possédait les principaux atouts qu'une jeune femme était en droit d'espérer de son futur mari. Mais Julianne avait l'intuition que la position de son fiancé envers ces noces était aussi ambiguë que la sienne.

Et c'était logique. Il s'était retrouvé, comme elle, embrigadé dans un mariage désiré par leurs familles respectives. Si...

— Julianne ?

Elle fut brusquement tirée de sa rêverie.

— Je... Je suis désolée, bredouilla-t-elle, voyant les deux visages qui la regardaient avec curiosité. De quoi parlions-nous ?

La duchesse était une femme plutôt petite, avec les mêmes cheveux châtains que son fils. Elle eut un geste de mansuétude et sourit.

— Votre distraction est bien naturelle, ma chère. Je parierais que mon fils est dans le même état que vous. Ce matin, il est apparu en coup de vent au petit déjeuner, et il est reparti le ventre quasiment vide.

Julianne hocha poliment la tête. Elle avait du mal à imaginer le distant marquis, toujours si maître de ses émotions et si posé dans ses mouvements, faire une apparition « en coup de vent ». L'image lui semblait si incongrue que pour un peu, elle en aurait souri.

La duchesse se leva.

— Il ne nous reste plus beaucoup de temps avant la cérémonie, dit-elle. Je vous laisse. Vous me ferez savoir ce que vous avez décidé pour les fleurs.

Quelles fleurs ?

Ah oui, les orchidées. Julianne rougit légèrement.

— Bien sûr, Votre Grâce.

La duchesse lui tapota affectueusement la joue.

— Tout ceci me rend très heureuse. J'ai hâte d'être à demain.

Elle ne mentait pas. La duchesse rayonnait littéralement à la perspective de marier son fils.

Après son départ, Julianne offrit un sourire contrit à sa mère.

— Je n'avais pas vraiment l'oreille à votre discussion parce que la couleur des fleurs ne me passionne guère.

— Mais tu es censée avoir un avis sur la question, fit valoir sa mère, qui but une gorgée de thé et reposa sa tasse d'un geste résolu. Puisque nous sommes seules et que les prochaines heures vont passer comme un éclair, je pense que nous devrions en profiter pour parler de ton mariage.

Julianne se retint de soupirer. Ces derniers temps, elle n'avait pas souvenir d'une seule discussion qui n'avait pas tourné autour de son mariage.

— Vous vous êtes occupée de tout, mère. À part l'état de maturité des boutons d'orchidées, je ne vois pas quel détail aurait pu vous échapper.

Sa mère avait toujours manifesté de l'affection pour elle. Et leur proximité s'expliquait aussi par le fait qu'elle était la seule fille de la famille. Elles avaient cependant des personnalités très différentes. Julianne aimait la lecture et la musique, alors que sa mère privilégiait les relations sociales et la vie mondaine. Julianne avait compris depuis longtemps que cette alliance avec le fils d'un duc était très importante aux yeux de ses parents. Elle comblait sa mère de joie et, par conséquent, elle ravissait son père.

— Nous devons discuter de ta *nuit de noces*, précisa sa mère avec une note de résignation dans la voix.

La question des devoirs conjugaux intriguait bien sûr Julianne. Mais elle s'était efforcée de la chasser de son esprit. Car chaque fois qu'elle y pensait, elle voyait se matérialiser un homme à la carrure impressionnante et au regard hypnotisant, qui à partir de demain soir aurait le droit de faire d'elle tout ce qu'il voudrait.

— Très bien, concéda Julianne sans enthousiasme.

Elle se redressa sur son siège – un sofa tendu de brocart – et essuya discrètement ses paumes, un peu moites, sur ses jupes.

— Je veux que tu sois préparée à ce moment afin que tu n'aies pas peur, expliqua sa mère. Le marquis est un homme qui a déjà beaucoup vécu. Il s'attend à une certaine attitude de ta part.

Apparemment, tout le monde s'inquiétait que Julianne puisse satisfaire son mari sur tous les plans. En revanche, personne ne semblait se soucier de savoir s'il lui plaisait ou non.

— Très bien, dit-elle, sans chercher à dissimuler son irritation.

Sa mère hésita. Elle arrangea ses jupes pour se donner une contenance.

— Je suppose que tu es consciente que tu devras partager le lit de lord Longhaven ?

Julianne savait probablement plus de choses que ne se doutait sa mère. Les jeunes filles parlaient entre elles – et c'était tant mieux car les adultes, en particulier les mères, se gardaient bien d'évoquer le sujet de la sexualité en leur présence.

Il y eut un nouveau silence, comme si sa mère avait besoin de récupérer de son audace d'avoir mis la question sur le tapis. Julianne s'abstint de voler à son secours.

— Il voudra te toucher à certains endroits, reprit finalement sa mère. Sans doute voudra-t-il même t'ôter ta chemise de nuit. Tu devras le laisser faire, et te plier à ses autres désirs. Ensuite, il est possible qu'il se retire dans sa chambre, mais il pourrait aussi décider de rester avec toi. Le choix lui appartiendra.

L'inégalité flagrante entre hommes et femmes, dès qu'il s'agissait de décider de quelque chose, insupportait Julianne.

— J'ai peur que ce ne soit pas très drôle, si je n'ai pas mon mot à dire.

— Tu n'auras pas ton mot à dire, confirma sa mère d'un ton sec. C'est ainsi que marche le monde, et cela de toute éternité. N'oublie pas que tu devras lui donner les héritiers qu'il est en droit d'attendre. Je comprends que ce ne soit pas plaisant, mais si tu accomplis ton devoir sans te plaindre, tout se passera bien.

Quelle réjouissante perspective ! songea Julianne avec ironie. Sa nuit de noces promettait d'être un moment inoubliable.

— Si c'est un devoir si pénible, pourquoi certaines femmes trompent-elles leur mari ?

Sa mère ne s'attendait visiblement pas à une telle question. Elle se resservit du thé, pour se donner le temps de répondre.

— Il serait plus convenable que tu ne prêtes pas l'oreille aux ragots les plus sordides.

— Je préférerais une franche explication. Certaines femmes doivent bien apprécier de coucher avec un homme, sinon elles ne courraient pas le risque d'un scandale en prenant un amant. Et pourquoi serait-il sordide de parler du lit conjugal ?

— Julianne.

Julianne ne fut pas surprise par cette rebuffade. Elle aimait beaucoup sa mère, mais celle-ci n'était pas douée pour la conversation, dès lors qu'on s'écartait des potins mondains ou des questions de mode. Cette discussion devait la mettre très mal à l'aise.

— J'espère simplement qu'on se sent quand même un peu supérieure à une jument envoyée à la saillie, se défendit Julianne.

— Mais bien sûr, assura sa mère.

Elle porta sa tasse à ses lèvres et but une gorgée, avant d'ajouter :

— Contente-toi de faire ce qu'il te demandera, et vous pourrez espérer vivre en parfaite harmonie. Au fond, c'est assez simple.

Julianne doutait fort que quoi que ce soit pût être simple avec le marquis de Longhaven. Avec Harry, oui.

Comprenant qu'il était inutile de poursuivre cette conversation, elle se leva et embrassa sa mère sur la joue.

— Merci de vos conseils.

Sa mère lui sourit. Elle semblait soulagée d'un grand poids.

— Tu feras une merveilleuse épouse. Ton mari sera enchanté.

Michael Hepburn, enchanté ? Julianne avait l'intuition qu'il faudrait déployer beaucoup d'efforts pour obtenir un tel résultat. Une belle robe de mariage et une cérémonie réussie ne suffiraient pas. Elle était convaincue que son fiancé n'était pas plus « enchanté » qu'elle par ce mariage, mais qu'il s'y était, lui aussi, *résigné*.

Ce n'était guère encourageant. Deux fiancés résignés à leur sort pouvaient-ils espérer former un couple digne de ce nom ?

— Je vais me reposer un peu dans ma chambre, mentit Julianne, après un regard à la pendule qui lui avait rappelé que chaque minute qui s'écoulait était désormais importante.

Demain, elle serait mariée.

Mais pour aujourd'hui, elle avait un autre projet en tête. Elle n'était pas encore lady Longhaven, et elle entendait se rendre à un certain rendez-vous.

C'était sa dernière nuit de célibataire, et il la passait sur un quai désert, trempé jusqu'aux os par la bruine insidieuse qui pénétrait ses vêtements.

Une silhouette émergea soudain du brouillard. Michael, tous ses sens en alerte, la regarda s'approcher.

— Bonsoir, Longhaven.

— Hello, Charles.

— Quel temps de chien.

— En effet. Hier soir, il faisait meilleur, mais il pleuvait autre chose, ironisa Michael, que sa blessure faisait toujours souffrir. Je me suis fait agresser après mon rendez-vous.

Son interlocuteur fronça les sourcils.

— Agressé ? Encore ?

— Oui, encore.

— Vous n'avez pas l'air de mal vous porter.

— Si c'est un compliment pour mon courage, je vous en remercie.

Charles Peyton s'esclaffa. Mais un rayon de lune éclaira son visage et Michael vit qu'il semblait soucieux.

— J'en déduis, dit-il, que vous êtes arrivé à la conclusion que votre première agression ne devait rien au hasard ?

— Je porte au flanc la marque d'un poignard qui ne peut qu'étayer ma théorie selon laquelle quelqu'un veut ma peau.

— Votre agresseur a pu s'échapper ?

Michael ne s'étonna pas que Peyton ne manifeste pas davantage de sollicitude pour sa blessure. Après tout, ses activités comportaient une part de danger.

— Celui d'hier soir, oui.

— Tout cela est bien curieux, vous ne trouvez pas ?

Michael était de son avis.

— J'ai peur que la sécurité de notre organisation ne soit compromise. Nous ne pouvons plus écarter la possibilité qu'il y ait un traître parmi nous, qui monnaye certains renseignements. Les deux fois où je me suis fait attaquer, je revenais d'un rendez-vous avec un informateur. Londres n'est certes pas la ville la plus sûre du monde, mais deux agressions en un laps de temps aussi court m'incitent à penser qu'il y a derrière tout cela quelqu'un de parfaitement au courant de mes allées et venues. La question, maintenant, est de savoir qui. Et pourquoi.

— Difficile à dire, répondit Peyton, qui ne manifestait pas plus d'émotion qu'à l'ordinaire. Comment comptez-vous enquêter ? Et quand connaîtrai-je les résultats de vos recherches ?

— Bon sang, Charles. Je me marie demain. Il serait bon que je manifeste un minimum d'attention à mon épouse. Accordez-moi quelques jours. Et dois-je vous rappeler que *vous* étiez supposé me donner des informations, et non le contraire ?

— J'avoue que je suis intrigué par ces nouveaux développements. Si j'apprends quelque chose d'intéressant, je ne manquerai pas de vous en faire part, mais je compte sur vous pour me rendre la pareille. Cela dit, je comprends que votre mariage ait la priorité pour l'instant. D'autant que je suis invité.

Comme une grande partie des membres de la bonne société londonienne. Outre qu'il avait été distingué pour services rendus à la Couronne, sir Charles était le beau-frère du duc de Rothay et il descendait lui-même d'une très respectable lignée aristocratique. Michael grinçait des dents à l'idée de la cérémonie fastueuse qui l'attendait demain. Pour sa part, il n'avait aucun goût pour les grandes réceptions où se pressait une foule d'invités. Sans compter qu'il devrait veiller à ce que personne ne remarque sa blessure.

À ce propos, il n'avait toujours pas trouvé d'explication valable à donner à sa future épouse, lors de leur nuit de noces.

Une rafale de vent charria soudain de grosses gouttes de pluie qui lui cinglèrent le visage. Il hocha la tête.

— Je serai ravi de votre présence, Charles. Mais assez parlé de mon mariage pour ce soir. Je ne vous cache pas que j'ai grand plaisir à être en vie, et que j'aimerais le rester. Vous êtes sûr que vous n'auriez pas une petite piste, susceptible d'orienter mes recherches ?

— Vous êtes un homme plein de ressources, Longhaven. Je suis convaincu que vous trouverez une solution. Et à défaut d'autre chose, je peux toujours vous offrir mon aide si vous en avez besoin. Vous n'aurez qu'à me contacter par le canal habituel.

Michael savait qu'il ne pouvait pas en espérer davantage, aussi hocha-t-il de nouveau la tête en signe d'acquiescement. Dès qu'il avait compris, après sa deuxième agression, qu'il était personnellement visé, il avait aussi compris qu'il devrait se tirer tout seul d'affaire. Peyton répugnait à s'impliquer de manière trop visible. Il était la poutre qui soutient le pont mais qui reste cachée par la maçonnerie.

Ils se séparèrent, repartant dans des directions différentes avec la même discrétion qu'ils s'étaient rejoints.

Même s'ils fréquentaient les mêmes cercles mondains, Michael et Charles évitaient d'être vus trop souvent ensemble, pour ne pas éveiller la curiosité.

Michael n'avait pas envie de rentrer chez lui. Southbrook House était envahie d'invités accourus pour le mariage. Même s'il était disposé à se montrer le plus urbain possible pour la cérémonie de demain, il ne se sentait pas le courage, ce soir, d'affronter une armada de vieilles tantes et de cousins éloignés.

Il partit donc pour son club.

Un repas suivi de quelques verres de brandy, savourés dans une atmosphère intime, lui paraissait un programme plus alléchant.

Alors qu'il tendait son manteau à un domestique, il ne put s'empêcher de penser que Harry aurait passé différemment sa dernière soirée de célibataire. Son frère aîné aurait débordé de bonheur. Et le lendemain, au lieu d'aller devant l'autel à reculons, il s'y serait précipité, pour avoir ensuite la joie de serrer son épouse contre son cœur.

Excepté par le physique, Michael ne ressemblait pas du tout à son idéaliste de frère. Et il se demandait si la ravissante lady Julianne était consciente de l'étrange cadeau que lui avait réservé le destin. Au lieu d'épouser un homme qui n'aurait cherché qu'à la combler, qui se serait conduit en mari idéal et aurait fait un merveilleux duc, elle hériterait d'un époux résigné qui traînait derrière lui quelques secrets peu reluisants. Et qui, en outre, n'avait aucun goût particulier pour les titres pompeux et les fastes de la bonne société.

En d'autres termes, lady Julianne s'était fait rouler.

— Nous sommes mieux ici que sous la pluie, n'est-ce pas, Longhaven ? Viens donc te joindre à nous si le cœur t'en dit. Nous parlions justement de toi. Nous nous demandions si tu viendrais ce soir.

Michael se tourna vers celui qui l'avait interpellé. Luke Daudet, vicomte Altea, était assis à une table, un verre de whisky posé devant lui. Il souriait. Son compagnon, lord Alex St. James, semblait partager son amusement. Ses cheveux noirs étaient un peu trop longs pour satisfaire aux diktats de la mode, mais lord Alex ne s'était jamais soucié des conventions.

Si Michael pouvait s'enorgueillir de posséder quelques vrais amis, ces deux-là arrivaient en tête de liste. Cependant, il aurait préféré ne pas les voir ce soir. St. James et Luke s'étaient récemment mariés. Le premier avec la fille d'un comte, une beauté qui attendait leur premier enfant. Et Luke s'était uni à une ravissante veuve, qui s'apprêtait également à embrasser les joies de la maternité. Les deux hommes se disaient ravis de leur statut matrimonial, et d'être bientôt pères de famille. Michael devinait qu'ils voudraient encore lui parler de leur bonheur, et c'était précisément le genre de conversation qu'il souhaitait éviter comme la peste.

Bon sang ! S'il avait eu envie de discuter mariage, il lui aurait suffi de rentrer chez lui et d'endurer le bavardage enthousiaste de ses tantes.

Mais Luke et St. James étaient de bons camarades. Aussi Michael prit-il le siège qu'ils lui proposaient.

— Je vous croyais tous les deux à la campagne ?

Luke lui décocha l'un de ses sourires irrésistibles. Blond aux yeux clairs pailletés d'argent, il incarnait à la perfection les canons de la beauté classique. Ses prunelles pétillaient d'amusement.

— Je te rappelle que nous sommes invités demain à un certain mariage. Madeline avait rendez-vous cet après-midi pour essayer la nouvelle robe qu'elle a commandée spécialement pour l'occasion.

Michael soupira intérieurement et chercha des yeux un serveur.

— Amelia n'aurait pas voulu rater ça, malgré sa grossesse de plus en plus visible, renchérit Alex. Elle veut que nous prenions place au fond de l'église. Je n'ai pas eu le cœur de lui dire que cela n'empêchera pas les gens de s'apercevoir de son état. Mais si ça peut la rassurer... Plus son ventre s'arrondit et plus je la trouve belle.

Michael hocha distraitement la tête. Les femmes enceintes n'étaient pas son fort. Où diable étaient passés ces maudits serveurs ?

Luke lui offrit son verre de whisky à moitié vide.

— Tu as un drôle d'air, dit-il. Prends mon verre, en attendant que le tien arrive. J'ai commandé pour toi.

Michael accepta le verre, et il avala une si grande rasade qu'il manqua s'étouffer.

— Quel drôle d'air ? demanda-t-il d'une voix rauque.

— L'air de quelqu'un pris au piège, répondit Alex. Luke a raison, tu n'es pas dans ton état normal. On jurerait que tu t'apprêtes à monter sur l'échafaud. Ou alors, que quelqu'un veut ta peau.

Il s'esclaffa. Quelqu'un voulait en effet sa peau. Mais c'était sans rapport avec son mariage.

— Épargnez-moi vos remarques, s'il vous plaît. Je ne suis pas d'humeur à supporter vos sarcasmes. En revanche, le whisky est bienvenu.

Luke s'installa plus à son aise dans son siège.

— Si je comprends bien, tu es venu te cacher ici pour éviter d'être importuné par ceux qui voudraient te féliciter d'avance. J'ai réagi pareillement, la veille de mon mariage, et pourtant nous n'avions prévu qu'une cérémonie très intime. Tes noces, à l'inverse, promettent d'être grandioses. Mais je ne me souviens pas de t'avoir jamais vu paniquer.

Michael hocha la tête.

— Parce que je n'ai jamais été confronté à pareille épreuve. Je crois que je préfère encore affronter une division de soldats français à moi tout seul, plutôt que d'endurer le bavardage de mes vieilles tantes. Ou de supporter les pompes de la cérémonie prévue par ma mère.

Alex éclata de rire.

— Je peux te comprendre. C'est d'ailleurs pourquoi j'ai préféré, moi aussi, me marier en toute discrétion. Mais demande à mon frère John, qui n'a pas eu cette chance : ça finit par passer. Ce n'est pas pire qu'une indigestion.

— Merci, répliqua Michael avec un sourire ironique.

— Ta future femme est ravissante, fit valoir Luke. Madeline me l'a montrée un soir, à une réception.

— Oui, convint Michael, avant d'avaler une autre gorgée de whisky.

L'alcool l'aidait à surmonter la douleur occasionnée par sa blessure. Malheureusement, il ne lui permettait pas d'effacer l'image souriante de son frère aîné, et son sentiment croissant de culpabilité. Il avait beau savoir qu'il n'y était pour rien, et que sa réaction était irrationnelle, il ne pouvait s'empêcher de se sentir de plus en plus mal à l'aise. Il avait toujours su qu'étant le fils cadet, il ne pourrait hériter du titre de marquis. Mais le titre lui était finalement échu, et il l'avait accepté. Julianne, en revanche, c'était une autre histoire. Harry en avait été amoureux.

— Tu survivras, assura Alex, qui contemplait son verre.

— J'ai certainement connu pire, marmonna Michael. Hier soir, par exemple. Puisque vous êtes là, et que j'apprécie votre opinion, j'aimerais avoir votre avis sur une question un peu délicate.

Luke haussa un sourcil.

— Quel genre de question délicate ?

— J'ai quelque chose à cacher à ma femme.

St. James faillit s'étrangler avec son whisky. Il s'éclaircit la voix, avant de demander d'une voix sardonique :

— Une seule chose ? J'aurais pensé que tu lui dissimulerais des dizaines de secrets. Par exemple, que tu étais l'un des meilleurs espions de Wellington, et que tu n'as pas pris complètement ta retraite.

— C'est justement en rapport avec mes activités.

— J'avoue que je ne suis pas franchement surpris.

— Je suis ravi que cela semble t'amuser, mais ça n'a rien de drôle, rétorqua Michael. J'ai eu un petit problème.

— Petit ?

— Pas si petit que ça, en vérité. Vingt centimètres de long.

— Peux-tu préciser ?

— J'ai reçu un coup de poignard dans les côtes.

S'il avait voulu susciter leur attention, il y avait parfaitement réussi. Ses deux amis le regardèrent un moment avec consternation, puis Luke murmura :

— Nous devrions peut-être commander une bouteille entière de whisky, avant que tu ne nous racontes toute l'histoire.

— La bouteille est une bonne idée. En revanche, je ne peux rien vous expliquer. Je ne sais même pas pourquoi j'ai été agressé. Mais ce n'était pas la première fois. Et hier soir, mon assaillant m'a laissé un fâcheux souvenir de sa visite.

— C'est vraiment vilain ?

— Assez vilain pour que je ne puisse pas cacher mon pansement.

— Je vois, fit Luke après un silence. Pour résumer, tu as été une fois de plus blessé en travaillant au service de la Couronne, mais toi d'ordinaire si habile à trouver des ruses, tu ne sais pas quelle justification donner à ta future épouse, c'est bien cela ? Hmm, je vais réfléchir à la question. Mais j'ai un souci plus immédiat : quelles sont les mesures prises pour assurer ta sécurité ?

Michael lui sourit.

— Tu connais très bien le règlement concernant les agents secrets. Officiellement, la guerre est terminée. Nous ne sommes donc même plus censés exister.

— En d'autres termes, intervint Alex qui caressait son verre désormais vide, c'est à toi de découvrir qui en veut à ta vie.

— Je ne suis pas entièrement seul, objecta Michael qui songeait à Lawrence et Antonia, mais aussi à d'autres collègues.

— Si nous pouvons faire quoi que ce soit…

— Oh, vous pouvez. Vous êtes tous les deux mariés. Alors, aidez-moi à trouver une histoire pour justifier que je porte un bandage en travers du torse. Il me reste vingt-quatre heures avant que le couperet ne s'abatte sur moi.

À cette heure de la soirée, les conversations autour des tables se faisaient à voix presque basse. Un parfum de tabac et de brandy flottait dans l'air. Le serveur leur apporta la bouteille de whisky commandée par Luke et s'éclipsa discrètement.

Luke remplit son verre. Quand il releva les yeux, ce fut pour fixer Michael.

— Je ne sais pas trop quoi te dire, sinon une chose : ne lui mens pas.

— Il a raison, approuva Alex.

Michael serra les mâchoires.

— Je n'ai pas pour habitude de raconter des mensonges.

— Non, en effet. Par contre, tu es passé maître dans l'art de détourner une conversation qui te gêne. Mais cette fois, c'est différent. Lady Julianne sera ta femme. La mère de tes enfants. Je sais que mon raisonnement peut paraître simpliste, mais puisqu'elle est appelée à partager ta vie, il serait bon qu'elle partage aussi tes secrets. Tu ne penses pas ?

Alex n'avait jamais su, ou voulu, maîtriser les faux-fuyants. C'est pourquoi il s'était révélé un excellent soldat. En revanche, il aurait fait un très mauvais espion.

Cependant, la guerre était à présent terminée, du moins dans le sens où les gens l'entendaient généralement. Michael était conscient que ses secrets représentaient un fardeau. Il ne les avait jamais partagés avec qui que ce soit, et certainement pas avec une jeune femme qu'il connaissait à peine.

Il termina son verre.

— À t'entendre, on jurerait qu'il s'agit d'une question de vie ou de mort.

— Tu t'en tireras, assura Luke.

En tant qu'ancien aide de camp de Wellington, celui-ci excellait davantage dans l'art du compromis.

Mais de quoi se tirerait Michael ? De son mariage, ou des tentatives d'assassinat perpétrées contre lui ? Ces deux épreuves lui semblaient aussi menaçantes l'une que l'autre.

Il reposa son verre d'un geste résolu.

— C'est bien mon intention.

3

Le parfum des fleurs embaumait l'air, et même le temps s'était mis de la partie. La pluie avait finalement été chassée par un merveilleux soleil. Du coup, il faisait presque trop chaud dans l'église, et les femmes agitaient leurs éventails de mouvements languides. La nef était pleine à craquer. Les invités, sur leur trente et un, n'auraient voulu manquer pour rien au monde l'événement de la saison mondaine. Car le mariage de l'héritier du duc de Southbrook réunissait tous les ingrédients pour alimenter les gazettes. La tragédie qui avait propulsé un fils cadet sous les lumières ajoutait une touche romantique à son personnage de héros de la guerre.

Antonia comprenait la réaction des gens, même si elle savait qu'il n'y avait rien de romantique là-dedans. Si seulement ils se doutaient de la vérité ! Oh, certes, Michael était un héros – et plus encore qu'on ne le pensait. Sur ce point, le doute n'était pas permis. Mais son héroïsme ne s'était pas manifesté sur les champs de bataille.

Non, Michael s'était montré vaillant d'une autre façon. S'il savait se servir de son épée, il savait encore mieux se servir de son cerveau, et ses victoires, il les avait gagnées par la ruse. Antonia était bien placée pour le savoir : sans son intervention, elle ne serait plus en vie aujourd'hui.

Enfin, ce n'était pas totalement exact. Elle n'aurait peut-être pas perdu la vie. Mais son ancienne existence, en Espagne, avait connu un brutal coup d'arrêt. Et sans l'aide de Michael, elle n'aurait pas pu « ressusciter » ici, en Angleterre, avec la même détermination à combattre l'anarchie et les envahisseurs étrangers.

Sauf que là, elle avait perdu une importante bataille.

Je suis une belle idiote... songea-t-elle.

Et encore, le qualificatif d'idiote paraissait faible : elle s'apprêtait à assister au mariage de l'homme qu'elle aimait ! Antonia pouvait se reprocher certaines bêtises dans sa vie, mais celle-ci était de loin la pire.

Il était étrange de penser qu'à un moment de son existence, elle avait craint de ne plus jamais rien ressentir. Et que maintenant, elle se découvrait « guérie » à cause de cette histoire de mariage. Elle s'était crue morte de l'intérieur, mais elle s'était trompée. De toute évidence, son cœur contenait encore assez d'émotions pour lui inspirer une passion – hélas non réciproque – pour un homme encore plus blasé qu'elle-même. Et pour l'emplir d'un désir condamné à demeurer inassouvi.

Pourtant, elle était venue jusqu'à l'église. Sans doute s'était-elle imaginé qu'assister à la scène l'aiderait à faire le deuil de sa relation avec Michael. C'était le chapitre final. La cérémonie terminée, le livre se refermerait pour ne plus jamais se rouvrir.

Michael se tenait devant l'autel, très digne et semble-t-il très détendu. Son costume gris, parfaitement coupé, aurait pu paraître terne s'il n'avait été « égayé » par un gilet noir et une cravate blanche – l'ensemble ainsi formé se révélant d'une élégance irréprochable. Il paraissait en pleine forme et personne n'aurait pu se douter que l'avant-veille au soir, il était arrivé en sang chez Antonia. Ses prunelles noisette, qu'elle avait toujours trouvées si fascinantes, pétillaient de vie, mais son regard était indéchiffrable.

Tout dans sa silhouette, depuis la découpe volontaire de sa mâchoire jusqu'à la finesse de sa taille, en passant par le modelé de ses lèvres sensuelles ou la largeur de ses épaules, aimantait Antonia. C'est bien simple : dès qu'elle le regardait, elle sentait son pouls s'accélérer.

Quand il se retourna pour voir sa fiancée remonter l'allée afin de le rejoindre devant l'autel, Antonia dut faire appel à toute sa volonté pour ne pas se précipiter et faire interrompre la cérémonie.

Mais Antonia n'avait jamais été lâche. Elle avait déjà tout perdu une fois dans sa vie, alors elle pouvait bien endurer cette nouvelle épreuve jusqu'au bout. En fait, elle en voulait à Michael de lui avoir préféré une autre femme. L'amour et la haine pouvaient parfois intimement se mêler. Antonia en avait fait l'expérience à plusieurs reprises.

— Quel éblouissement ! s'exclama une femme bien en chair à côté d'elle, avec un soupir extatique. La mariée est vraiment superbe.

Antonia réussit à détourner son regard du couple qui se tenait devant l'autel, pour sourire poliment à la femme.

— Oui. Mais toutes les mariées ne sont-elles pas superbes ?

La femme ne sembla pas relever son ton acerbe. Elle lui rendit son sourire au centuple.

— C'est vrai, mais lady Julianne les éclipse toutes. N'êtes-vous pas d'accord avec moi ?

Antonia préféra ne pas répondre, de crainte que ses mots ne dépassent ses pensées.

Le pire, c'est que la femme avait raison. La future marquise de Longhaven possédait un beau teint crémeux, des cheveux d'un noir brillant et de magnifiques yeux bleus frangés de grands cils. Sa sveltesse, qui n'empêchait pas des courbes généreuses idéalement placées, et la finesse de ses traits lui conféraient une aura délicieusement féminine. Sa robe de mariée, couleur bleu glacier, ajoutait encore à son allure éthérée.

C'était mieux ainsi. Il était toujours plus facile de détester la perfection.

La cérémonie débuta. Tandis qu'elle s'asseyait sur son banc, Antonia se demanda si cette jeune beauté innocente savait à quel genre d'homme elle s'apprêtait à confier sa vie. Probablement non. Elle avait été trop choyée et trop préservée par sa riche famille pour se douter de quoi que ce soit.

Antonia avait été comme elle. Elle aussi avait grandi dans un cocon. Mais la vie s'était chargée de lui apprendre ses dures réalités. La fiancée de Michael saurait-elle résister au choc qui l'attendait ?

Car la petite chatte épousait un tigre. Un grand fauve, un prédateur dont les instincts avaient été affûtés par des années de carrière militaire, avec une affinité marquée pour le danger. Oh, certes, il paraissait parfaitement urbain dans son beau costume taillé sur mesure, mais il n'était pas aussi civilisé qu'il voulait le montrer. Antonia avait pu le constater, quand il lui avait appris comment se faufiler en territoire ennemi sans se faire remarquer ou lorsqu'il lui avait enseigné certaines manières expéditives de se débarrasser de ses adversaires. De telles compétences étaient précieuses en temps de guerre, mais Antonia doutait fort que la bonne société londonienne, si policée, les appréciât à leur juste valeur.

Michael avait pris la main de la mariée pour l'étreindre. Antonia se raidit en voyant ses longs doigts se mêler à ceux de sa bécasse innocente.

Puis le prêtre prononça les paroles fatales qui les unissaient devant Dieu. Antonia écoutait, anéantie. Elle avait l'impression de s'effondrer de l'intérieur.

Mais elle se rappela qu'elle était déjà morte une fois. Et qu'elle avait ressuscité des cendres de sa première vie.

Au moins, le pire était passé : la cérémonie s'achevait.

— Vous pouvez embrasser votre femme, dit le prêtre.

Antonia s'obligea à regarder Michael s'exécuter. C'était un déchirement, mais elle s'en remettrait.

Elle avait toujours tout surmonté.

Il n'y avait aucune raison qu'elle ne réussisse pas encore une fois.

Le monde était comme irréel, noyé dans un brouillard qui estompait tout ce qui entourait Julianne – à l'exception de l'homme qui se tenait face à elle.

Le marquis de Longhaven la fixait du regard. Son expression était indéchiffrable. Mais soudain, d'un geste délibéré, il pencha la tête pour l'embrasser.

Ses lèvres chaudes se collèrent à celles de Julianne. Leur pression était à la fois douce et impérieuse.

Leur baiser fut sans doute furtif, mais Julianne eut l'impression qu'il avait duré une éternité. Quand le marquis se redressa, ils se dévisagèrent longuement sans rien dire. C'était la première fois qu'il la regardait vraiment, songea-t-elle.

Cette fois, le doute n'était plus permis. Elle l'avait fait : elle avait épousé le frère cadet de Harry, pour le meilleur et pour le pire. Son mari était aussi énigmatique que Harry avait été un être solaire, mais leur union était désormais scellée par un baiser.

Un baiser très plaisant, il fallait bien l'avouer. Mais, devant tout ce monde qui les observait, Julianne ne put s'empêcher de rougir.

Dans un autre décor, en d'autres circonstances, un tel baiser aurait pu être encore plus plaisant. Au clair de lune, par exemple. Dans un jardin où aurait chantonné un petit jet d'eau. Et avec un homme dont Julianne aurait été follement amoureuse.

Un homme qui, bien sûr, lui aurait voué en retour une passion dévorante.

Malheureusement, la vie ressemblait rarement aux fantaisies romantiques. Le marquis de Longhaven n'éprouvait rien pour elle. Il n'était qu'un fils obéissant. Comme elle était une fille obéissante. Ils s'étaient unis l'un à l'autre pour faire plaisir à leurs parents.

C'était déjà ça : ils partageaient au moins un point commun.

Michael Hepburn la dévisagea une dernière fois, de son regard intense qui semblait pénétrer sous la surface, puis il lui offrit son bras.

On ne pouvait imaginer geste plus simple : juste un bras tendu. Mais, en s'y accrochant, Julianne était consciente qu'elle s'embarquait pour l'inconnu.

Elle s'exécuta, refermant les doigts sur son avant-bras musclé, dont elle crut sentir la tension. Son visage demeurait impassible, comme s'il était indifférent à ce qui se passait. Pourtant, Julianne remarqua qu'il crispait légèrement la mâchoire.

Peut-être n'était-il donc pas si indifférent qu'il s'ingéniait à le montrer. Cette hypothèse déroutait la jeune femme, autant qu'elle la soulageait.

Ils descendirent la nef. Julianne avait l'impression de flotter plutôt que de marcher, et l'atmosphère lui paraissait toujours aussi irréelle. C'est à peine si elle distinguait la foule des visages qui leur faisaient face. Une fois hors de l'église, elle s'empressa d'inspirer une grande goulée d'air frais. Puis Michael Hepburn l'entraîna vers l'attelage qui les attendait. Les portières étaient décorées des armoiries ducales – le blason, assez semblable à celui des Stuarts, rappelait les liens tissés au cours des siècles précédents entre la famille royale et les ducs de Southbrook.

À présent, Julianne était la femme du prochain duc. *Sa* femme. Elle n'arrivait toujours pas à l'admettre.

Michael l'aida à monter dans le véhicule, puis il s'installa à côté d'elle et prononça quelques mots à l'intention du valet en livrée qui attendait pour refermer la portière. Le domestique hocha la tête et, la minute d'après, l'attelage s'ébranlait dans la rue.

— Vous devriez vous montrer à la fenêtre et saluer, suggéra son mari. C'est la belle mariée qu'ils sont venus voir, pas moi.

Julianne s'aperçut que des badauds s'étaient massés sur les trottoirs. Dans sa hâte à quitter l'église, elle en avait oublié de jouer les gracieuses épousées.

— Je n'y avais pas pensé, avoua-t-elle, penaude.

Suivant son conseil, elle plaqua un sourire sur ses traits et salua les badauds, qui lui crièrent leur enthousiasme en retour.

Le trajet, cependant, s'avéra tout aussi flou que la cérémonie. La tonalité de la journée était donnée : Julianne la traverserait comme on traverse une longue bande de brouillard.

Épouser un duc obligeait à un minimum de décorum. Julianne s'attendait à une épreuve, mais la foule des invités assemblés dans la grande salle de bal de Southbrook House et lançant des vivats en leur honneur lui inspira à la fois un sentiment d'accablement et d'émerveillement. La duchesse s'était surpassée : des fleurs partout et des tables enrubannées, supportant un buffet gargantuesque, qui avait dû mobiliser un bataillon entier de chefs cuisiniers pour sa préparation. Des centaines de chandelles éclairaient le tout et l'impression de brillance était renforcée par l'éclat des bijoux que portaient les femmes. L'opulence de cette réception était telle que les gazettes mondaines en parleraient longtemps.

Julianne aurait sincèrement aimé profiter un peu de cette fête.

Rien qu'un petit peu. Était-ce trop demander ?

Malheureusement, son sentiment d'accablement l'emportait.

Bien qu'elle se tînt à côté de Michael pour recevoir les félicitations des invités, c'est à peine s'ils s'adressaient la parole. Certes, ils n'auraient pas pu se lancer dans une conversation, avec tous ces gens qui défilaient pour les congratuler. Et sans doute était-il normal qu'en pareilles circonstances, les nouveaux mariés observent entre eux une politesse un rien distante et formelle. En tout cas, la situation ne semblait pas du tout embarrasser Michael. Chaque fois qu'elle risquait un regard vers lui, Julianne ne le voyait que de profil, mais il paraissait très à son aise.

Il la toucha une seule fois – très furtivement – à la taille, pour lui présenter une jeune femme aux cheveux noirs, vêtue d'une audacieuse robe rouge qui convenait parfaitement à sa beauté exotique. Julianne, croyant lire de l'animosité dans les yeux de la femme et désarçonnée par cette découverte, bredouilla quelques mots de salutation. Cette scène lui rappela qu'elle ignorait presque tout de son mari. De toute évidence, ces deux-là se connaissaient très bien, car Michael appela la jeune femme par son prénom – Antonia. Un nom lui aussi exotique, comme son accent.

— Mes félicitations, lady Longhaven, lança-t-elle avec une politesse frelatée, avant de s'éloigner.

Julianne aurait aimé savoir à quel point cette femme était liée à son mari. En tout cas, l'épisode lui laissa un goût amer dans la bouche.

Pourvu que sa nouvelle existence d'épouse ne l'oblige pas à supporter de telles scènes trop souvent…

Quand la salle fut bondée au point qu'il semblait que plus personne ne pourrait y entrer, l'orchestre attaqua son premier morceau. Le temps des congratulations terminé, venait maintenant celui de danser. Et bien sûr, la mariée fut la cavalière la plus réclamée. Julianne ne regrettait pas d'avoir passé des heures avec son maître à danser. L'investissement en avait valu la peine, songea-t-elle alors qu'elle enchaînait les valses. De temps à autre, quelqu'un lui glissait une coupe de champagne dans la main, mais c'est à peine si elle eut l'occasion de goûter au buffet. Michael dansait lui aussi beaucoup. Mais pas avec elle.

Au bout d'un moment, elle commença à avoir mal aux pieds. Et la tête lui tournait.

— Tu es magnifique, Julianne.

Elle sourit à son père – son cavalier du moment – mais son sourire manquait d'entrain. Elle aurait voulu se reposer quelques instants. Hélas, ce privilège semblait être interdit à la mariée.

— Merci, répondit-elle, mais j'ai peur que vous ne soyez pas impartial. Pour tout vous avouer, je me sens épuisée. J'espère que ça ne se voit pas. Je ne voudrais pas décevoir la duchesse.

Autrefois blond, son père était devenu grisonnant et son visage accusait les rides du temps. Mais ses yeux avaient gardé le même bleu intense, et il était manifestement ravi que le mariage se soit bien déroulé.

— Je suis sûr que tout le monde ici sera d'accord avec moi pour dire que tu t'es très bien débrouillée. J'ai entendu plusieurs gentlemen assurer à ton mari qu'il avait beaucoup de chance.

La question était de savoir si lui-même se considérait comme chanceux. Mais c'était difficile à dire. Michael Hepburn ne donnait pas l'impression d'être le genre d'homme à se satisfaire d'un mariage arrangé, et c'est pourtant ce qu'il avait fait.

— Longhaven te traitera bien, ma chérie, ajouta son père.

Il valait mieux l'espérer, dans la mesure où Julianne s'était liée à lui pour le restant de ses jours.

Plus elle dansait, plus elle avait le tournis. Ce qui n'avait rien d'étonnant : elle avait à peine dormi la nuit précédente, et tous ces tours de piste, conjugués avec plusieurs coupes de champagne, commençaient à produire leur effet.

Julianne devrait donc bientôt se retirer. Mais alors se poserait un autre problème.

— Je connaissais mieux Harry, bien sûr, répondit-elle d'une voix qui se voulait neutre.

— Nous aussi, admit son père, dont les rides au coin des yeux se creusèrent imperceptiblement. Cela peut paraître incongru, en pleine fête, mais il me semble naturel de penser à lui ce soir.

— Oui, murmura Julianne avec un sourire tendu.

— Je suis sûr qu'il voudrait votre bonheur à tous les deux. Harry a toujours été un garçon simple et facile, rappela son père.

Et il ajouta, après un silence :

— Le nouveau marquis, en revanche, est plus difficile à cerner.

Voilà qui résumait parfaitement la situation, songea Julianne alors que la valse touchait à sa fin. Rien ne paraissait *facile*, avec son mari. D'ailleurs, son père avait toujours appelé Harry par son prénom, alors qu'il donnait son titre à Michael Hepburn. Elle le chercha des yeux – pour la centième fois depuis le début du bal. Il dansait avec grâce, mais ce n'était pas la seule raison pour laquelle sa silhouette se remarquait facilement au milieu de tous les invités. Ce n'était pas non plus seulement parce qu'il était bel homme. Mais parce qu'il dégageait une assurance dont il n'était peut-être pas conscient lui-même, et qui n'en était pas moins réelle. Et parce que ses yeux noisette – en réalité verts, pailletés d'or, comme elle avait pu s'en rendre compte lorsqu'il l'avait embrassée – brillaient d'une remarquable intelligence.

Il se tourna dans sa direction, comme s'il avait senti qu'elle l'observait. Leurs regards s'accrochèrent un moment. Julianne s'empourpra et sentit la panique la gagner. Pour ne rien arranger, il abandonna sa cavalière aussitôt que la musique cessa pour venir dans sa direction.

Il avançait d'une démarche si confiante et tranquille que les gens s'écartaient spontanément pour le laisser passer.

Julianne pensa un instant tourner les talons et s'enfuir. Mais c'eût été lâche de sa part. En revanche, elle s'agrippa plus solidement au bras de son père.

Son mari les rejoignit. Il salua de la tête son nouveau beau-père, avant de prendre la main de Julianne. Son geste fut doux, mais autoritaire.

— Il se fait tard, dit-il. Et vous n'avez même pas pu vous asseoir un seul instant.

Cette sollicitude aurait dû toucher Julianne, mais cela voulait dire qu'il l'avait espionnée toute la soirée. Et elle ne s'en était même pas aperçue !

Son estomac se noua.

Cependant, il avait raison. Elle n'avait pas pu s'asseoir une seule fois. Et elle se sentait si nerveuse, à présent, qu'elle éprouvait plus que jamais le besoin de quitter la salle de bal. Mais, à la façon dont son mari lui tenait le bras, il était clair qu'il entendait qu'elle se retire en sa compagnie.

Elle acquiesça – par politesse machinale.

— Je vais vous escorter à l'étage.

Oh, mon Dieu.

— Nous nous reverrons très bientôt, ma chérie, lui dit son père.

Il l'embrassa sur la joue et s'éclipsa.

Son départ fit prendre conscience à Julianne qu'elle avait changé de statut. Désormais, son père abdiquait toute responsabilité la concernant. Elle ne dépendait plus que de l'autorité de son mari. Du reste, elle ne chercha même pas à lui résister tandis qu'il se frayait un chemin pour l'entraîner hors de la pièce.

Aussitôt qu'ils furent sortis de la salle de bal, Michael soupira bruyamment.

— Quelle foule ! Je me demande quelle mouche a piqué ma mère d'inviter tout Londres.

Julianne rit nerveusement.

— Nous devrions sans doute nous estimer flattés qu'autant de monde ait voulu fêter notre mariage.

— Oui, vous avez probablement raison.

Il la guidait vers le vestibule, lui tenant toujours la main. Et son autre main était maintenant plaquée dans le dos de Julianne.

— Ne vous sentez pas obligé de me conduire, dit-elle.

Il la gratifia d'un sourire chevaleresque.

— Vous ne pourriez pas trouver toute seule nos appartements. Cette maison fut la folie architecturale, un rien ostentatoire, de l'un de mes aïeux. Elle compte plus d'une trentaine de chambres. Vous vous perdriez. Moi-même, il m'arrive encore de m'égarer dans les couloirs. Je suis resté trop longtemps absent.

Son argumentation était logique, et donc difficilement réfutable. Mais l'expression « nos appartements » glaçait les sangs de Julianne.

Elle avait la gorge sèche.

— Un domestique pourrait…

— Certainement, la coupa-t-il. Mais je suis aussi impatient que vous, sinon plus, d'échapper à ces réjouissances bruyantes. Je ne suis pas d'une nature très sociable.

Cela, Julianne le croyait volontiers. Il ne possédait ni le charme spontané de Harry, ni son goût pour fréquenter le monde.

Les bruits de la fête, musique et rires, s'estompaient à mesure qu'ils se rapprochaient du vestibule pour rejoindre le grand escalier. Julianne hésita un instant au bas des marches et Michael s'immobilisa à son tour, pour la dévisager avec curiosité.

Si elle posait un pied sur la première marche, cela signifierait qu'elle était d'accord pour monter là-haut, avec un homme qu'elle connaissait à peine.

Elle n'était pas certaine d'en être capable.

Et pourtant, elle commença de gravir l'escalier.

Michael était prêt à jurer qu'il était plus blanc qu'un linge. Sa blessure le faisait atrocement souffrir, mais il devait faire preuve de patience et de tact pour apaiser les appréhensions virginales de sa jeune épouse. Malgré son âge, elle s'était parfaitement conduite durant la réception, alors que Michael, au contraire, s'était senti mal à l'aise au milieu de cette foule. Cependant, il avait perçu son trouble. D'abord lorsqu'ils s'étaient tenus côte à côte pour accueillir les invités, puis quand ils avaient dansé ensemble. À condition de bien l'observer, sa nervosité était restée perceptible même lorsqu'elle avait dansé avec d'autres cavaliers.

Or, Michael n'avait cessé de l'observer toute la soirée. Il en était le premier surpris, mais c'était un fait : il n'avait pas perdu une seule fois Julianne de vue. Et la préoccupation qu'elle lui inspirait s'était ajoutée aux soucis que lui causait sa blessure.

Danser avait été un véritable supplice. Chaque fois qu'il valsait, il sentait un élancement dans les côtes. Et quand Malcolm Sutton lui avait donné une grande tape dans le dos pour le féliciter, il avait dû prendre sur lui pour ne pas crier de douleur. Il était persuadé que sa blessure s'était rouverte, malgré l'épaisseur de son bandage.

Fitzhugh lui dirait certainement qu'il n'avait que ce qu'il méritait pour avoir refusé d'appeler un médecin. Dans l'immédiat, toutefois, Michael cherchait surtout un moyen de se sortir honorablement de sa nuit de noces. S'il était impatient de rejoindre son lit, c'était prosaïquement pour y dormir. Pas pour tenter de séduire une jeune vierge au bord de la panique.

Mais puisque son sens de la famille l'avait poussé à s'engager dans ce mariage, il irait jusqu'au bout.

En d'autres circonstances, le sacrifice ne lui aurait pas paru si terrible, étant donné la beauté de Julianne. Mais il avait mal, il était épuisé, et il s'apprêtait à coucher avec la promise de son frère aîné.

Sa jeune épouse qui grimpait l'escalier à son côté essayait tant bien que mal de cacher son appréhension, mais elle n'y réussissait pas vraiment : sa poitrine se soulevait un peu trop rapidement, ses joues étaient un peu trop colorées.

Leurs appartements se trouvaient dans l'aile réservée à la famille. Michael poussa la porte de leur suite, qui s'ouvrait par un petit salon meublé avec beaucoup d'élégance. Les fauteuils étaient tendus de soie et des tapis turcs, à dominante vert et crème, ornaient le parquet. Michael avait apporté sa contribution à la décoration de la pièce sous la forme d'une table en marqueterie qu'il avait fait expédier d'Espagne. Elle avait appartenu à un noble espagnol qui prétendait la tenir de la reine Isabelle, en cadeau offert à son illustre famille. Que l'histoire fût vraie ou non, c'était un superbe objet.

Un jour ou l'autre, Julianne finirait par la remarquer et s'extasier à son propos, mais pour l'heure elle ne prêtait aucune attention à son environnement. Il l'accompagna jusqu'à la porte de sa chambre et la confia à la soubrette qui attendait – une jeune femme potelée, qui rougit à peu près autant que Julianne en le voyant.

Que Dieu me vienne en aide…

— Je vous donne une demi-heure, dit-il.

Zut ! Cela sonnait trop autoritairement. Et cela manquait cruellement de chaleur.

Fais des efforts, imbécile.

— Je vais attendre ici, reprit-il d'un ton plus amène, désignant sa propre chambre, contiguë à celle de la jeune femme. Faites-moi savoir quand vous serez prête.

Julianne le regarda avec ses grands yeux bleus et battit furtivement des cils.

— Oui, milord. Comme il vous plaira.

Sa réponse ressemblait à une capitulation, comme s'il lui avait ordonné de coucher avec lui et qu'elle ne pouvait s'y dérober. Certes, le mariage donnait à Michael des droits conjugaux, mais il n'avait aucune envie qu'une atmosphère de résignation flotte dans leur chambre à coucher. Malheureusement, sa blessure ne l'incitait pas à jouer les séducteurs. Et les nombreuses coupes de champagne qu'il avait avalées ne l'aidaient pas davantage. D'ordinaire, Michael surveillait de près sa consommation d'alcool. Un homme dans sa position, appelé à remplir des missions délicates, ne pouvait se permettre de perdre sa concentration.

— Appelez-moi Michael.

Elle hocha la tête. Des perles brillaient dans ses cheveux, dressés en un chignon sophistiqué.

— Bien sûr, répondit-elle. Puisque vous le désirez.

Et elle referma la porte de la chambre.

Michael marmonna un juron qui n'aurait pas manqué d'écorcher les oreilles de la jeune ingénue. De toute évidence, elle appréhendait l'épreuve qui l'attendait. Michaël aussi. Mais pas pour les mêmes raisons.

Il gagna sa chambre et se débarrassa de sa veste et de son gilet. Une petite tache rouge sur sa chemise lui confirma ses craintes : la plaie s'était rouverte et saignait.

Fitzhugh se précipita pour l'aider.

— Belle cérémonie, colonel.

— Merci, répliqua Michael d'un air résigné. Espérons que la suite de la soirée se passera tout aussi bien. Comme tu l'avais prévu, je ne suis pas au meilleur de ma forme. Cette satanée blessure me fait souffrir.

— Ne vous inquiétez pas trop, monsieur. La marquise est tellement innocente qu'elle doit trembler de nervosité. La situation est donc à votre avantage.

Michael aurait dû opiner. Mais le vocabulaire employé par son valet le déroutait.

La marquise.

Le terme paraissait si formel ! Si officiel. Pourtant, Fitzhugh avait raison. Michael était marquis, et lady Julianne était désormais sa femme.

Bon sang.

— L'ennui, c'est que je saigne, grommela-t-il.

— Je le vois bien, acquiesça son valet, qui l'aida à déboutonner sa chemise pour examiner son bandage. Ça ne m'a pas l'air trop grave, ajouta-t-il. Je vais refaire votre pansement. En attendant, essayez de vous tenir droit comme la pluie.

— J'ai appris à détester la pluie, marmonna Michael. Tu te souviens de Badajoz ?

— Oui. Une sale bataille, ma foi. Il faisait froid. Et il pleuvait des cordes.

— Les cadavres s'entassaient dans la boue. C'était un cauchemar.

Michael essaya de ne pas grimacer de douleur tandis que son valet défaisait son bandage. Cette bataille de Badajoz l'avait marqué. La citadelle avait fini par tomber, mais à quel prix ! Wellington avait jeté ses hommes au combat avec une détermination presque inhumaine. Sa tactique avait payé, bien sûr, car les grands généraux savent toujours comment gagner une bataille, mais des milliers de soldats n'en étaient pas revenus.

C'était à cause de cela que Michael continuait de risquer sa vie pour l'Angleterre.

De tels carnages ne pouvaient pas compter pour rien. Les soldats tombés avaient péri au nom d'une cause qui devait leur survivre.

— Ma blessure me fait tellement souffrir que j'aurai du mal à donner le change, dit-il. Mais je suppose que lady Julianne sera elle-même trop nerveuse pour s'apercevoir de quoi que ce soit.

— Cruel dilemme, colonel.

Michael décocha à Fitzhugh un regard sardonique.

— J'apprécie ton empathie.

— Je vous ai déjà expliqué ma position : je pense qu'il serait préférable d'inaugurer votre mariage en jouant la franchise.

— Lord Altea et Alex St. James partagent ton avis. Ils estiment que je devrais tout lui avouer. Pas seulement mon agression, mais aussi la nature de mes activités.

— En effet, approuva son valet qui faisait un nouveau pansement. Mais que direz-vous, si elle vous demande de démissionner pour ne plus vous consacrer qu'à votre vie de couple et vous préparer à devenir duc ?

C'était une vraie question. Michael n'avait pas de difficulté à risquer sa vie pour l'Angleterre. En revanche, la perspective de diriger un duché lui paraissait une sombre pénitence.

— Je ne sais pas, avoua-t-il, maussade.

— Je me doutais de votre réponse, colonel.

Son valet termina le pansement, avec la dextérité de quelqu'un qui en a l'habitude, puis il tendit à Michael son peignoir de soie :

— Désirez-vous autre chose ?

— Non, ce sera tout, Fitz. Pour le reste, je devrai me débrouiller tout seul.

Son valet hocha la tête avec un sourire.

— Considérant la beauté de lady Longhaven, je pense que vous n'êtes pas trop à plaindre, monsieur. Bonne nuit. Et toutes mes félicitations.

À plaindre ou pas, Michael manquait cruellement d'enthousiasme.

Il noua la ceinture de son peignoir et alla se servir un verre de brandy. Mais, au lieu de s'asseoir pour le boire, il marcha jusqu'à la fenêtre et contempla la nuit. La lune, très haut dans le ciel, ressemblait à une petite galette dorée. Les étoiles brillaient comme des diamants dispersés sur un écrin de velours noir.

Michael repensait à son frère. Harry n'était plus de ce monde. Il avait emporté avec lui son sourire charmeur, son sens de l'humour et son caractère enjoué. Le soir de sa nuit de noces, Harry n'aurait jamais souffert d'une blessure reçue dans une ruelle, au fin fond d'un quartier malfamé de Londres. Et il n'aurait donc pas eu à chercher une explication crédible pour son épouse.

Michael but une gorgée de brandy. Il se demandait s'il devrait rejoindre Julianne, ou si elle aurait le courage d'ouvrir la porte qui communiquait entre leurs chambres. Il se représentait assez mal ce que la jeune femme pensait de leur mariage, et c'était en partie de sa faute, puisqu'il ne s'était pas donné la peine d'avoir une vraie conversation avec elle depuis qu'il était rentré en Angleterre. Lui-même avait tendance à considérer qu'elle appartenait encore plus ou moins à Harry. Et sans doute était-elle du même avis. Elle savait depuis longtemps qu'elle épouserait un jour le marquis de Longhaven – sauf que le marquis en question avait changé d'identité en cours de route.

Plus vite elle tomberait enceinte, mieux cela vaudrait. Michael pourrait alors l'envoyer à la campagne, et ils seraient tranquilles tous les deux. Il n'aurait plus à redouter des questions sur ses allées et venues nocturnes ou ses fréquentes absences. Et elle n'aurait plus matière à s'interroger sur son emploi du temps.

En outre, Michael ne devait pas perdre de vue que quelqu'un cherchait à le supprimer. Il n'avait aucune envie d'exposer la jeune femme au danger. De toute façon, personne ne se formaliserait de les voir vivre chacun de leur côté. La plupart des couples de la bonne société faisaient ainsi.

Un bruit, derrière lui, le fit se retourner.

Michael comprit qu'il avait sous-estimé sa jeune épouse. Elle avait poussé la porte de communication et s'encadrait sur le seuil. Soit elle était moins nerveuse qu'il ne l'avait cru, soit elle était plus courageuse qu'il ne l'avait imaginé.

Il serra son verre dans ses doigts en découvrant sa chevelure luxuriante qui, libérée de ses épingles, cascadait presque jusqu'à ses reins. Elle avait revêtu un peignoir de soie rose dont l'échancrure laissait deviner qu'elle portait, en dessous, une chemise de nuit blanche.

Elle était vraiment très belle.

La réaction de Michael le surprit. Il avait épousé cette femme par résignation. Ou plus exactement par devoir, ce qui revenait au même. Mais à présent, il ressentait autre chose. Et ce n'était pas seulement en raison de la beauté de Julianne.

Non, cela tenait plutôt à la façon dont elle le regardait.

Avec... confiance.

Le monde de Michael était un monde de dupes, dominé par les ruses et les trahisons.

Manifestement, Julianne ne connaissait rien de tel.

Michael avait perdu son innocence depuis si longtemps qu'il n'en avait plus souvenir. Le regard de Julianne le ramenait des années en arrière.

Peut-être n'était-ce que l'attrait de la nouveauté, mais pour l'heure, la jeune femme le fascinait.

Et sa blessure, tout à coup, ne lui paraissait plus un problème.

4

Il était normal de ressentir quelque appréhension le soir de ses noces. Mais Julianne avait beau le savoir et se le répéter, elle n'en tirait aucune consolation. Pas plus qu'elle ne trouvait le courage de pénétrer plus avant dans la chambre de son mari. Elle aurait voulu que sa nervosité ne transparaisse pas avec trop d'évidence ; hélas, elle ne se faisait aucune illusion à ce sujet.

Michael Hepburn n'était pas homme à se laisser berner.

Elle restait figée sur le seuil. Elle ne portait qu'une fine chemise de nuit sous son peignoir et, de toute évidence, son mari l'avait deviné. Elle le lisait dans son regard.

Julianne avait toujours beaucoup aimé Harry. Cependant, leur amitié avait été sans la moindre trace de désir charnel. En fait, Julianne n'avait jamais vraiment considéré Harry comme *un homme*.

Avec Michael, c'était différent. Sa virilité transpirait par tous les pores de sa peau. D'autant plus qu'il n'était lui-même vêtu que d'un simple peignoir de soie, qui laissait entrapercevoir le haut de son torse… nu.

Julianne avait la gorge si sèche qu'elle était incapable de parler. Et pour dire quoi ? Une chose était sûre : Michael allait faire d'elle sa femme, dans tous les sens du terme. Elle n'aurait pas le pouvoir de lui résister... et elle n'était pas sûre de le souhaiter.

Comme la vie était étrange. Julianne n'aurait jamais imaginé qu'elle se sentirait tout à coup... dans l'attente.

— La fête, en bas, va continuer toute la nuit, dit-il avant de boire une gorgée du verre qu'il tenait à la main. Mais l'avantage d'être jeunes mariés, c'est de pouvoir nous échapper sans que personne trouve quoi que ce soit à redire, ajouta-t-il.

S'il avait espéré la détendre, il n'y avait pas réussi.

— Oui, murmura-t-elle. C'est une façon de voir les choses.

— Vous pouvez entrer. Je ne suis pas dangereux.

Julianne n'en était pas convaincue. Elle trouvait à son mari un air inquiétant. Il lui faisait penser à ces beaux ciels d'été, d'un bleu parfaitement pur, qui peuvent en quelques minutes se charger de nuages d'un noir d'encre.

— Je *souhaiterais* vous voir entrer, se corrigea-t-il. Est-ce mieux ainsi ?

Mortifiée, Julianne se décida à pénétrer dans la chambre, regarda autour d'elle à la recherche d'un siège, et jeta son dévolu sur un fauteuil devant la cheminée – aussi loin que possible de son mari. La pièce était meublée avec une simplicité toute masculine et décorée dans des tons de bleu et d'ivoire. Un grand lit à baldaquin en était l'ornement principal. La tête du lit était sculptée de créatures mythiques, comme des griffons, et ses pieds prenaient la forme de lions couchés. Pour le reste, la décoration était si succincte qu'elle ne trahissait rien des goûts personnels du propriétaire des lieux.

Julianne se laissa choir dans le fauteuil et se tourna vers son mari. Une question la taraudait : ne portait-il vraiment rien sous son peignoir ?

— Julianne...

Elle rougit.

— Oui ?

Elle crut lire de l'amusement dans ses yeux.

— Laissez-moi clarifier certaines choses, dit-il. Je devine que vous êtes un peu inquiète, mais ce n'est pas nécessaire. Je n'ai pas l'intention de me jeter sur vous. Ni de faire quoi que ce soit qui pourrait vous mettre mal à l'aise. Votre nervosité peut se comprendre, mais gardez à l'esprit que l'homme et la femme entretiennent des rapports intimes depuis que le monde est monde. Ni vous ni moi ne serions là si nos parents n'avaient pas connu de tels rapports. Il n'y a donc rien à redouter.

C'était facile à dire !

— Je ne sais pas non plus nager, répliqua Julianne, avec plus de sécheresse qu'elle ne l'aurait souhaité. Mais si vous m'assuriez qu'en me jetant dans une rivière glacée, je pourrais réussir à revenir vers la berge, j'aurais du mal à vous croire. Les gens qui ne savent pas nager se noient.

Il éclata de rire. Son rire était si spontané qu'il le rendait plus jeune – et moins intimidant.

— Partager le lit d'un homme n'est quand même pas aussi redoutable que de se noyer.

Non, sans doute. Mais l'un et l'autre paraissaient effrayants pour quiconque n'avait jamais tenté l'expérience.

— Je vais être franche avec vous : à l'instant où nous parlons, je ne suis pas sûre de savoir quel sort je préférerais.

— Seriez-vous moins nerveuse si Harry se trouvait à ma place ?

Julianne ne s'attendait pas à une question aussi directe.

— Oui, avoua-t-elle après un silence.

— Ah.

Difficile d'interpréter ce que voulait exactement dire ce « Ah ». Longhaven était aussi impassible que s'il avait été sculpté dans la pierre. Julianne attendit un moment puis, constatant qu'il n'ajoutait rien, elle jugea utile d'expliquer :

— Je le connaissais mieux que vous.

— C'est vrai.

— J'étais fiancée à lui depuis très longtemps.

— C'est encore vrai.

— Vous n'étiez pas là.

— Non, en effet. Je me battais en Espagne.

Son ton était – très légèrement – sardonique, mais l'inflexion n'échappa pas à Julianne. Elle était consciente qu'il aurait été déplacé de sa part de critiquer quelqu'un qui avait risqué sa vie pour la Couronne.

— Harry vous manque-t-il ? ne put-elle s'empêcher de demander.

Pourquoi avait-elle posé cette question ? Parce qu'il ressemblait – physiquement – à son frère ? Ou parce qu'elle avait besoin de comprendre un peu mieux ce qu'il ressentait ?

Il se raidit, avant de lâcher d'une voix altérée :

— Oui.

Sa réponse fut un soulagement pour Julianne. Car c'était la preuve qu'il était capable d'émotions. Et donc qu'il était, lui aussi, vulnérable. Elle en eut presque les larmes aux yeux.

Michael fit quelques pas vers elle, mais il s'arrêta à bonne distance.

— J'aurais volontiers donné ma vie pour le sauver, ajouta-t-il, sa voix de nouveau parfaitement maîtrisée. Mais, malgré toutes les balles qui ont sifflé à mes oreilles pendant la guerre, il est mort et je suis toujours de ce monde. Qui aurait pu penser que cela finirait ainsi ?

Il avait raison. Il y avait une certaine ironie de savoir que le duc et la duchesse avaient perdu non pas leur fils le plus aventurier, mais celui qui s'était toujours montré le plus sage.

— Le destin s'amuse avec nous, dit Julianne. Nous croyons pouvoir maîtriser notre existence grâce à nos choix, mais c'est faux. Dès l'instant où nous naissons, la chance est une variable que nous sommes impuissants à contrôler.

Il haussa un sourcil.

— Vraiment ? Vous êtes un peu jeune, pour être arrivée à une telle conclusion.

— Croyez-vous ? Je ne pense pas qu'il soit nécessaire d'être vieux pour avoir une idée du sens de la vie.

Une lueur traversa furtivement son regard, mais Julianne fut incapable de l'interpréter.

— En tout cas, répliqua-t-il, je ne crois pas qu'une discussion sur le destin ait sa place lors d'une nuit de noces. Pardonnez-moi d'avoir posé la question qui a provoqué cet égarement. Et tentons une autre approche. Permettez-moi de vous dire que vous êtes ravissante.

Julianne comprit qu'il faisait des efforts, car elle était persuadée qu'il n'était pas le genre d'homme à délivrer facilement des compliments. Mais l'un et l'autre marchaient apparemment sur des œufs – même si ce n'était pas pour la même raison.

— Merci, dit-elle avec un sourire.

Sa nervosité n'avait pas totalement disparu, mais elle était déjà moins paniquée que lorsqu'elle avait ouvert sa porte.

— Je voudrais vous rendre cette nuit aussi agréable que possible.

Comme elle ne savait pas quoi répondre à cela, Julianne garda le silence.

Il reposa son verre sur une table en bois verni et se planta devant la fenêtre.

— Peut-être pourriez-vous me rejoindre ?

Le rejoindre ? Après tout, Julianne avait promis de lui obéir, devant l'autel. Du reste, sa requête ressemblait davantage à une suggestion qu'à un ordre.

Elle se leva et marcha jusqu'à lui.

Quand elle fut assez près pour qu'il puisse la toucher s'il le souhaitait, elle s'arrêta et tenta de déchiffrer son expression.

Mais ses efforts furent aussi vains que précédemment. Julianne n'avait encore jamais rencontré quelqu'un capable de dissimuler à ce point ce qu'il pensait.

Il tendit la main, pour lui caresser la joue.

— Pour moi aussi, la situation est entièrement nouvelle, révéla-t-il.

Julianne ne put retenir un frisson : il lui caressait à présent le cou.

— Pardonnez-moi, milord, mais je doute fort que vous manquiez d'expérience.

— Je n'ai encore jamais été marié, expliqua-t-il, alors qu'il écartait légèrement les pans du peignoir de Julianne. Et je n'ai jamais couché avec une vierge.

C'était une façon détournée de reconnaître qu'il avait eu des maîtresses, mais Julianne n'en fut pas surprise. Il était bel homme, issu d'une famille prestigieuse. Sans compter qu'il avait vingt-six ans. Harry n'avait pas non plus été un angelot, Julianne le savait de bonne source.

— Alors, nous apprendrons ensemble, murmura-t-elle tandis qu'il faisait glisser son peignoir sur ses épaules.

— Au départ, c'est à cela que servait le mariage, répliqua-t-il, un sourire aux lèvres. Un voyage destiné à une découverte mutuelle.

Ces lèvres. Elles fascinaient Julianne, qui n'avait pas oublié la façon dont il l'avait embrassée lors de l'échange des vœux. Quoique son baiser n'ait rien eu de passionné, il s'était révélé… fort agréable.

Et maintenant, il s'apprêtait à l'embrasser de nouveau. Quoi de plus naturel, au fond, puisqu'il s'agissait de leur nuit de noces ? Bien qu'il ne fût pas Harry et que tout fût différent, Julianne se demandait si, au fond,

Malcolm n'avait pas raison : il n'était pas impossible qu'elle ait plus de chances de s'entendre avec Michael.

Il la fixait du regard, en même temps que ses doigts caressaient le décolleté de sa chemise de nuit. Julianne essaya de ne pas tressaillir, mais c'était difficile : cette caresse éveillait en elle de troubles sensations.

Tout à coup, il l'enlaça à la taille, pour la serrer contre lui. Il approcha ses lèvres des siennes. D'abord très doucement, comme dans l'église. Julianne sentit son pouls s'accélérer.

— Vous avez le goût de l'innocence, souffla-t-il.

Elle se tenait toute raide dans ses bras. C'était la première fois qu'un homme la serrait ainsi contre lui.

Puis tout bascula.

Il l'embrassa à pleine bouche. Ce baiser n'avait plus rien à voir avec celui qu'il lui avait donné devant des dizaines de témoins.

Son mari pressait ses lèvres contre les siennes, réclamant qu'elle les ouvre. Julianne paniqua légèrement quand il gagna cette bataille silencieuse et qu'elle écarta les lèvres presque contre sa volonté. Puis le contact de leurs langues la surprit et elle tressaillit, avant de se détendre rapidement : la sensation n'était pas désagréable.

C'était donc à cela que ressemblait un vrai baiser ? Son mari possédait littéralement sa bouche, et il lui apprenait à mêler sa langue à la sienne.

Au bout d'un moment, il rompit leur étreinte.

— Allons jusqu'au lit, chuchota-t-il à son oreille.

Le lit. Oui, bien sûr. Elle était au courant. La suite devait se dérouler dans un lit.

Julianne ne sut quoi répondre. Elle venait de réaliser que quelque chose de dur palpitait contre son ventre. Quelque chose qui gonflait le peignoir de son mari.

La sensation était légèrement inquiétante. Cependant, le baiser qu'ils venaient d'échanger l'avait émoustillée.

Elle en voulait davantage, sans pouvoir définir ce qu'elle désirait réellement.

Elle hocha la tête.

Michael n'aurait jamais cru que cette jeune innocente qu'il avait épousée par devoir familial l'exciterait autant.

Peut-être était-ce la douceur de ses cheveux, dont le parfum évoquait une fragrance de miel sous le soleil. Peut-être étaient-ce ses courbes appétissantes, la fermeté de ses seins cachés par la chemise de nuit blanche et virginale. Ou alors ses yeux, dans lesquels il pouvait lire un mélange de confiance et d'appréhension.

Elle ne méritait pas un mari comme lui, qui avait les mains tachées de sang. Certes, Michael n'avait jamais obéi qu'aux nécessités de ses missions, mais ce qu'il avait fait et ce qu'il avait vu demeureraient incompréhensibles pour une jeune femme telle que Julianne, dont l'existence avait toujours été protégée. Sa femme resterait dans l'ignorance de ce qui s'était passé en Espagne. La guerre était terminée et Napoléon avait été exilé. Julianne n'était encore qu'une enfant quand il avait quitté l'Angleterre.

Pour lui, c'était presque un soulagement. Il était heureux qu'elle n'ait aucun lien avec cette partie de sa vie qu'il préférait oublier.

Julianne était comme un lever de soleil – lumineux et plein de promesses.

Alors que Michael appartenait au monde des ténèbres et des secrets.

Sa conscience éprouvait quelque répugnance à souiller tant de pureté.

Mais, pour l'heure, ce n'était pas sa conscience qui était aux commandes.

Il désirait Julianne. Et c'était une révélation pour lui.

Certes, sa beauté entrait en ligne de compte. Mais la guerre avait affecté durablement Michael. Il pensait avoir perdu toute capacité à s'émouvoir. Il pensait être devenu quelqu'un de glacial.

Or, à cet instant précis, il avait le sentiment que ses veines charriaient des braises incandescentes.

Cependant, sa réaction pouvait s'expliquer : peut-être était-il tout simplement resté trop longtemps sans coucher avec une femme.

Elle avait hoché la tête, signifiant qu'elle était d'accord pour le suivre jusqu'au lit. Comme c'était leur nuit de noces, Michael aurait dû la soulever dans ses bras dans un élan romantique, pour la porter et la déposer sur les couvertures. Mais il ne voulait pas risquer de rouvrir sa blessure, aussi se contenta-t-il de prendre la main de la jeune femme.

— Venez, dit-il.

Julianne n'opposa aucune résistance et le suivit à travers la chambre. Cette capitulation était une nouvelle marque de confiance, qui le troubla un peu plus car lui-même ne faisait jamais confiance à personne.

Fitzhugh, toujours aussi prévenant, avait tiré les couvertures. Michael aida la jeune femme à s'installer directement entre les draps.

Le plus difficile restait à venir. Comment expliquer l'énorme bandage qui barrait son torse ? La malheureuse avait bien mal placé sa confiance, car Michael avait l'intention d'éluder ses questions.

Il s'allongea à côté d'elle. L'élancement qu'il ressentit dans les côtes était comme le témoignage de sa perfidie.

Elle le regardait avec ses grands yeux de biche aux abois. Sa poitrine se soulevait au rythme de sa respiration et gonflait sa chemise de nuit. Le vêtement était à son image : chaste, fragile et respirant la féminité. Avec ses cheveux déployés sur l'oreiller, elle incarnait à la perfection l'image de la vierge sacrificielle. À quoi pouvait-elle penser ? se demanda Michael. Elle s'apprêtait à perdre sa virginité, mais ni elle ni lui n'étaient responsables de la situation : ils n'avaient fait qu'obéir à leurs parents. Lui, bien sûr, aurait pu refuser. Elle, en revanche, n'avait guère eu le choix. Les femmes n'avaient pas d'autre solution que de se soumettre à la volonté paternelle.

Et, dans le cas de Julianne, Michael était convaincu qu'elle n'aurait pas songé un seul instant à se rebeller. Harry avait été pareil. À l'âge de dix ans, il connaissait déjà l'identité de sa future fiancée. De même qu'il savait qu'un jour il coifferait la couronne ducale.

Être le cadet offrait davantage de libertés. Mais la mort de Harry était venue chambouler l'existence de Michael.

— Quelque chose ne va pas, milord ?

La question de son épouse le tira de sa rêverie. Michael lui offrit un sourire qu'il voulait rassurant.

— Tout va bien, dit-il. Simplement, votre commentaire sur le destin a réveillé quelques vieux souvenirs.

Il se redressa dans les draps. L'échancrure de son peignoir permettait sans doute d'apercevoir son bandage, mais Julianne ne fixait que son visage.

Séduis-la, lui chuchota une petite voix intérieure. Tu sais très bien comment te servir de tes charmes pour éviter certaines questions auxquelles tu n'as pas envie de répondre. Tu l'as déjà fait par le passé.

Il se pencha pour l'embrasser. Ses lèvres tremblèrent légèrement avant qu'il ne s'en empare. Cette fois, elles s'ouvrirent avec moins de réticence. En même temps qu'il explorait sa bouche, Michael l'enlaça à la taille.

C'était ainsi qu'il s'en sortirait. Son expérience de la chair triompherait sans peine de l'innocence de Julianne. Elle n'aurait aucune chance contre lui. C'était injuste, bien sûr, mais la vie était injuste. Le destin funeste de Harry était là pour en témoigner.

Ou alors, c'était la mort qui était injuste. Michael n'aurait pas su le dire. En tout cas, la mort lui était familière.

— Ne vous inquiétez pas, murmura-t-il, ses lèvres contre les siennes. Nous avancerons à deux.

— Cela me semble logique, milord. Je doute qu'un mariage puisse se consommer en solitaire.

Michael ne put s'empêcher de rire.

— Non, en effet. Et je vais d'ailleurs vous le prouver.

Il lui caressa les seins, titillant ses tétons à travers la fine étoffe de la chemise de nuit.

En réponse, elle laissa échapper un petit soupir à peine audible, mais c'était bon signe. Les soupirs conduisaient aux gémissements, et les gémissements s'achevaient par des cris passionnés – à condition que tout soit fait dans les règles, bien sûr.

Elle ne formula pas la moindre objection quand Michael commença à tirer sur les rubans qui fermaient le décolleté de la chemise. Il put alors écarter les pans du vêtement et découvrir ses seins. Ni trop gros, ni trop petits, ils étaient tout simplement exquis. Il laissa courir sa langue sur l'un d'eux, avant de refermer les lèvres sur un téton pour le suçoter.

— Oh.

Ce n'était qu'une syllabe, mais elle avait aux oreilles de Michael une charge puissamment érotique. Il suça le téton avec plus d'appétit, si bien qu'elle finit par poser les mains sur ses épaules – pour le repousser ou l'inciter à continuer, il n'aurait su le dire.

En fait, Michael était un peu dérouté. Il était habitué aux femmes d'expérience, qui savaient aussi bien comment donner du plaisir qu'en recevoir. Julianne, à l'inverse, n'avait même pas été embrassée sur la bouche. Au fond, il n'était pas vraiment surpris que Harry n'ait pas touché une seule fois sa fiancée. Elle avait à peine dix-huit ans lorsqu'il était mort, et tous deux devaient être dûment chaperonnés quand ils se retrouvaient ensemble, si bien qu'ils n'avaient probablement jamais connu un moment d'intimité.

La situation présentait au moins un avantage : Julianne ne pourrait pas les comparer. Tant mieux. Car Michael n'était pas certain de pouvoir égaler son frère. Harry n'avait jamais eu la même approche de la vie que lui. Il avait dû accorder une grande importance au mariage et à la vie de famille. Alors que Michael ne savait pas trop comment il devrait se comporter comme mari, et encore moins comme père.

Cependant, une rapide grossesse de Julianne satisferait tout le monde, à commencer par leurs parents respectifs. Et dès que la jeune femme serait enceinte, Michael pourrait l'expédier à la campagne.

— Je vais vous déshabiller, murmura-t-il, alors qu'il faisait déjà glisser la chemise de nuit sur ses épaules. Ne vous alarmez pas. Je veux juste regarder. Et savourer.

Elle fronça les sourcils, interloquée.

Michael en conclut, avec un certain amusement, qu'elle ne comprenait pas ce qu'il voulait dire.

Il la débarrassa de sa chemise de nuit, découvrant d'abord complètement ses seins, puis un joli petit ventre, une taille fine, et l'affriolant triangle noir en haut de ses cuisses.

Quand il eut ôté le vêtement, Michael le laissa tomber à côté du lit.

Il lui embrassa le ventre, en même temps qu'il lui caressait l'intérieur des cuisses.

Elle tressaillit. Puis elle se raidit, comme si elle voulait lui résister. Mais finalement elle se soumit, ainsi qu'elle l'avait fait depuis le début, et elle écarta les cuisses pour lui.

Une nuit de noces était une initiation. Michael devrait faire appel à tous ses dons de persuasion pour que Julianne comprenne qu'elle aurait du plaisir à coucher avec lui, et pour qu'elle souhaite le rejoindre souvent dans son lit.

Car, pour le reste, ils auraient très peu d'occasions de se croiser. Et aussitôt qu'elle serait enceinte, il l'expédierait loin d'ici.

Mais d'abord, il fallait qu'elle tombe enceinte.

Cette mission à l'esprit, Michael écarta doucement les replis du sexe de la jeune femme, ignorant ses gémissements de protestation. Son bouton de rose lui parut absolument parfait.

Il se pencha pour y déposer un baiser. Elle poussa un cri scandalisé et voulut se dégager. Mais Michael la retint fermement par les hanches. Et, au bout d'un moment, elle s'immobilisa.

Totalement.

Parfait.

Il la lécha goulûment. Elle se mit à frissonner. De plus en plus fort, à mesure que Michael ne ménageait pas ses efforts pour la conduire à l'extase – la première extase de sa vie de femme. En homme expérimenté, il savait qu'il approchait du but. Il en eut confirmation quand elle écarta largement les cuisses et lui agrippa les cheveux.

— Oh…

Oui. Viens. Viens pour moi…

Elle jouit plus vite qu'il ne s'y attendait. Son cri résonna dans la chambre, tandis que son corps tout entier était secoué de spasmes. Michael continua de la lécher, savourant son plaisir. Puis, quand elle commença à s'assouplir, il releva la tête pour se repaître du spectacle de ses yeux à moitié clos, encore chavirés de bonheur.

Lui-même était en pleine érection. Son propre désir lui incendiait les veines, malgré sa blessure qui persistait à le faire souffrir.

Au moins, il savait maintenant que Julianne était prête à le recevoir.

Michael se glissa hors du lit, le temps d'ôter son peignoir.

Elle écarquilla les yeux. De surprise, d'abord, en découvrant le bandage qui barrait son torse. Puis son regard s'abaissa jusqu'à son sexe dressé.

Michael n'avait pas pensé se servir de son ignorance de l'anatomie masculine pour la distraire de le questionner sur sa blessure. Il manquait d'expérience pour savoir comment une jeune femme, qui n'avait probablement reçu que quelques informations rudimentaires sur ce qui l'attendait lors de sa nuit de noces, pouvait réagir à la vue d'un sexe d'homme en pleine érection.

En tout cas, elle ne semblait pas apeurée. Juste un peu déroutée.

— Je… commença-t-elle.

Sa voix mourut dans sa gorge.

Michael se rallongea précautionneusement à côté d'elle – à la fois pour ne pas l'effrayer par des mouvements trop brusques et pour ne pas risquer de rouvrir sa blessure.

— Vous, quoi ?

— C'est plus gros…

Il haussa un sourcil.

— … que je ne l'imaginais, précisa-t-elle, le feu aux joues.

Que diable sa mère avait-elle été lui raconter ?

— Ne vous inquiétez pas, murmura-t-il à son oreille. Nous sommes faits pour nous accorder l'un à l'autre.

Michael n'avait jamais couché avec une vierge. Aussi n'avait-il pas d'idée précise de la douleur qu'elle ressentirait. Mais elle avait déjà expérimenté la jouissance, ce qui devrait la mettre en confiance.

Il lui écarta doucement les cuisses, avec son genou. À son grand soulagement, elle n'essaya pas de résister. Mais elle ferma les yeux.

Michael hésita. L'extrémité de son membre se pressait déjà contre la fente de la jeune femme, mais de la voir s'armer de courage pour ce qui allait suivre lui fit prendre conscience de la solennité du moment. De l'instant où il la pénétrerait, ils seraient liés pour le restant de leurs jours. Consommer un mariage signifiait qu'il n'y avait plus de retour en arrière possible. Non pas que Michael eût le moins du monde envie de changer d'avis. Mais, en déflorant Julianne, il en ferait véritablement sa femme.

L'instant était donc crucial. Et malgré sa détermination à ne pas s'impliquer émotionnellement, Michael se surprit à souhaiter que Julianne rouvre les yeux. Il ne voulait pas la pénétrer en ayant le sentiment qu'elle attendait qu'il en finisse.

— Julianne, murmura-t-il d'une voix rauque qui trahissait son désir. Regardez-moi.

5

Regardez-moi.

L'injonction était banale. Sauf que le moment n'avait rien de banal.

Julianne sentait le membre de son mari palpiter contre sa chair.

Elle s'exécuta et rouvrit les yeux.

Ses prunelles pailletées d'or brillaient d'une lueur qu'elle ne leur connaissait pas. Mais après tout, depuis le début de cette journée, Julianne avait eu d'autres occasions de se rappeler qu'elle ne savait pratiquement rien de l'homme qu'elle venait d'épouser.

Ce qui s'était passé tout à l'heure n'avait fait que la confirmer dans son opinion. Même si elle était entrée dans cette chambre sans avoir d'idée précise sur ce qui l'attendait en partageant le lit du marquis de Longhaven, elle n'aurait jamais imaginé qu'il puisse plaquer ses lèvres sur la partie la plus intime de son anatomie, et lui arracher un plaisir qu'elle n'avait encore jamais connu. Ses caresses s'étaient révélées parfaitement scandaleuses.

Mais ô combien délicieuses.

— Voilà qui est mieux, dit-il, avec une esquisse de sourire qui pouvait passer pour de l'approbation.

Son ton, cependant, avait quelque chose d'autoritaire, et Julianne faillit lui répliquer qu'elle ne faisait que souscrire aux recommandations de sa mère – laquelle lui avait demandé d'obéir en tout point à son mari.

Mais elle n'eut pas le temps de répondre : elle sentit au même instant le membre de son mari la pénétrer.

— Ne vous raidissez pas, murmura-t-il. Ce sera terminé dans un instant.

Puisqu'il n'avait jamais couché avec une vierge – c'était du moins ce qu'il avait prétendu –, comment pouvait-il se montrer aussi catégorique ? Julianne se sentit paniquer à l'idée de recevoir en elle son membre démesuré.

Pourtant, l'intrusion s'avéra moins douloureuse que redouté.

Mais la sensation était déroutante. Parce que c'était Michael. Julianne avait beau savoir depuis des semaines qu'elle deviendrait sa femme, elle n'arrivait toujours pas à se faire à cette réalité.

Même à cet instant où il était allongé, nu, sur elle.

Il s'était immobilisé. Mais alors que Julianne sentait sa chair s'habituer à l'invasion, il poussa plus avant, pour la pénétrer complètement.

Elle ne put retenir un cri de douleur.

— Là, là, dit-il, lui caressant la joue avec une surprenante douceur. C'est fini.

Julianne avala sa salive. Elle n'aurait pas su dire si elle éprouvait de la souffrance ou du plaisir. Une sorte de réflexe lui fit arquer les reins et son inconfort disparut d'un coup, comme par enchantement.

Elle en fut grandement soulagée.

— Je... Je me sens bien, dit-elle.

Il haussa un sourcil.

— Seulement « bien » ? Vous méritez mieux. Laissez-moi vous montrer ce dont je suis capable.

Julianne ignorait ce qu'il entendait par là, mais elle ne tarda pas à le découvrir. Il se retira légèrement pour la pénétrer de plus belle, après quoi il se mit à onduler des reins, lentement, à une cadence régulière.

Au début, c'était supportable. Puis assez plaisant. Et quand il accéléra ses coups de reins, cela devint franchement agréable. Le corps de Julianne répondait instinctivement à ses assauts : elle soulevait les hanches en rythme. Et elle lui caressait le dos. Mais ses mains ne descendaient pas très bas : elles s'arrêtaient à son bandage.

Elle se demanda une nouvelle fois pourquoi il portait un pansement, mais sa curiosité fut de courte durée : ce qui se passait entre eux l'empêchait de réfléchir posément. Les sensations qu'elle éprouvait étaient trop tumultueuses.

Son mari avait insinué une main entre ses cuisses, pour caresser son bouton de rose.

Julianne s'agrippa à ses épaules et laissa échapper un petit gémissement de pur plaisir.

— Viens ! l'encouragea-t-il.

Elle ne comprit pas ce qu'il lui demandait, mais elle n'eut pas le loisir de lui réclamer des précisions : son corps explosa littéralement de l'intérieur.

La jouissance rappela à Julianne celle qu'elle avait déjà ressentie tout à l'heure, quand son mari l'avait caressée avec sa langue, mais cette fois, c'était encore plus intense. Le monde chavirait devant ses yeux, c'est à peine si elle pouvait respirer. Elle sentit cependant son mari se raidir subitement et pousser un grand râle, alors que son corps était agité de spasmes qui semblaient faire écho aux siens.

Lorsque son plaisir commença de refluer, sa première pensée fut pour Harry – et elle eut l'impression d'avoir commis une traîtrise. Non pas envers Michael, parce qu'elle pensait à un autre homme alors que leurs corps étaient encore enlacés, mais vis-à-vis de Harry.

Car elle comprenait que sa nuit de noces avec Harry n'aurait pu ressembler à cela.

Celui-ci avait possédé beaucoup de qualités, mais il n'avait jamais témoigné une grande attention envers les autres. Probablement se serait-il réjoui qu'elle prenne du plaisir à leurs étreintes, mais il n'aurait certainement pas déployé autant d'ingéniosité pour s'assurer qu'elle aimerait cela dès la première fois.

Elle connaissait à peine Michael, pourtant elle était certaine que son intuition ne la trompait pas. Son mari – le mari que le destin lui avait finalement réservé – s'était soucié de son plaisir.

— Ça va ? demanda-t-il, d'une voix presque hésitante.

Ce ton surprit Julianne, car il ne devait pas être homme à se laisser intimider facilement. Et ses cris de jouissance auraient dû lui donner une réponse.

— C'est plutôt moi qui devrais vous demander cela, milord. Je n'ai pas un bandage en travers du torse. Que vous est-il arrivé, si ce n'est pas indiscret ?

— J'ai eu un petit accident, conséquence d'une faute d'inattention de ma part. Mais c'est sans gravité.

Julianne restait sceptique. À en juger par la taille du pansement, il minorait les faits.

— Personne ne m'a parlé de votre accident.

— Pourquoi vous aurait-on informée ?

— Quelle drôle de façon de me répondre ! s'exclama Julianne, avec plus de mordant qu'elle ne l'aurait voulu. N'aurait-il pas été normal que votre fiancée soit avertie de votre état ?

— Mon état, comme vous dites, n'a pas eu de conséquence sur notre mariage, rétorqua-t-il.

Il lui embrassa la gorge, avant d'ajouter :

— Ni sur mes capacités à remplir mon devoir conjugal, n'est-ce pas ?

— Non... non, bien sûr.

Cette manière d'éluder sa question, pourtant légitime, troublait Julianne. Cependant, elle avait du mal à se concentrer alors qu'il lui léchait maintenant le cou. Elle était encore un peu hébétée par ce qui venait de se passer – d'autant plus qu'il était toujours en elle.

— Je crois même que je pourrais m'acquitter de mon devoir une deuxième fois, dit-il. Si vous m'accordez quelques minutes de repos.

Une deuxième fois ? La mère de Julianne n'avait pas parlé de plus d'une fois par nuit. Mais il est vrai qu'elle n'avait abordé le sujet qu'à contrecœur.

— Comme vous voudrez, milord, murmura la jeune femme, ne sachant trop quoi répliquer.

Il redressa la tête pour accrocher son regard.

— Vous répondez en épouse soumise. Ne souhaitez-vous pas que je recommence ? J'ai pourtant eu l'impression que vous aviez aimé.

Oui, elle avait aimé. Et il le savait pertinemment. Mais une lady digne de ce nom devait-elle le crier sur les toits ? Julianne avait toujours entendu deux sons de cloche, diamétralement opposés : il y avait les femmes qui n'hésitaient pas à parler du plaisir éprouvé avec un homme, et celles qui détestaient coucher avec leur mari, ne s'y pliant que par obligation.

Mais puisqu'elle était désormais mariée, Julianne était plutôt soulagée d'appartenir, semble-t-il, à la première catégorie. Et au diable les conventions.

— J'ai beaucoup aimé, avoua-t-elle. Ce n'était pas du tout répugnant, comme je me l'étais imaginé.

— Répugnant ? répéta Michael, visiblement amusé. Qui a bien pu vous raconter pareilles sornettes ? Je comprends, maintenant, pourquoi vous faisiez tout à l'heure une tête de condamnée s'apprêtant à monter sur l'échafaud.

— Toutes les mariées ne sont-elles pas un peu nerveuses avant leur nuit de noces ? rétorqua Julianne, sur la défensive. Elles savent qu'elles vont vivre une expérience à laquelle personne ne les a vraiment préparées.

En tout cas, ce fut mon cas. Ma mère a bien essayé de m'en parler, mais ce n'était pas très explicite.

— Mettez-vous à sa place. Pourriez-vous expliquer facilement ce qu'est le plaisir physique ?

Il marquait un point. La jouissance qu'avait éprouvée Julianne était de l'ordre de l'indicible.

— Non, je ne crois pas, admit-elle, avant de s'esclaffer. La démonstration constitue probablement la meilleure explication possible. Embrassez-moi encore… s'il vous plaît.

Une lueur fugitive traversa ses prunelles. Était-il surpris par une requête aussi spontanée ? Sans doute. Julianne, du reste, était la première surprise de son audace.

Il approcha ses lèvres des siennes.

— Avec plaisir, milady.

Et il l'embrassa.

Et l'embrassa encore.

— Vous portiez cette robe ?

Antonia, assise dans un fauteuil, caressa sa robe de satin rouge avec un sourire de félin.

— Je voulais qu'il remarque ma présence.

— Une robe rouge, pour un mariage ? Vous n'étiez pas obligée d'aller jusque-là. Je suis sûr qu'il vous aurait de toute façon remarquée. Peu de choses échappent à Longhaven. C'est d'ailleurs grâce à cela qu'il a réussi à survivre aussi longtemps.

Antonia leva son verre vide d'un air de dérision.

— J'avais besoin de partager ce moment avec lui. Et maintenant, portons un toast au merveilleux couple qu'il forme avec sa femme. Redonne-moi à boire, chéri.

Lawrence repoussa la carafe de brandy.

— Vous avez assez bu comme cela. Voulez-vous aggraver votre chagrin en vous réveillant demain matin avec une migraine de tous les diables ?

Antonia plissa les yeux, comme s'il l'avait offensée.

— Une migraine ?

— Vous êtes soûle, ma chère. Ou, du moins, en bonne voie de l'être.

Le ton raisonnable de Lawrence irritait Antonia. Et puis, il se trompait. Elle n'avait pas assez bu, au contraire. Elle avait malheureusement l'esprit encore beaucoup trop clair.

Mais pourrait-elle jamais boire suffisamment pour apaiser sa douleur ?

— Je les ai vus quitter la salle de bal pour monter à l'étage, murmura-t-elle.

Elle se sentait tout à coup très fatiguée, et n'était pas certaine de souhaiter poursuivre cette discussion. Elle ajouta pourtant :

— Je n'aurais pas dû m'attarder au bal, mais c'était plus fort que moi. Tu sais, comme lorsqu'on ne peut pas s'empêcher de donner des coups de langue à une dent qui vous fait souffrir. À l'heure où nous parlons, ils sont probablement au lit ensemble.

— Probablement, acquiesça Lawrence de ce même ton raisonnable. C'est en général ainsi que se terminent les nuits de noces.

Les fenêtres de la chambre d'Antonia laissaient pénétrer un air humidifié par les récentes pluies. Mais la nuit était parfaitement claire et les étoiles brillaient dans le ciel. Une petite brise agitait les tentures.

D'ordinaire, Antonia aimait contempler sa chambre meublée avec élégance. Ce décor la rassurait, car il lui rappelait ce qu'elle avait pu regagner, après avoir tout perdu.

Mais ce soir, elle ne tirait aucune consolation du raffinement qui l'entourait.

Ce soir, elle éprouvait un sentiment de vide déchirant.

Elle était hélas bien placée pour savoir ce que la nouvelle marquise de Longhaven devait ressentir dans les bras de son mari. Beaucoup de tendresse, des caresses merveilleuses et un plaisir incomparable. Même blessé, Michael saurait s'acquitter de sa nuit de noces avec la même conviction que tout ce qu'il entreprenait. Il y avait chez lui un désir incessant de séduire, de désarmer et de conquérir.

Rien n'était jamais laissé au hasard. Il planifiait tout. Avec une efficacité redoutable.

Les femmes étaient fascinées par Michael non seulement parce qu'il était beau et riche, mais aussi parce qu'il dégageait une aura de parfaite assurance.

Antonia avait rencontré très peu d'hommes comme lui. À maints égards, il était même unique.

— Elle ne l'aime pas, et il la connaît à peine, lâcha-t-elle sans pouvoir cacher son ressentiment. La cérémonie terminée, ni l'un ni l'autre n'avaient l'air heureux. Ils se sont mariés par obligation. Quel bonheur peuvent-ils espérer ?

— Si la guerre n'avait pas éclaté, vous auriez épousé un homme que vous aurait choisi votre père, lui rappela Lawrence. Dans les familles aristocratiques comme la vôtre ou celle du marquis, les mariages se font rarement par amour, vous le savez bien.

Il était assis en face d'elle, très détendu dans son fauteuil, les jambes étirées devant lui et les chevilles croisées. Sa chemise à moitié déboutonnée laissait entrevoir son torse hâlé par le soleil.

— Il est plus facile d'être un paysan comme moi, reprit-il. Personne n'aurait pu m'obliger à épouser telle femme plutôt que telle autre, pour consolider une fortune familiale que mes parents ne possédaient d'ailleurs pas.

Il avait raison. Antonia aurait subi un mariage arrangé semblable à celui de Michael. Mais elle n'était pas d'humeur à l'admettre. Le bon sens de Lawrence l'insupportait. Et elle n'arrivait toujours pas à comprendre ses motivations envers elle.

— Vous n'auriez pas dû vous rendre à ce mariage, poursuivit-il, imperturbable. À tout le moins, vous n'auriez pas dû rester au bal et prétendre vous amuser, alors que vous rêviez d'étrangler la nouvelle marquise de Longhaven – ce dont je vous sais très capable – pour lui chiper son mari.

Il porta son verre à ses lèvres, mais il ajouta avant de boire :

— Quoi qu'il en soit, Longhaven a tenu sa promesse et il a épousé cette fille. C'est terminé, Antonia.

C'est terminé.

Et pourtant, Antonia ne pouvait toujours pas se résoudre à cette idée.

— Il était plus beau que jamais, dit-elle.

— Je veux bien vous croire.

— Sa femme aussi était ravissante. Enfin, à condition d'aimer les brunes insipides avec de grands yeux innocents. Je parierais que la jeune ingénue n'avait encore jamais été embrassée par un homme avant que Longhaven ne pose un baiser sur ses lèvres au moment de l'échange des vœux.

— Pourquoi les avez-vous regardés s'embrasser ?

Antonia avait envie de pleurer. Pourtant elle ne pleurait jamais. En tout cas, pas depuis que les Français avaient tué sa famille et détruit sa maison.

— J'ai vu bien pire, dit-elle, mais sa voix se brisait et elle s'en voulait de cette manifestation de faiblesse. Toi aussi.

Lawrence hocha la tête. Il savait bien sûr de quoi elle parlait.

— Oui. Et nous avons survécu tous les deux. Vous oublierez Longhaven, avec le temps. Je ne me fais pas d'inquiétude pour vous. Vous vous êtes toujours battue et vous continuerez.

Antonia bondit de son siège, dans un éclair de satin écarlate, pour faire les cent pas sur le tapis. Elle aurait dû avoir honte d'avoir porté une telle robe pour le mariage. C'était une robe de catin, or elle n'était pas une catin. Quelle mouche l'avait piquée ? Elle comprenait, à présent, que lady Julianne ait paru surprise lorsqu'elle lui avait été présentée.

— L'oublier ? Je l'espère. En tout cas, je m'y emploierai.

Lawrence se leva à son tour et lui prit fermement le bras, pour l'immobiliser et l'inciter à le regarder. Ce n'était pas un geste de gentleman, mais il n'était pas un gentleman. Et il n'avait jamais essayé de se faire passer pour tel. Mais si Antonia et Lawrence n'appartenaient pas au même monde, ils se comprenaient. Ils étaient pareils.

— Les deux agressions dont il a été récemment victime m'inquiètent, dit-il. Pas pour lui, car il sait se défendre, mais pour vous. J'aimerais que vous preniez vos distances avec le marquis. Laissez-le risquer sa vie pour l'Angleterre, si ça lui chante, mais ne vous mêlez pas de ses affaires.

— Tu y es bien mêlé, toi !

— Nous travaillons pour les mêmes gens, mais ce n'est pas la même chose. Quant à vous, vous êtes riche et votre statut de veuve vous protège. Je veux que vous...

— Tu *veux* ? répéta Antonia, libérant son bras. Ce qui s'est passé aujourd'hui m'a prouvé une fois de plus que nous n'obtenons pas toujours ce que nous voulons, mais tu es encore plus mal placé que moi pour exiger quoi que ce soit.

Elle se demandait parfois si elle ne finirait pas, un jour, par le pousser à bout et l'inciter à la quitter. Mais il se contenta de serrer les mâchoires.

— Vous êtes désagréable avec moi parce que vous êtes jalouse. Si sa jeune épouse est aussi fade et inintéressante que vous le prétendez, Longhaven voudra peut-être bientôt recoucher avec vous. Mais vous n'obtiendrez jamais plus de lui qu'une partie de jambes en l'air, parce qu'il ne pourra pas vous donner davantage. En attendant, n'oubliez pas que je suis toujours disposé à satisfaire vos désirs.

Antonia devait admettre que la proposition était tentante. Michael s'était montré un merveilleux amant, durant leur courte liaison. Mais Lawrence n'était pas mal dans un autre genre – plus sauvage, plus gourmand aussi.

Et il ne se contentait pas de la désirer. Antonia sentait qu'il avait *besoin* d'elle. Alors que Michael, pas du tout. Elle s'était souvent demandé si Michael Hepburn avait besoin de qui que ce soit sur cette terre.

La réponse était probablement non. En tout cas, il n'avait pas besoin *d'elle*.

Pourtant, elle l'aimait. Son supplice en était d'autant plus grand.

Et ce soir, il couchait avec une autre. Une autre qu'il ne se contenterait pas de serrer dans ses bras : il lui avait déjà donné son nom, et il ne tarderait pas à lui faire des enfants.

Probablement devait-il d'ailleurs s'y employer en ce moment même.

La douleur d'Antonia était si atroce qu'elle n'était pas certaine de pouvoir la supporter très longtemps.

— Très bien, lâcha-t-elle. Dans ce cas, prends-moi.

Sans doute était-ce son ton trop mordant, ou son expression, toujours est-il que Lawrence recula.

— Je vous prendrai, ne vous inquiétez pas. Mais pas ce soir. Je n'ai pas envie d'être le dindon de la farce.

Parlait-il sérieusement ? La repoussait-il vraiment ?

— Quoi ? s'exclama Antonia, outragée.

Il recula d'un autre pas.

— Vous ne penseriez qu'à lui pendant que je vous serrerais dans mes bras. Ça ne m'intéresse pas de vous servir de substitut.

Antonia avait envie de crier. Ou de se jeter sur lui.

— D'ordinaire, tu es moins réticent pour me grimper dessus, répliqua-t-elle avec une vulgarité délibérée.

Le coup porta, car son visage se durcit.

— Pas ce soir, lady Taylor.

— Bon, puisque tu ne veux pas tirer ton coup…

Elle voulut hausser les épaules d'un air d'indifférence, mais la pièce se mit à tourner devant ses yeux. Peut-être était-elle effectivement un peu soûle, tout bien considéré.

Elle avait dû tituber, car Lawrence se précipita pour la prendre dans ses bras. Mais son étreinte n'avait pas l'impétuosité de celle d'un amant.

Le diable l'emporte.

— Venez, lui dit-il. Je vais vous déshabiller. Vous avez grand besoin de dormir, à présent. Demain, tout ira mieux, je vous le promets.

Antonia en doutait. Cependant, elle voulait se raccrocher à cet espoir.

— Souhaitons-le.

— Vous savez bien que j'ai souvent raison.

Il la porta jusqu'au lit, puis entreprit de lui enlever sa robe. Mais pas avec son impatience habituelle. Ses gestes étaient doux. Son regard attentif – et pas du tout lubrique.

— Avez-vous mangé quelque chose, à la fête ?

Comment aurait-elle pu manger ?

— Rien du tout, confessa-t-elle.

— Je vais vous monter du potage. Vous ne pouvez pas vous coucher avec l'estomac rempli seulement de brandy.

Après sa robe, il la débarrassa de ses souliers et de ses bas.

Antonia n'était plus une petite fille, et elle s'insurgeait de son attitude paternaliste. D'un autre côté, elle était contente qu'il s'occupe d'elle. Au moins, *quelqu'un* tenait à elle. Elle avait perdu tant d'êtres proches…

Michael aussi tenait à elle, bien sûr. À sa façon, qui n'était pas celle qu'aurait désirée Antonia. Il serait prêt à mourir pour elle – il avait déjà eu l'occasion de le prouver – mais elle ne pourrait pas avoir son cœur.

La femme qui réussirait à lui faire baisser sa garde n'était pas encore née.

6

L'aube était comme il l'aimait : aussi douce et réconfortante que l'étreinte d'une mère.

Michael éperonna son cheval pour le lancer au galop. Cette chevauchée matinale faisait partie de sa routine quotidienne. Cependant, suite aux récents événements, il avait décidé d'emprunter un chemin qui sortirait de l'ordinaire. Sa blessure le faisait encore souffrir mais il avait découvert, après tous les coups qu'il avait reçus en Espagne, qu'il guérissait rapidement. Et cette blessure-là n'était pas très grave.

D'ailleurs, il s'était fort bien acquitté de sa nuit de noces.

Un petit brouillard flottait dans les allées de Hyde Park. Michael tira sur les rênes d'Hector pour ralentir son allure. Il avait l'esprit préoccupé par la tournure inattendue que semblait prendre son mariage.

S'il voulait être honnête avec lui-même, il devait reconnaître que les choses ne s'étaient pas déroulées comme il l'avait imaginé. Certes, il n'avait pas douté un seul instant d'être excité par sa jeune épouse. Julianne était une très belle femme. Mais sa réaction n'avait pas été celle qu'il avait anticipée.

Il n'aurait pas cru retirer un tel plaisir de coucher avec une jeune vierge, par définition inexpérimentée.

Bien sûr, il avait fait de son mieux pour la satisfaire. Mais la réponse sensuelle de Julianne à ses caresses lui avait révélé un aspect de sa personnalité dont il n'avait pas eu conscience. Malgré ses craintes, aisément compréhensibles, son épouse avait fait preuve d'une véritable passion charnelle. Pourtant, avant les noces, elle avait manifesté en sa présence une telle réserve que Michael s'était convaincu qu'elle serait parfaitement inintéressante au lit.

Il s'était trompé. Et peut-être n'était-ce pas le seul point sur lequel il s'était forgé une fausse idée de sa femme.

Michael conduisait de plus en plus distraitement son cheval. Il regrettait, à présent, de ne pas avoir cherché à mieux connaître Julianne avant de s'unir à elle.

Mais cela aurait-il changé sa décision de l'épouser ?

Non. Quand bien même elle aurait été corpulente avec un visage ingrat, au lieu d'être si ravissante, il se serait marié avec elle. Michael n'avait pas oublié la solennité de son père lorsque celui-ci lui avait proposé de prendre la place de son frère aîné dans le contrat de mariage. Le duc de Southbrook n'était pas homme à s'abaisser au point d'implorer qui que ce soit, et certainement pas son fils. Mais Michael avait lu dans ses yeux le désir farouche de continuer à vivre, au lieu de s'enfermer dans le chagrin d'avoir perdu son fils préféré. Le duc et le père de Julianne étaient des amis d'enfance et quand ils s'étaient mariés, à quelques mois d'intervalle, ils avaient fait le serment d'unir leurs enfants – à condition, bien sûr, que le destin le permette. Harry était né près d'une dizaine d'années avant Julianne, mais leur sort avait donc été scellé d'avance, et celle-ci s'était retrouvée fiancée quasiment dès le berceau. Elle avait grandi dans la certitude qu'elle deviendrait un jour marquise de Longhaven et, plus tard, duchesse de Southbrook. Elle ne s'était jamais intéressée à Michael, sinon avec la politesse qu'elle se devait de témoigner à son futur beau-frère.

Mais il était inutile de s'interroger sur ce qui serait advenu si Harry vivait encore. Aujourd'hui, Julianne était la femme de Michael. Le destin en avait décidé ainsi. Et la grande surprise, c'était donc que Julianne se soit révélée une amante enfiévrée.

Il n'y avait pas que cela. C'était toute l'idée que Michael s'était faite de ce mariage qui semblait ne plus correspondre à la réalité. D'accord, Julianne était jeune et encore naïve, comme il l'avait redouté. Mais elle était aussi très intelligente. Et plus aventureuse qu'il ne l'aurait pensé. Son enthousiasme à découvrir les joies du devoir conjugal le prouvait.

À sa stupéfaction, Michael l'avait trouvée… enchanteresse.

Il avait pourtant abordé ce mariage comme il l'aurait fait de n'importe quelle mission d'espionnage : avec le sens du devoir et un détachement qui n'était tempéré que par le souci de réussir ce qu'on attendait de lui. Mais Julianne l'avait désarmé avec son mélange de candeur et de passion – non seulement au lit, mais aussi dans la conversation. La séduire physiquement était une chose. Michael avait pensé s'acquitter de cet objectif sans s'impliquer davantage. Maintenant, il n'était plus sûr de rien.

En vérité, il s'était laissé totalement surprendre. Et c'était précisément cela le plus *surprenant*. Michael avait toujours tiré orgueil de sa capacité à jauger les gens et les situations – capacité grâce à laquelle il avait pu rester en vie au milieu des pires dangers.

Julianne constituait de toute évidence une exception.

Au bout d'une heure de chevauchée, il reprit le chemin de la maison, l'esprit toujours préoccupé. Il lui fallait résoudre le mystère de ces deux agressions consécutives. Heureusement, Julianne n'avait pas insisté pour connaître les raisons précises qui lui valaient de porter un bandage en travers de la poitrine. Mais sa curiosité avait été éveillée – à bon droit. Michael avait recouru aux artifices de la séduction pour la distraire de cette question. Cela avait marché, mais pour combien de temps ? Julianne avait l'esprit trop vif pour se laisser abuser bien longtemps.

Damnation.

La silhouette néoclassique de Southbrook House qui se profilait devant Michael lui inspirait des pensées non moins perplexes que sa jeune épouse. La bâtisse, aussi ostentatoire qu'un palais, ne passait pas inaperçue dans Mayfair. Et le soleil matinal parait sa façade d'une belle lumière mordorée. Mais la mort de Harry avait prouvé que la fortune matérielle ne préservait pas des infortunes du sort, et Michael se demandait s'il rendrait service à ses futurs enfants en leur donnant vie dans ce monde imparfait. Ni l'argent ni le prestige d'une grande famille aristocratique ne pouvaient vous assurer le bonheur à coup sûr.

C'était la première fois qu'il envisageait la perspective de devenir père. Mais à présent qu'il se trouvait au pied du mur, autant aller vite. Du reste, sa femme était peut-être déjà enceinte – la plupart du temps, il ne suffisait que d'une fois.

Cette idée le troublait.

Arrivé à destination, il mit pied à terre et confia les rênes de sa monture à un lad qui se chargea de ramener l'animal à l'écurie. Michael, cependant, continuait d'être pensif. Il réalisait qu'il n'avait pas seulement évité, ces derniers mois, tout contact avec sa future épouse. Il avait éludé la situation entière.

Mais à présent, il ne pouvait plus fermer les yeux.

— Bonjour, milord, l'accueillit Rutgers, le majordome, qui lui ouvrit la porte avec un grand sourire. J'espère que vous avez fait une plaisante promenade ?

Une promenade intéressante, à n'en pas douter. Mais Michael n'était pas certain de pouvoir la qualifier de « plaisante ».

— Le temps est très beau, aujourd'hui, répondit-il d'une voix neutre.

Le majordome aux cheveux argentés inclina la tête.

— En effet, milord.

— J'imagine que la plupart des invités sont encore au lit ? demanda Michael, ôtant ses gants.

Au-dessus de sa tête, une ribambelle de cupidons armés d'arcs et de flèches ornaient la frise ceinturant le plafond du vestibule. Michael n'y avait guère porté attention jusqu'ici, mais ce matin la symbolique d'une telle représentation ne pouvait pas lui échapper.

— La fête s'est terminée il y a peu, milord.

— Je suis heureux de savoir qu'elle ait remporté un tel succès.

— Un bruyant succès, si je puis me permettre, milord.

La nuit de noces de Michael avait été elle aussi un succès, mais il n'allait évidemment pas le révéler à son majordome.

— Je prendrai mon petit déjeuner dans mes appartements, pour éviter d'avoir à subir une nouvelle vague de congratulations. Au risque de paraître rustre, je crois que j'en ai eu mon lot pour l'instant.

— Je vous comprends, milord, acquiesça le majordome, sans se départir de son impassibilité habituelle.

Comme Rutgers servait la famille depuis des décennies, Michael lui demanda soudain :

— Mes parents ont-ils apprécié les festivités ?

Rutgers s'éclaircit la voix.

— Votre mère, milord, ne m'avait pas paru aussi heureuse depuis bien longtemps. En fait, depuis... Vous me comprenez.

Depuis la mort de Harry. Michael comprenait d'autant mieux que c'était la principale raison pour laquelle il avait consenti à ce mariage : soulager le chagrin de ses parents. Il hocha la tête et se dirigea vers le grand escalier. Comme il était encore tôt, il se demanda si Julianne était réveillée. Il l'avait quittée alors qu'elle dormait profondément, ses cheveux soyeux répandus sur l'oreiller et ses seins si délectables cachés sous les draps.

— *Embrassez-moi encore, s'il vous plaît.*

Aucun homme digne de ce nom n'aurait pu résister à une requête murmurée aussi innocemment – avec, cependant, un rien de provocation dans l'intonation. Michael, en tout cas, en avait été incapable. Ils avaient refait l'amour, cette fois avec beaucoup moins de retenue. Julianne avait répondu à chaque caresse et à chaque coup de reins avec une ferveur et un plaisir enthousiastes.

En d'autres termes, Michael avait connu un moment de pur bonheur.

À présent, il lui restait à savoir ce qu'il voulait faire de ce bonheur.

Elle était seule.

Julianne, se réveillant tout juste, roula dans les draps. Le décor, qui ne lui était pas familier, contribuait à la désorienter. Des tentures bleues accrochées au baldaquin du lit, une grande armoire dans un coin, des fenêtres immenses…

La chambre de son mari.

Les détails de la nuit précédente lui revinrent d'abord au compte-gouttes, puis avec la force d'un torrent. Elle laissa échapper un petit gémissement mortifié en réalisant qu'elle était nue sous les draps. Sa chemise de nuit et son peignoir gisaient encore là où Michael les avait déposés hier soir.

La jeune femme se redressa pour s'adosser à la tête de lit. La pendule de la cheminée égrenait les secondes avec son tic-tac, mais pour le reste la chambre était plongée dans un silence complet.

Agrippant le drap d'une main pour couvrir ses seins, Julianne regarda autour d'elle. Il y avait quelque chose d'étrange à se réveiller dans le lit d'un homme qu'on connaissait à peine. Au moment, hier, de pénétrer dans l'église au bras de son père, elle savait déjà que sa vie s'apprêtait à basculer de manière irrémédiable. Mais avoir conscience d'un changement imminent et le vivre étaient deux choses radicalement différentes.

D'un autre côté, sa nuit de noces ne s'était pas déroulée comme elle l'avait imaginée. Michael l'avait caressée de manière choquante, mais elle devait bien s'avouer – et elle en avait presque honte, rétrospectivement – qu'elle s'était offerte sans retenue à ses caresses. Peut-être parce qu'il s'était montré attentif à son plaisir. Ce qui la ramenait au point de départ : elle connaissait vraiment très peu son mari. Avant qu'il ne la prenne dans ses bras pour lui faire l'amour, elle n'aurait jamais pensé qu'il puisse lui témoigner autant d'égards.

Julianne fronça les sourcils. En même temps, elle avait du mal à se représenter Michael comme un homme manquant d'égards envers ses semblables. Il était toujours poli en toutes circonstances, prévenant avec sa mère, charmant avec les autres femmes… Cela dit, il demeurait quelqu'un qui contrôlait totalement ses émotions.

Même durant leurs étreintes, elle avait eu le sentiment qu'il répugnait à se libérer complètement pour ne plus faire parler que son corps.

Avant de l'épouser, Julianne le considérait déjà comme un homme complexe. Après vingt-quatre heures de mariage, cette opinion était renforcée.

— Je vois que vous êtes réveillée. Voulez-vous que je sonne votre camériste ?

Julianne sursauta. Elle n'avait pas entendu la porte s'ouvrir. L'objet de ses pensées se tenait à présent devant elle, vêtu d'une tenue d'équitation, les bottes parfaitement lustrées. Son expression restait, une fois de plus, indéchiffrable. Il était toujours aussi séduisant et toujours aussi énigmatique.

L'amant prévenant semblait avoir disparu. Julianne eut l'impression qu'il s'était comme retiré dans sa coquille.

Elle s'éclaircit la voix.

— Je vais réintégrer ma chambre et sonner moi-même, milord.

— Très bien, dit-il.

Il la regardait avec un détachement presque glacial.

Julianne se sentit rougir. Elle agrippait toujours le drap pour couvrir sa nudité, alors qu'elle s'était vautrée dans les bras de son mari en gémissant de plaisir. Michael avait vu tout ce qu'il y avait à voir de son corps, et pourtant Julianne s'accrochait à ce drap avec une pudeur désespérée.

Il avait conscience de son attitude, bien sûr, car son regard s'arrêta un instant sur la main de Julianne qui serrait le drap. Mais si la réaction de son épouse l'amusa, il n'en témoigna rien.

— Ma journée sera très chargée, reprit-il. Je crois que ma mère a prévu un lunch, pour les invités qui seront encore dans la maison. Si je peux, je vous y rejoindrai.

S'il *pouvait* ? Mais ne venaient-ils pas tout juste de se marier ?

Julianne était effondrée. Elle se sentait… congédiée.

Il inclina gracieusement la tête en guise de salut, puis tourna les talons pour s'enfermer dans son dressing. Julianne contempla la porte close. Son mari la traitait avec une indifférence manifeste. Mais devait-elle s'en étonner ? Pourquoi lui témoignerait-il une affection qu'il ne pouvait pas ressentir ? Il la connaissait à peine et il l'avait épousée par obligation. Au lit, il pouvait éprouver du désir pour son corps, mais cela s'arrêtait là.

Julianne était jeune et sans doute naïve à bien des égards, cependant elle savait une chose : l'attirance physique et les sentiments n'allaient pas forcément de pair.

N'empêche : elle était déconcertée de constater qu'après ce qui s'était passé entre eux la nuit dernière, son mari n'avait rien de mieux à lui offrir qu'une courtoisie purement formelle.

La jeune femme sortit du lit, ramassa sa chemise de nuit qu'elle s'empressa d'enfiler avant de se diriger – presque en courant – vers sa chambre, s'arrêtant juste un instant pour récupérer son peignoir au passage.

Cependant, elle avait bien conscience d'être ridicule d'être déçue.

Oui. Ridicule.

Elle tira le cordon de sonnette près du lit et attendit, partagée entre des émotions contradictoires. Après tout, si son mari voulait qu'ils forment l'un de ces couples dont les deux époux menaient des vies parfaitement séparées, cela simplifierait la situation. Julianne avait toujours rêvé d'indépendance. Ses parents avaient beau l'aimer, elle les trouvait un peu trop protecteurs et elle était lasse d'être chaperonnée à tout instant.

À présent, elle n'était plus une ingénue, mais une femme mariée. Son nouveau statut présentait certains avantages. Et d'abord financièrement. Si elle avait bien compris les termes du contrat de mariage que lui avait expliqués son père, elle toucherait une pension rondelette. Cela aussi lui faciliterait la vie.

Quand Camille, sa camériste, arriva, son uniforme amidonné et parfait pour servir dans une maison ducale, Julianne avait pris sa décision. Il n'était pas question qu'elle se lamente sur les côtés négatifs de son mariage. De toute façon, elle ne réussirait sans doute jamais à ébranler le mur d'indifférence érigé par Michael Hepburn.

En avait-elle seulement envie ? Les mariages, dans le beau monde, se résumaient souvent à des unions de pure façade. Au lendemain de leurs noces, le mari de Julianne n'avait déjà plus une seconde à lui consacrer. Son attitude était sans doute un bon indicateur de la manière dont il envisageait la suite de leurs relations.

Pourtant, elle se sentait humiliée. Certes, elle ne devait pas perdre de vue que son mari était un homme très occupé. La fortune et les titres nobiliaires impliquaient des devoirs.

— Voulez-vous prendre votre petit déjeuner maintenant, milady ?

Julianne, tirée de ses pensées, se tourna vers sa caméristе. La jeune domestique aux joues rebondies esquissa aussitôt une courbette.

Cette marque de déférence rappela à Julianne son changement de statut social. Chez ses parents, sa camériste s'était toujours comportée avec elle davantage en amie qu'en servante.

Elle s'éclaircit la voix.

— Du thé et des toasts me suffiront. Mais j'aimerais aussi prendre un bain.

— Oui, milady. Tout de suite.

Tandis qu'elle attendait qu'on lui prépare son bain, la jeune femme détailla la chambre quelque peu grandiose qui serait désormais la sienne. La décoration était probablement l'œuvre de sa belle-mère. Elle était dominée par la couleur jaune – depuis le citron clair jusqu'au jaune doré. Quant au tapis, il était dans des tonalités d'ivoire et d'ocre. Une porte-fenêtre donnait sur un balcon. Julianne l'ouvrit et découvrit que le balcon courait jusqu'à la chambre de son mari. La pièce possédait également un dressing, de proportions imposantes, dans lequel sa garde-robe avait été rangée.

Mais ce luxe n'aurait pas dû la surprendre. Après tout, elle était la nouvelle marquise de Longhaven, et une future duchesse.

Comme Julianne s'attendait depuis longtemps à ce mariage, ce n'était de toute façon pas l'aspect matériel de ses noces qui la troublait le plus, mais bien l'attitude de Michael.

La jeune femme se laissa choir dans un ravissant fauteuil tendu de soie crème avec des rayures jaunes. Un léger inconfort, entre ses cuisses, lui rappela sa nuit.

Une question la taraudait. Avait-elle satisfait son mari ?

Leurs situations n'étaient pas du tout égales. Car elle n'avait aucun point de comparaison, alors que Michael ne devait pas en manquer – Julianne se doutait qu'il avait eu de nombreuses maîtresses.

Elle regarda par la fenêtre. Qu'était-il préférable ? Être une épouse par obligation, ou une maîtresse délibérément choisie ? En tant qu'épouse, Julianne jouissait du nom de son mari et de la protection qui y était attachée. Mais pas de son affection.

L'idéal, bien sûr, serait d'avoir les deux. Mais, à en juger par l'attitude de Michael tout à l'heure, cela semblait mal parti.

Lawrence posa une bourse remplie de pièces sur la table.

— Le reste, quand tu auras des informations à me donner.

Le jeune homme assis en face de lui s'empara de la bourse et la fit disparaître dans sa poche.

— D'accord.

La taverne était bruyante et fréquentée par une clientèle peu reluisante, mais Lawrence n'était pas né dans les beaux quartiers et il se sentait ici comme chez lui.

— Un rapport par semaine devrait suffire, dit-il. Tout ce que je te demande, c'est de ne pas lâcher le marquis d'une semelle et d'ouvrir l'œil. Il a déjà échappé à deux tentatives d'assassinat. Je suis prêt à parier qu'il y en aura une troisième.

— Bien, capitaine. Je le surveillerai de près.

Malgré son jeune âge, Johnson était un garçon très efficace. Lawrence avait déjà eu recours à ses services et il n'avait eu qu'à s'en féliciter. Mais mieux valait quand même le sermonner.

— Sois prudent. Longhaven est malin, et toujours sur ses gardes. Tâche de ne pas te faire repérer. Et essaie de voir si quelqu'un le suit.

Johnson sourit, révélant des dents déjà gâtées.

— N'ayez crainte. Il ne me remarquera pas plus que son ombre.

— Ne le sous-estime pas, insista Lawrence qui caressait le rebord de sa pinte de bière – à présent vide – d'un air songeur. Longhaven n'a rien d'un dandy. Il sait se battre. Avec ses poings, avec un poignard ou avec n'importe quelle autre arme à sa disposition. Sous ses belles manières et ses vêtements de prix, il cache un tempérament de fer.

Johnson n'avait pas encore fêté son vingtième anniversaire. Son épaisse tignasse couleur paille coiffait un visage acéré comme la gueule d'un renard. Il hocha la tête.

— Je garderai mes distances.

— Tu sais comment me joindre, au cas où tu aurais quelque chose à m'apprendre ?

— Oui.

Johnson termina sa bière, s'essuya les lèvres d'un revers de manche et s'éclipsa. Lawrence le regarda s'éloigner de sa démarche féline avec l'assurance d'avoir fait le bon choix. Il se commanda une autre bière et ignora les œillades de la serveuse rousse. Elle n'était pas à son goût.

Il préférait les femmes brunes avec des yeux sombres, le regard hanté et un passé douloureux.

Quand il avait quitté la maison, Antonia dormait encore. Il avait passé la nuit assis dans un fauteuil près de son lit, au cas où elle se réveillerait et aurait besoin de lui. Lawrence était conscient qu'elle avait été très éprouvée par le mariage de Longhaven. Le marquis et Antonia avaient été amants. Mais leur liaison, de courte durée, était terminée depuis longtemps. Cependant, Antonia était restée très attachée à lui. Et Lawrence avait beau n'éprouver aucune sympathie pour le bel aristocrate, il pouvait comprendre pourquoi. Aux yeux d'Antonia, Longhaven était un héros romantique. Et d'une certaine façon, elle n'avait pas tort. Le marquis l'avait sauvée des griffes des Français, il l'avait protégée et lui avait même offert la possibilité de refaire sa vie en l'encourageant à épouser lord Taylor. Après la mort de son mari, elle était venue vivre en Angleterre.

La guerre avait également bousculé le destin de Lawrence.

En fait, ils étaient tous les trois liés – et cela, depuis la mort du fils aîné du duc de Southbrook. Antonia avait suivi Longhaven à Londres et Lawrence, en raison de certaines amitiés, avait croisé leur chemin. Ils continuaient tous les trois le combat, mais au lieu d'opérer derrière les lignes françaises pour obtenir des renseignements et déstabiliser l'ennemi, ils menaient à présent des batailles plus subtiles.

Et, dans le cas de Lawrence, non dénuées d'arrière-pensées. S'il avait décidé de faire surveiller Longhaven, ce n'était certainement pas par altruisme, mais parce qu'il se doutait qu'Antonia chérirait éternellement la mémoire du marquis si jamais il lui arrivait quelque chose. Mieux valait donc que Longhaven reste en vie.

Lawrence s'adossa à son siège et s'efforça de rester sourd aux rires gras de la tablée voisine, où trois types mal rasés jouaient aux dés. Le mariage du marquis avait modifié la donne. Leur petit trio était devenu un quatuor. Antonia aimait Michael Hepburn, Lawrence aimait Antonia, mais Longhaven n'avait jamais aimé personne – en tout cas, pas à sa connaissance. Pourtant, il avait accepté sans sourciller d'épouser cette Julianne Sutton, une jeune enfant gâtée de l'aristocratie.

Lawrence savait tout ce qu'il y avait à savoir sur son compte. Après tout, la récolte d'informations était son métier.

Julianne Sutton avait été promise, dès sa naissance, à Harold Hepburn, le frère aîné de Longhaven : les fiançailles avaient été décidées d'un commun accord entre les pères des deux jeunes gens. Elle avait reçu une éducation raffinée, comme toutes les ladies, et la fortune familiale lui aurait assuré une excellente position, même sans ces fiançailles précoces. Harold Hepburn était hélas mort avant d'avoir pu l'épouser. D'après ce que Lawrence avait cru comprendre, Julianne Sutton avait été très affectée par la tragédie.

Que pensait Michael de l'attachement de son épouse à son frère aîné ? Et comment lady Julianne avait-elle réagi à ce coup du sort qui lui avait imposé un nouveau fiancé ? Ces questions méritaient peut-être d'être approfondies.

S'il le désirait, Lawrence était capable d'apprendre quelle était la couleur préférée de la jeune femme – à supposer que cette information ait une quelconque utilité. L'ancienne nurse de lady Julianne s'était révélée loquace. Et l'un des valets au service de la maisonnée du duc de Southbrook n'occupait cet emploi que parce que Lawrence avait intrigué pour qu'il l'obtienne.

Savoir était une forme de pouvoir.

Lawrence s'intéressait à la nouvelle marquise de Longhaven. Non pas personnellement. Elle était trop jeune, à maints égards. Antonia avait à peine cinq ans de plus qu'elle, mais elle possédait une plus grande expérience de la vie. Seulement, Julianne Hepburn était mariée à quelqu'un qui exerçait une influence sur l'existence de Lawrence. Il avait donc besoin de savoir comment la jeune femme se comporterait au sein de leur quatuor.

7

— Je ne t'ai pas vu depuis une éternité.

— Ce n'était pas nécessaire, répliqua Michael, imperturbable. Tout est très calme, ces temps-ci. Mais tu me vois, à présent. Qu'y avait-il donc de si urgent ?

Antonia se reprochait sa nervosité. Elle regarda Michael refermer la porte du bureau derrière lui. Il portait un costume bleu foncé d'excellente coupe. Ses souliers brillaient, sa cravate était parfaitement nouée et il arborait de la dentelle aux poignets. Ainsi vêtu, il incarnait la quintessence du gentleman riche et titré.

Antonia mourait d'envie de se jeter dans ses bras.

Mais elle devait bien sûr y renoncer.

— J'ai appris quelque chose. Cela concerne Roget.

Elle avait réussi à capturer son attention. Il marqua un temps d'arrêt, avant de choisir un fauteuil tendu de velours et de s'y installer.

— Comment t'y es-tu prise, si ce n'est pas indiscret ? Voilà des mois que je n'ai pas pu récolter la moindre information sur Roget. Pourtant, Dieu sait que je n'ai pas ménagé ma peine.

Antonia lui servit un verre, sans même demander s'il avait soif, et elle se releva pour le lui tendre. Il l'accepta avec un hochement de tête.

Si elle ne pouvait l'intéresser par d'autres voies, elle partageait au moins avec lui un intérêt pour certaines missions, dont sa femme était exclue. Et elle trouvait gratifiant de s'entretenir avec lui d'égal à égal. Le respect n'était pas de l'amour, mais c'était toujours mieux que rien.

Elle se rassit dans son fauteuil.

— Par des contrebandiers. En les payant grassement, nous avons pu intercepter un curieux message. Je suis incapable de le comprendre, mais le nom de Roget y figure.

— Montre-moi ce message.

Antonia lui sourit. D'un geste ostentatoire, elle tira la lettre du bustier de sa robe. Le papier s'était imprégné de son parfum. Puis elle se pencha exagérément pour lui remettre la lettre, lui offrant du même coup une vue imprenable sur son décolleté.

Il regarda, bien sûr. Il n'aurait pas pu s'en empêcher. Mais il prit la lettre sans autre commentaire. Il la parcourut brièvement et fronça les sourcils avant de relever les yeux.

— Le symbole du faucon désigne en effet Roget. C'est indiscutable. Voilà qui est une bonne nouvelle. Je craignais que nous n'ayons perdu sa trace.

— Je veux sa peau.

— Si je le peux, je te l'obtiendrai.

Antonia accrocha son regard.

— Je sais que tu le ferais pour moi.

Michael but une gorgée de brandy.

— Ils ont employé un nouveau code. Du moins, je ne connaissais pas celui-là.

— Je n'ai pas réussi à le déchiffrer, acquiesça Antonia.

Elle se détendit quelque peu dans son siège. La soirée était douce, presque chaude. Michael était assis en face d'elle et sa présence emplissait la pièce. Quand il était avec elle, même au milieu du danger, Antonia se sentait en sécurité.

— Je ne serais pas étonnée qu'il soit à l'origine des deux agressions qui t'ont visé, ajouta-t-elle.

— Cela expliquerait beaucoup de choses, en effet. Sauf que d'ordinaire, Roget agit lui-même. Les deux imbéciles qui ont tenté de me tuer n'avaient pas son calibre. J'espère qu'il n'y a pas deux camps différents décidés à me nuire.

— Tu as taillé des croupières aux espions de Bonaparte. Je ne serais pas étonnée que beaucoup de gens cherchent à te régler ton compte, pointa Antonia.

Elle feignait une nonchalance qu'elle était loin de ressentir. Il ne s'écoulait pas un jour sans qu'elle s'inquiète pour Michael – mais elle le taisait : il détestait que quiconque s'inquiète pour son sort. Michael semblait toujours surpris quand quelqu'un s'intéressait à lui.

Et pour son malheur, Antonia l'aimait désespérément.

Il tapota le message du doigt.

— Merci pour ça, dit-il. Je vais voir si je parviens à briser le code. Il nous serait très utile de savoir ce que Roget mijote. Si je n'arrive pas à déchiffrer la lettre, je la confierai à Charles, qui saura à qui s'adresser. Je porte un intérêt tout personnel à Roget.

— Moi aussi.

— Oui, bien sûr, acquiesça-t-il. Toutefois, nous ne savons pas dans quelle mesure Roget est impliqué dans la mort de ta famille.

Il y eut un silence, chacun s'absorbant quelques instants dans ses souvenirs. Puis Antonia demanda :

— Alors, comment ça se passe ?

Il comprit évidemment à quoi elle faisait allusion.

Michael s'enfonça dans son fauteuil.

— Le mariage ? Plutôt bien.

Pourquoi s'ingéniait-elle à se torturer ? Elle se força à sourire pour paraître détachée.

— Plutôt bien ? répéta-t-elle. Sans plus ? Ne pourrais-tu pas faire quelques efforts ?

— Comme je n'avais encore jamais été marié, je ne suis pas un expert en la matière. Nous nous acclimatons mutuellement.

— S'acclimater ? releva Antonia. Voilà un vocabulaire romantique !

Elle s'obligeait toujours à sourire, même si son sourire était aussi fragile qu'une stalactite.

Comment réagirais-je s'il me disait qu'il est au paradis et que sa femme est un ange ?

Michael, comme à son habitude, se contenta d'une réponse évasive.

— Je ne pense pas que les femmes portent le même regard que les hommes sur le monde. Tu as été mariée. Tu dois comprendre ce que je veux dire.

— À un homme qui avait trois fois mon âge et qui m'a épousée uniquement par esprit chevaleresque, parce que tu le lui avais suggéré, rappela Antonia.

Elle était consciente de passer pour une ingrate en disant cela. D'une certaine façon, elle avait beaucoup aimé son mari. Il était vieux, certes, mais aussi très gentil. Sa mort avait représenté pour Antonia un vide supplémentaire.

— Lord Taylor n'était pas insensible au prestige d'avoir une épouse jeune et ravissante, répliqua Michael. Tout vieux général qu'il était, il t'a permis d'entrer dans la bonne société londonienne, et il t'a laissé assez d'argent pour garantir ton autonomie.

Il avait raison sur tous les points. Comme toujours. Ce qui n'était pas pour arranger l'humeur massacrante d'Antonia. Feignant de nouveau l'indifférence, elle ne put s'empêcher de demander :

— Ta jeune ingénue te satisfait-elle ?

— Comment cela ?

— Au lit.

Il riva son regard au sien.

— Tu ne voudrais quand même pas connaître les détails, Antonia ? Cela ne regarde qu'elle et moi.

Si. Antonia aurait voulu connaître les détails. Elle rêvait surtout d'entendre que la nouvelle marquise de Longhaven était une vraie planche au lit, et qu'elle n'avait pas d'autre argument en sa faveur que son joli minois.

Elle but une gorgée de vin, avant de murmurer :

— Tu as raison, cela ne me regarde pas.

— J'aime mieux cela, dit-il d'une voix ferme.

Par dépit, elle tenta de lui miner le moral.

— Elle tombera amoureuse de toi. Et tu ne seras pas content, parce que tu détestes que les gens s'attachent à toi.

Il se releva, la lettre à la main.

— Merci de m'avoir communiqué ce message, conclut-il avec un sourire de pure politesse. Je ne manquerai pas de t'informer de ce que j'aurai découvert.

Une semaine n'était pas grand-chose. D'ordinaire, sept jours passaient vite, dans le tourbillon des activités mondaines. Mais le temps, tout à coup, semblait s'être arrêté, songeait Julianne, assise devant sa coiffeuse. Après une semaine de mariage, elle comptait les minutes qui s'égrenaient à la pendule. C'était sans doute en partie parce qu'elle n'était toujours pas totalement habituée à son nouvel environnement. Southbrook House était une demeure immense par ses dimensions, et imposante par son train de vie. Heureusement, le duc et la duchesse se montraient très chaleureux avec elle. En revanche, elle ne pouvait pas en dire autant de Michael.

Elle voyait très peu son mari. Pour tout dire, elle avait le sentiment qu'il l'évitait. En une semaine, il ne s'était montré que deux fois à l'heure du déjeuner. Le dîner était un repas plus formel : ils recevaient souvent des invités, aussi la conversation se bornait-elle à du bavardage sans conséquence. Deux ou trois fois, ils s'étaient rendus à des réceptions, mais Michael l'avait très vite abandonnée pour gagner le salon de jeu, réservé aux gentlemen.

La nuit venue, c'était différent. Il l'accueillait chaque soir dans son lit, et Julianne espérait au moins le satisfaire sexuellement. Mais peut-être s'illusionnait-elle et Michael ne s'employait-il qu'à obtenir un héritier. Faute d'expérience, elle ne pouvait trancher cette question.

Lui demander était évidemment hors de question. Il refuserait une discussion aussi intime.

Julianne étudia son reflet dans le miroir. Ses cheveux, délivrés de toute épingle, cascadaient librement dans son dos et de chaque côté de son visage. Elle portait un négligé qui découvrait ses épaules. C'était l'œuvre d'une couturière française et le vêtement révélait plus qu'il ne cachait le reste de son anatomie. Le décolleté était si prononcé que ses seins menaçaient à chaque instant d'en jaillir. Elle aurait dû porter ce négligé pour sa nuit de noces, mais elle avait manqué d'assurance et avait préféré enfiler une chemise de nuit toute simple, semblable à celles qu'elle portait habituellement pour dormir.

Mais s'il fallait un vêtement provocant pour attirer vraiment l'attention de son mari, Julianne était prête à tenter l'expérience.

Au bout d'une semaine, elle commençait à assimiler certaines choses que son innocence l'avait empêchée d'entrevoir tout de suite. D'abord, que la distance de Michael était délibérée. Oh, Julianne ne s'était pas attendue à ce qu'il tombe à ses pieds ! Mais de là à ce qu'ils se croisent à peine…

Michael Hepburn se conduisait comme s'il ne cherchait aucune relation avec son épouse en dehors de la chambre à coucher. Mais puisqu'il semblait apprécier d'exercer son devoir conjugal, Julianne était parvenue à la conclusion que c'était par là qu'elle devait essayer de briser son indifférence.

À condition, toutefois, qu'il lui en donne l'occasion.

Il s'abritait derrière une carapace qu'elle n'avait pas encore réussi à percer.

Après sept jours de mariage, elle ne savait rien de lui, sinon qu'il la caressait divinement et lui faisait merveilleusement bien l'amour.

Un bruit, dans la chambre contiguë, la fit se figer, sa brosse à la main. Elle entendit la voix de son mari, puis la réponse de son valet, mais la porte était trop épaisse pour qu'elle puisse comprendre ce qu'ils disaient.

Quand la porte s'ouvrit, Julianne avait reposé sa brosse et croisé les mains dans son giron.

Elle le vit, dans le miroir, s'avancer derrière elle.

— Vous venez vous coucher ? dit-il, lui effleurant les cheveux.

— Si vous voulez, milord, répondit Julianne, qui se demandait quelle serait sa réaction si elle lui opposait un refus.

Manifesterait-il de la surprise ? de la colère ? de l'indifférence ? Il était tellement difficile de deviner ses intentions !

— Je le veux, assura-t-il avec un petit sourire.

Il la saisit à la taille, pour l'inciter à se lever. Comme son regard tombait sur son décolleté, il ajouta :

— Que portez-vous, ce soir ?

En réalité, Julianne avait le sentiment de ne rien porter du tout. Son négligé tenait plus de l'ornement que du vêtement.

— J'aurais dû mettre ce négligé le soir de notre nuit de noces, mais je n'en ai pas eu le courage.

Il détailla le vêtement du regard.

— Je dois avouer que j'aime beaucoup. À mon avis, n'importe quel homme apprécierait.

De tels commentaires renforçaient l'idée de Julianne que son mari se tenait sans cesse à distance. Ce n'était pas seulement Michael qui pouvait l'admirer, mais « n'importe quel homme ». Elle ne comprenait pas sa réaction. Elle aurait voulu qu'ils se rapprochent l'un de l'autre, pas uniquement comme deux amants mais comme deux personnes destinées à partager leur vie.

— Je n'ai mis ce négligé que pour *vous*, répliqua-t-elle, insistant sur la dernière syllabe. Je me moque de l'avis des autres hommes.

Une lueur brilla furtivement dans ses prunelles.

— C'était un compliment, mais j'ai dû mal le formuler. Pardonnez-moi. Je voulais simplement dire que ce vêtement mettait votre beauté en valeur.

Voilà qui était déjà mieux, même si ce n'était pas encore parfait.

— Je suis ravie que cela vous plaise. Je... C'était mon intention.

D'une main hésitante, elle lui caressa le torse par l'échancrure de son peignoir. Sa peau était ferme mais douce, comme du satin tendu sur le granit de ses muscles. Elle sentait son cœur battre sous sa paume.

— Eh bien, si vous désirez me plaire, vous allez me le démontrer.

Il la souleva dans ses bras pour la porter jusqu'au lit de Julianne – ce qui était une nouveauté, car d'habitude il préférait sa propre chambre.

— C'est plus près, expliqua-t-il, devinant la surprise de la jeune femme. Et j'ai faim de vous.

Il ne mentait pas, à en juger par la vigueur de l'érection qui gonflait son peignoir.

Il l'embrassa, prenant possession de sa bouche avec sa langue. Julianne avait vite découvert qu'il préférait qu'elle participe, plutôt que de rester passive. Aussi lui rendit-elle son baiser avec une ardeur semblable à la sienne. Et tandis qu'il faisait glisser son négligé de soie, elle ouvrit son peignoir pour lui caresser le torse.

Elle s'aperçut qu'il ne portait plus son gros pansement, mais juste une fine bande de tissu.

— Vous sentez la rose, murmura-t-il alors qu'il lui embrassait le cou.

— C'est vous qui m'avez offert ce parfum, milord. L'auriez-vous oublié ?

— Ah bon ? fit-il, s'interrompant un instant, avant de poursuivre ses caresses.

Julianne avait au moins obtenu la réponse à l'une des nombreuses questions qui la taraudaient. Chaque soir depuis leur mariage, elle avait trouvé un petit cadeau, soigneusement emballé, lorsqu'elle remontait dans sa chambre s'habiller pour le dîner. Des boucles d'oreilles en perles, une ravissante miniature encadrée d'or, un éventail peint à la main, des gants de soie…

Ce soir, elle avait découvert un joli flacon contenant un exquis parfum, qui évoquait une roseraie un soir d'été.

À présent, elle se demandait si c'était bien son mari qui choisissait ces cadeaux, même si chaque paquet était accompagné d'une carte signée de sa main. Probablement avait-il signé toute une série de cartes et les avait-il confiées à son secrétaire, ou plus sûrement à son valet, Fitzhugh, avec la recommandation d'acheter des présents appropriés à une jeune épouse.

C'était décevant, bien sûr, mais pas franchement surprenant.

Il abandonna un instant le lit, le temps de laisser tomber son peignoir par terre.

— Un bon choix. Ce parfum vous va très bien.

— Merci de l'attention, répondit Julianne.

Bien qu'elle commençât à s'habituer à le voir nu, elle était toujours autant fascinée par ce spectacle.

Son corps était bien dessiné, très masculin – surtout la partie qui était érigée. La lumière des chandelles accentuait le hâle de sa peau et les reflets dorés de sa chevelure. Il dégageait une aura d'absolue virilité.

Elle le regardait, mais il lui rendait la pareille, se repaissant de sa nudité – le négligé avait disparu au pied du lit.

Julianne attendait, impatiente, qu'il la possède.

Si elle ne devait rien obtenir de plus de sa part, au moins voulait-elle en profiter au maximum.

Un nouveau problème venait de surgir, que Michael n'avait pas anticipé. Et ce problème prenait la forme d'une beauté ensorcelante, allongée devant lui.

Ses seins étaient magnifiques, et leurs tétons érigés étaient la preuve de son excitation. Il savait qu'elle le désirait.

La jeune vierge innocente qu'il avait épousée par devoir se muait chaque jour davantage en une amante passionnée. Et Julianne ne le surprenait pas seulement par sa sensualité, mais de bien d'autres manières. Par exemple, la façon dont elle l'avait regardé quand ils avaient parlé du parfum. Elle avait compris qu'il n'était pas responsable des cadeaux qu'elle recevait chaque soir – à part qu'il les payait de sa bourse. Elle avait beau être très jeune et avoir grandi dans un cocon, elle ne manquait pas de discernement. Que pourrait-elle deviner d'autre ?

Fitzhugh avait fait merveille en choisissant des cadeaux qu'elle avait manifestement appréciés. Mais Michael avait tout gâché, en répondant maladroitement à sa question sur le parfum. Sans doute s'était-il laissé distraire par la nouvelle de la réapparition de Roget. Mais plus encore par Julianne.

Contente-toi de coucher avec elle autant que tu veux. Elle en a envie. Tu en as envie. Et vous devez faire des enfants. Sinon, tu te seras lié à elle pour rien.

Il écoutait cette voix intérieure avec toutefois l'assurance que ce n'était pas complètement « pour rien ». Ce mariage avait contenté ses parents. Et, s'il était honnête, il devait reconnaître qu'il y trouvait aussi son compte.

Michael s'allongea sur la jeune femme, s'empara de nouveau de ses lèvres, puis il entreprit de lui embrasser tout le corps. Le spectacle, tout à l'heure, de Julianne assise à sa coiffeuse et vêtue d'un négligé de soie avait enflammé ses sens. De toute évidence, le vêtement avait été dessiné dans l'intention de mettre un mari à genoux devant son épouse. Et c'était réussi.

La violence de son désir le surprenait lui-même. À peine avait-il vu Julianne que son membre s'était dressé.

Et maintenant, il mourait d'envie de la pénétrer. Il insinua une main entre ses cuisses, et se félicita de la voir les écarter sans la moindre résistance. Comme il l'avait deviné, elle était déjà humide, prête à la recevoir.

Michael se positionna pour entrer au paradis. Son membre glissa avec une telle facilité qu'il laissa échapper un grognement de satisfaction.

Julianne lui répondit par un gémissement de pur plaisir.

Comment diable une créature aussi innocente pouvait-elle émettre un son qui embrasait à ce point ses sens ? Mais sa voix n'était pas la seule chose à l'émouvoir. Le regard chaviré de la jeune femme et les rondeurs de ses seins pressés contre son torse contribuaient à lui égarer l'esprit.

Il la gratifia de coups de reins auxquels elle répliqua par des ondulations des hanches et d'autres gémissements. Elle ne cherchait pas à cacher son plaisir, et cette absence de pudeur avivait l'excitation de Michael. Jusqu'à présent, ses maîtresses avaient toujours été des femmes expérimentées, qui savaient ce qu'elles voulaient et n'ignoraient rien des jeux charnels. Mais avec Julianne, c'était différent. Sa sensualité n'était destinée qu'à lui.

Il devina, à sa respiration qui devenait haletante, qu'elle était sur le point de jouir.

— Viens, l'encouragea-t-il.

— Je... Je...

Ce qu'elle voulait dire se perdit dans un râle de plaisir. Pour Michael, ce fut comme un signal : il s'abandonna lui aussi à la jouissance, avec frénésie. Puis, roulant sur le côté, il continua de serrer la jeune femme dans ses bras, pendant qu'ils reprenaient l'un et l'autre leur souffle.

Comment était-ce possible ? se répétait Michael. Comment pouvait-il prendre autant de plaisir auprès d'une femme dont il n'avait pas voulu, et dont il était le premier amant ?

Juliana s'étira et tourna la tête pour le regarder. Elle souriait.

— Vous avez récupéré ?

Était-ce un sous-entendu à caractère sexuel ? Michael avait besoin d'un peu plus de repos avant de lancer une deuxième offensive. Il s'esclaffa.

— Je vous demande pardon ?

— Je parlais de votre blessure.

Ah, ce satané coup de poignard. Comme Julianne ne l'avait pas interrogé à ce sujet depuis leur nuit de noces, il avait espéré qu'elle n'en parlerait plus.

Michael lui rendit son sourire.

— Oui, tout va bien, comme vous pouvez le constater.

— Je ne peux pas constater grand-chose vous concernant.

Une alarme retentit dans la tête de Michael. Il se redressa sur un coude et caressa une mèche de ses cheveux.

— Je ne sais pas trop comment répondre à cela, dit-il sincèrement. J'ai peur d'être un homme un peu secret, Julianne. Il faudra vous y habituer. Changer de nature n'est facile pour personne.

Elle lui rendit son regard. Apparemment, elle le trouvait un peu trop sur ses gardes – et elle n'avait pas tort. En revanche, elle était tout l'inverse. Michael lisait dans ses beaux yeux comme dans un livre ouvert. Elle était très jeune, et il était normal qu'elle rêve à un mari romantique, attentionné. Mais Michael n'avait ni le temps ni l'inclination pour cela.

Au contraire : il cherchait plutôt à la tenir à distance.

— Je ne vous demande pas de changer, milord. Ce serait présomptueux de ma part. Mais je trouverais agréable de partager davantage avec vous que le lit conjugal.

Michael jonglait déjà entre les obligations liées à son titre, la gestion de sa fortune et ses missions pour la Couronne. Ce qui lui laissait peu de temps à consacrer à son épouse.

— Je suis très occupé, vous savez.

Le sourire de sa femme se voulait vaillant.

— Si vous me connaissiez un peu mieux, vous m'apprécieriez peut-être, offrit-elle. Mes amis me considèrent de bonne compagnie.

Il n'en doutait pas un seul instant. Elle n'avait pas un comportement d'enfant gâtée, comme beaucoup de jeunes femmes élevées dans la richesse et les privilèges. Et elle ne tirait aucune vanité de sa beauté. Ce qu'appréciait beaucoup Michael. Mais, en dépit de son jeune âge, elle se montrait un peu trop inquisitrice à son goût.

— Je suis votre mari, pas votre ami.

Il comprit tout de suite que sa réponse avait été pour le moins maladroite.

— Je vois. Nous n'avons donc pas la même vision du mariage. J'avoue que je suis un peu surprise, milord. Vos parents s'aiment sincèrement.

Cette fois, Michael pesa soigneusement ses mots, car la déception qu'il lisait dans les yeux de Julianne l'emplissait de remords.

— Ils sont une exception. Vous savez bien qu'un couple comme le leur n'est pas la règle au sein de notre monde.

— Les règles de la bonne société ne sont pas forcément justes. Pour ma part, j'estime qu'il est préférable d'en contourner certaines.

Elle avait redressé le menton, d'un air de défi. Cependant, Michael ne pouvait pas lui dévoiler le fond de sa pensée. Son opinion sur l'amour, cynique, achèverait de lui ôter ses dernières illusions. Mieux valait dévier la conversation.

— Vos cheveux ne sont pas d'une couleur ordinaire, dit-il, jouant avec l'une de ses mèches. Je ne suis pas très versé en poésie, mais ils me font penser à un sable luxuriant traversé de reflets bruns et cuivrés.

Il lâcha la mèche de cheveux, pour lui titiller un téton.

— La nuit, je suis tout à vous, enchaîna-t-il. Essayons d'en profiter l'un et l'autre.

— En d'autres termes, la discussion est terminée, répliqua-t-elle sans humeur – mais son ressentiment était perceptible.

Julianne était décidément trop intelligente pour sa tranquillité d'esprit.

Michael se pencha pour embrasser son sein.

— Je crains que nous ne soyons occupés par ailleurs.

8

Lawrence s'adossa à son fauteuil et contempla Antonia avec un sourire blasé.

Aujourd'hui, elle jouait à la veuve réservée avec sa robe verte toute simple, ses cheveux coiffés en un chignon strict et le refus du moindre bijou. Elle affichait en outre un air d'indifférence, mais Lawrence n'était pas dupe.

— Vous êtes sûre de le vouloir ?

— Sûre et certaine, rétorqua-t-elle d'une voix coupante. Sinon, je ne l'aurais pas suggéré.

Quand elle s'exprimait sur ce ton, cela voulait dire qu'elle avait besoin d'action – quelle qu'elle soit. Mais ce n'était peut-être pas plus mal.

— Votre idée est audacieuse, milady. Pour ne pas dire effrontée. Il risque de ne pas l'aimer.

Ils étaient confortablement installés dans le bureau de lord Taylor, où flottait encore une vieille odeur de tabac. Le bureau proprement dit était encombré du fatras habituel : invitations à des réceptions, journaux, cartes de visite de solliciteurs divers, correspondance personnelle. Dans les tiroirs, en revanche, c'était une autre histoire. Deux d'entre eux abritaient des compartiments secrets que Lawrence avait lui-même aménagés. Ils renfermaient des messages codés, ainsi que les manuels de déchiffrement. Documents qui ne devaient surtout pas tomber dans de mauvaises mains.

La guerre était officiellement terminée, mais ses conséquences se faisaient toujours sentir.

Antonia bondit presque de son fauteuil pour se planter devant les rayonnages de la bibliothèque. Elle caressa la reliure d'un épais volume, avant de se retourner. Malgré sa robe banale, elle était toujours aussi désirable.

— Michael aurait dû y songer lui-même. Cela m'étonne de sa part. Il doit être distrait, ces temps-ci.

Lawrence ne put s'empêcher de s'esclaffer.

— Je doute qu'il désire vous savoir à proximité de sa jeune épouse. Et bien qu'il ne soit pas un saint, je le vois mal demander à son ancienne maîtresse de veiller sur sa femme.

— J'étais son amante, pas sa maîtresse.

Lawrence inclina la tête. Il n'était pas certain de bien saisir la différence, mais dès qu'il s'agissait de Michael, Antonia pouvait se montrer très susceptible.

— Comme vous voudrez.

— Il a déjà échappé à deux agressions, reprit-elle. À présent qu'il est marié, la nouvelle marquise est son point faible. Roget n'est pas idiot. Dès qu'il aura vent du mariage, il voudra tout naturellement frapper dans cette direction. Si un homme s'attachait aux pas de la marquise pour la protéger, il serait vite repéré. À l'inverse, la présence d'une autre femme à ses côtés, en l'occurrence une amie de son mari, semblera naturelle. Je serai mieux à même de percevoir la moindre menace.

— Pour l'instant, Johnson n'a rien remarqué de particulier. Personne ne suit le marquis. Personne ne semble non plus surveiller l'imposant tas de briques où il habite. Il n'est pas impossible que ces deux agressions aient relevé du hasard. C'était peut-être tout simplement sa bourse qui était visée. Après tout, il s'était aventuré les deux fois dans des quartiers où pareils incidents sont légion. Longhaven s'imagine pouvoir passer partout sans se faire remarquer, mais son sang bleu se lit sur son visage. Ce qui n'est guère étonnant, quand on vient d'une famille comme la sienne.

— S'il te plaît, ne me prêche pas de sornettes sur le statut social et la fortune. Je suis bien placée pour savoir que tout cela peut voler en éclats du jour au lendemain.

Lawrence était habitué à ce genre de réaction. Antonia lui faisait penser à un oiseau blessé – pas un petit rossignol innocent, plutôt un oiseau de proie. Furieux, dangereux, agitant ses ailes pour tenter désespérément de reprendre son envol.

Et il aurait aimé être celui qui lui rendrait sa liberté.

Bien sûr, il n'était pas dupe de ses intentions. Si elle avait eu l'idée de s'immiscer dans l'existence de la nouvelle marquise de Longhaven, c'était moins pour la protéger, ainsi qu'elle le prétendait, que pour tout apprendre de la jeune femme qui partageait la vie de l'homme qu'Antonia croyait aimer. Lawrence la connaissait trop bien pour ne pas voir clair dans son jeu. Elle voulait encore se battre, même si elle avait probablement compris, au fond d'elle-même, qu'elle avait perdu la bataille.

Lawrence savait qu'il était inutile de la raisonner. Elle devrait arriver toute seule à la conclusion qui s'imposait – et l'accepter.

— Revenons à votre idée, dit-il, croisant les jambes avec nonchalance. Qu'est-ce qui vous fait croire que Longhaven n'a pas déjà pris ses dispositions pour protéger sa femme ?

— Peut-être a-t-il demandé à Fitzhugh d'ouvrir l'œil. C'est quelqu'un d'efficace. Mais son valet ne pourra pas accompagner la marquise partout où elle se rendra.

Roget n'a pas l'intelligence de Michael, mais il n'a pas non plus ses scrupules. Il pourrait frapper n'importe où.

Pour le coup, elle avait raison – si Roget avait effectivement décidé de cibler la marquise. Cependant, Longhaven était moins vulnérable, ici, qu'il ne l'avait été en Espagne. À Londres, Michael Hepburn était chez lui, et il disposait d'un grand pouvoir. Il était parfaitement capable de protéger sa femme tout seul.

— Puisque vous êtes de toute façon décidée à tenter l'expérience, je ne vais pas argumenter davantage. Dites-moi plutôt comment vous comptez procéder ?

— Je commencerai dès ce soir. Les Redmond donnent un bal. Je suis sûre qu'elle y sera.

— Et donc, lui aussi, observa Lawrence avec son éternel sens pratique. Comment croyez-vous que réagira Longhaven en vous voyant suivre sa femme comme son ombre, alors qu'il ne vous a rien demandé de tel ?

— Je ne sais pas, avoua Antonia. Nous verrons bien.

D'une certaine manière, Lawrence était désolé pour Longhaven. Quand Antonia avait décidé quelque chose, elle ne changeait pas facilement d'avis.

Ainsi de sa quête pour châtier l'infâme Roget, un espion à la solde des Français qu'elle haïssait de toutes ses forces. Lawrence aurait aimé lui inspirer des sentiments d'une telle intensité.

— Ce n'est pas la meilleure façon pour le séduire, insista-t-il cependant. Le marquis attend que vous respectiez les ordres, pas que vous vous mêliez de son existence.

Les prunelles d'Antonia s'enflammèrent un court instant.

— Ce qui compte, Lawrence, c'est ce que je veux, *moi*.

Que répondre à cela ?

— Votre plan n'est pas si idiot, admit-il finalement. Avec Johnson surveillant Longhaven, et vous la marquise, nous devrions voir venir le danger, s'il se manifeste.

— Roget déteste Michael. Il complote forcément sa perte.

Lawrence n'appréciait pas non plus beaucoup le marquis, mais c'était sur un plan personnel. Il admirait Longhaven sur bien des points, sauf pour ce qu'il représentait pour Antonia.

— Il est normal qu'il le déteste. Ils étaient les pires ennemis du monde. La guerre n'était pas seule en cause. C'était devenu, entre eux, un conflit de volontés. Ni l'un ni l'autre n'aime perdre. Et surtout pas Roget.

Antonia croisa soudain les bras sur sa poitrine, comme si elle avait froid.

— Nous avions fini par nous persuader qu'il était mort.

— Peut-être l'est-il. Pour l'instant, nous ne sommes sûrs de rien. Mais comptez sur Longhaven pour tirer tout le profit possible du message que vous lui avez confié. S'il s'agit bien de Roget, il saura comment agir.

— Non, s'entêta Antonia. Je suis convaincue qu'il ne porte pas à cette affaire toute l'attention nécessaire. Il est devenu l'héritier d'un duché, et il doit aussi s'occuper de sa femme. Je veillerai à ce qu'il ne tombe pas dans un piège.

— S'il a besoin de vous, il vous demandera votre aide, Antonia. Tout homme a ses limites, et il n'est pas assez arrogant pour s'estimer au-dessus du lot.

Pourtant, tout en disant cela, Lawrence se demandait si au fond, Antonia n'avait pas raison. Longhaven était un homme précieux pour le ministère de la Guerre, car aucun autre agent ne savait mieux que lui interpréter les différentes informations provenant d'Espagne. Le marquis resterait donc une cible privilégiée pour les Français, tant que l'animosité entre la

France et l'Angleterre ne serait pas complètement retombée.

— Je vous avais déjà suppliée de rester en dehors de tout ceci, mais c'est évidemment sans espoir. Je peux vous comprendre, d'ailleurs. Une fois qu'on a goûté à l'ivresse du danger…

— Oui, acquiesça Antonia. Et si la guerre est finie, je n'en ai pas terminé avec mes propres batailles.

Lawrence pencha légèrement la tête de côté, pour mieux étudier la jeune femme.

— Bon. Je vais vous laisser jouer les nounous pour la jolie marquise. Vous la surveillerez, pendant que je ferai surveiller Longhaven, qui a déjà dû demander à quelqu'un de surveiller son épouse, alors qu'il est probablement lui-même épié par l'ennemi. Si vous aimez les situations compliquées, celle-ci devrait vous plaire. Ajoutons l'éventuelle présence de Roget dans le tableau, et tout cela pourrait devenir très excitant !

Voilà qui était fâcheux. Julianne dut faire appel à tout son sens de la diplomatie pour répondre.

— J'ai déjà ma caméristе qui m'accompagne, Fitzhugh. Tout ira bien.

— Milord m'a expressément demandé de veiller à votre sécurité partout où vous vous rendrez, milady.

Le ton déterminé de Fitzhugh laissait deviner qu'il ne se laisserait pas congédier facilement. Julianne n'aurait pas su dire son âge. Ses cheveux grisonnaient, mais il avait le teint hâlé. Son accent trahissait ses origines irlandaises, et la caméristе de Julianne avait précisé que Fitzhugh avait servi aux côtés de Michael pendant la guerre, puis qu'il l'avait suivi à son retour en Angleterre pour devenir son valet.

— Ce n'est pas nécessaire, insista Julianne, malgré son intuition d'avoir déjà perdu la bataille.

— Mes ordres étaient très clairs. Vous ne voudriez pas que je me fasse réprimander d'y avoir contrevenu ? objecta Fitzhugh, pimpant dans son costume de bonne coupe.

Ils se tenaient tous les deux dans l'allée semi-circulaire qui desservait Southbrook House.

— Non, bien sûr.

— Dans ce cas, vous m'autoriserez à vous accompagner.

— Je... voulais rendre visite à une amie, expliqua Julianne. Cela risque de durer des heures.

Fitzhugh lui ouvrit la portière de la voiture avec un grand sourire.

— Je sais attendre, dit-il.

Julianne monta à l'intérieur en réprimant difficilement sa fureur. Le mariage était supposé lui apporter quelques libertés, certainement pas lui en enlever. Mais voilà qu'elle devrait se déplacer avec Fitzhugh et sa camériste.

La jeune femme s'assit sur la banquette, le dos raide, les mains crispées sur son réticule posé sur ses genoux. Renoncer à la visite qu'elle avait programmée lui était impossible.

Elle suivrait donc son plan, comme les fois précédentes, en espérant que personne ne s'apercevrait de rien. Camille ne poserait pas de problème. Mais il n'en irait sans doute pas de même avec Fitzhugh. Julianne devrait donc se montrer très prudente.

Ils arrivèrent chez Mélanie juste à l'heure, et Julianne fut aussitôt introduite dans le salon. Son amie se leva pour l'accueillir. Ses cheveux châtain clair s'ornaient d'anglaises qui lui ceignaient le front.

— J'étais impatiente de te voir, dit-elle. Je vais faire apporter le thé.

— Je ne peux pas rester, prévint Julianne.

Mélanie parut déçue, mais se résigna avec sa bonne humeur habituelle.

— Le plus drôle, dans cette histoire, c'est que nous ne nous voyons presque plus. Les gens s'imaginent que nous passons des heures ensemble, alors que…

— Je sais, la coupa Julianne. Mais je ne peux faire autrement. Et ça se compliquerait plutôt. Je me demande bien pourquoi, mais mon mari a décidé que ma cameriste et son valet devaient m'accompagner partout.

— Oh, ma pauvre ! s'exclama Mélanie, avant de se rasseoir. Mais je suppose que ces domestiques ne te poseront pas de questions ?

— Mon ancienne camériste s'en gardait bien, parce qu'elle avait un faible pour l'un des valets de ton père. Elle tirait donc avantage que je m'attarde ici. J'espère que Fitzhugh et Camille ne se montreront pas trop soupçonneux. C'est surtout lui qui m'inquiète. Il ne semble pas entretenir avec mon mari une relation ordinaire de maître à serviteur.

Mélanie lissa ses jupes, avant de lancer à Julianne un regard empli de curiosité.

— Je sais que tu ne peux pas t'attarder, mais parle-moi un peu de ton mariage. Comment cela se passe-t-il ?

Mélanie était fiancée, et Julianne ne pouvait donc pas la blâmer d'une question aussi personnelle. Cependant, le fiancé de Mélanie n'avait rien à voir avec Michael. Lord Day était un brave garçon, joliment fortuné, mais sa personnalité n'était pas aussi complexe que celle du marquis de Longhaven.

— C'est… intéressant, éluda-t-elle.

— S'il te plaît, Julianne ! Ce n'est pas une réponse. Intéressant dans le bon ou le mauvais sens ?

Julianne se sentit rougir.

— Plutôt dans le bon sens. Quoique je ne voie pas beaucoup mon mari dans la journée. Nos relations se concentrent… plus tard.

— Je vois, fit Mélanie, qui semblait autant embarrassée qu'intriguée. Le marquis n'est pas trop intimidant ?

Julianne ne pouvait s'empêcher de penser à toutes les merveilleuses tortures qu'il lui faisait subir. Elle s'empourpra de plus belle.

— Nous... Nous apprenons à nous connaître, dit-elle. Au lit.

C'était pour l'instant leur seul terrain d'entente. Elle ne désespérait pas, cependant, de faire évoluer son mari. Mais dans l'immédiat, elle avait un problème plus urgent à régler.

— La porte de service est ouverte ? Je ne devrais pas rester aussi longtemps que d'habitude, alors attends-toi à me voir revenir bientôt.

— Je vais m'assurer que la voie est libre.

Mélanie se releva et lui fit signe de la suivre.

Par chance, elles ne croisèrent personne. Julianne s'empressa de rejoindre le fiacre qui l'attendait comme prévu. Dès qu'elle fut montée en voiture, le cocher donna le signal du départ à son cheval et le véhicule s'engagea dans Curzon Street. Le trajet durait près d'une heure, ce qui laissait à Julianne à peu près autant de temps pour sa visite proprement dite.

À mesure qu'ils roulaient, les rues qu'elle voyait défiler derrière la vitre devenaient de moins en moins huppées. Julianne se demandait ce qui se passerait si elle renonçait à ce subterfuge pour dévoiler la vérité. Ses motivations n'étaient guidées que par de bons sentiments ; l'ennui, c'est que tout le monde ne regarderait sans doute pas les choses du même œil.

Qu'en penserait son mari, par exemple ? Et le duc et la duchesse ? La famille Hepburn se liguerait-elle pour la condamner ?

Elle ignorait la réponse.

Aussitôt que le fiacre s'arrêta à la bonne adresse, Julianne descendit de voiture et salua une femme qui passait sur le trottoir. La femme, entre deux âges, tenait une miche de pain à la main et jeta un regard intéressé à la robe de Julianne. Le quartier n'était ni malfamé ni particulièrement dangereux, cependant il était très rare d'y croiser des ladies en robe de soie – en vérité, cela n'arrivait jamais. Julianne demanda au cocher de l'attendre et grimpa le perron pour frapper à la porte.

Comme d'habitude, c'est la femme de ménage qui lui ouvrit. Et comme d'habitude, la servante ne brillait pas par la propreté de sa toilette.

— Ah, c'est vous, milady ! Elle commençait à s'impatienter. Entrez. Elles sont dans le salon.

Une odeur de chou bouilli flottait dans l'air. Julianne suivit la servante jusqu'au petit salon meublé de sièges dépareillés, aux rideaux fanés. Leah était là, toujours aussi rayonnante dans une robe de satin émeraude qui commençait pourtant de s'user.

— Ah, vous voilà enfin ! s'exclama-t-elle. Où diable étiez-vous passée ?

Julianne savait, depuis longtemps, qu'elle ne devait pas s'offusquer de ce ton insolent.

— Me voilà, répondit-elle tranquillement.

— Vous avez apporté l'argent ?

— M'est-il déjà arrivé de l'oublier ? répliqua Julianne, qui sortit de son réticule une bourse remplie de pièces. Le voici.

Leah lui arracha presque la bourse des mains.

— Je saurai comment en faire usage.

— Oh, je n'en doute pas, murmura Julianne avec ironie.

Elle connaissait le penchant de Leah pour la boisson.

Son regard s'était arrêté sur la fillette assise par terre et qui serrait une poupée dans ses bras. Ses boucles brunes, soyeuses, encadraient un visage de chérubin. Mais elle était trop maigre, et son regard était trop grave pour une enfant d'à peine trois ans.

C'est Julianne qui avait choisi la poupée. Ses joues de porcelaine contrastaient avec celles, pas très propres, de la fillette.

— Vous voulez rester seule avec elle ? demanda Leah.

— Oui, une petite heure. Je ne pourrai pas beaucoup plus.

— D'accord, maugréa Leah. Après tout, madame est devenue marquise.

Si Julianne répondait, elle s'attirerait des quolibets moins plaisants, aussi préféra-t-elle s'abstenir.

Leah la fixait avec une animosité perceptible, mais elle avait besoin d'elle et Julianne le savait. Au bout d'un moment, elle quitta la pièce en marmonnant un juron.

Julianne s'agenouilla devant la fillette.

— Bonjour, Chloé.

Pas de réponse. Mais Julianne était habituée. Pourtant, à trois ans, Chloé aurait dû parler.

Comme à chaque fois, il y eut un moment d'hésitation quand Julianne tendit les bras. Puis la fille de Harry vint se blottir contre elle. Sans lâcher sa poupée.

9

Des dizaines de têtes se profilaient devant lui, dans un vacarme de musique et de bruit de conversations. Michael jouait des épaules pour se frayer un chemin dans la salle de bal surchauffée. Il n'avait jamais beaucoup goûté les réceptions mondaines, et celle-ci ne faisait pas exception. Mais refuser toutes les invitations vous mettait vite au ban de la société, aussi choisissait-il soigneusement les soirées auxquelles il assistait. À présent qu'il était marié, il devrait aussi prendre en compte les désirs de Julianne, même si aucune règle n'obligeait les époux à se rendre ensemble aux mêmes festivités.

Il s'aperçut qu'il ignorait la position de Julianne sur la question. Peut-être devrait-il lui demander ?

— *Nous n'avons pas la même vision du mariage.*

Michael avait eu le sentiment qu'elle était très sincère en disant cela. Et aussi très affectée.

Sa femme ne ressemblait guère aux jeunes ladies superficielles de la bonne société. L'argent et le titre qu'elle avait acquis en épousant Michael semblaient moins l'intéresser que l'organisation de leur vie commune. Elle lui avait clairement fait comprendre qu'elle attendait autre chose, de sa part, qu'un simple intérêt sexuel.

Dieu le sauve des jeunes femmes idéalistes et romantiques aux yeux sombres et aux seins parfaits !

Ce soir, Julianne était particulièrement en beauté, avec sa robe de tulle rose ornée de rubans argentés. La découpe du bustier dénudait entièrement ses épaules et laissait le haut de ses seins à découvert. Ses cheveux étaient coiffés avec une simplicité qui rehaussait son charme naturel et elle ne portait, pour tous bijoux, que deux pendentifs d'oreilles en perles, qui attiraient les regards sur la courbe gracieuse de son cou. Michael avait eu la présence d'esprit de demander à Fitzhugh une description des cadeaux qu'il lui achetait, afin qu'il ne commette pas deux fois la même bévue. En temps ordinaire, il était plus attentif à ce genre de détails, mais pour l'heure il avait d'autres soucis.

D'abord, il était suivi. La surveillance était discrète et professionnelle, cependant Michael l'avait remarquée et il s'interrogeait sur la meilleure manière d'y réagir. Il penchait pour l'attente, afin de voir s'il serait de nouveau agressé. Désormais, il était sur ses gardes et constamment armé. S'il parvenait à capturer son ou ses agresseurs, il obtiendrait des informations sur le commanditaire. Un interrogatoire bien mené aboutissait toujours à des résultats.

L'autre problème était plus récurrent : localiser Roget. Charles l'avait informé que tous ses informateurs essayaient d'en apprendre plus sur l'éventuelle réapparition de l'espion au service des Français.

Michael se poussa de côté pour laisser passer une matrone affublée d'une méchante robe d'un rouge criard, et il en profita pour inspecter la salle de bal du regard. Elle était immense, avec des arches gothiques soutenant le plafond, des moulures courant le long des murs et de grands lustres qui illuminaient le tout.

Une main se posa brusquement sur son épaule.

— Alors, Longhaven, tu cherches quelqu'un ?

Michael tourna la tête et reconnut le visage familier de Niles Beckham. Ils étaient cousins, et Niles était un garçon sympathique et intelligent. Ils se ressemblaient un peu, quoique Niles fût plus petit, avec les yeux noirs. Michael esquissa un sourire.

— Comment espérer trouver qui que ce soit au milieu de cette foule ?

— Si tu cherches ta ravissante épouse, je viens juste de l'apercevoir près des portes-fenêtres donnant sur la terrasse, expliqua Niles, tendant sa coupe de champagne dans la direction qu'il indiquait. Mais dis-moi, à quoi ressemble la vie d'un homme marié ?

Cette question lui avait déjà été posée une multitude de fois – principalement par des célibataires, bien sûr – et Michael commençait à s'en lasser.

— Tente l'expérience et tu sauras, répliqua-t-il.

— Ce n'est pas la réponse que j'espérais.

— Mais c'est ma réponse, insista Michael, qui regardait du côté des portes-fenêtres. Et sinon, tu avais raison : je cherchais Julianne. Elle dansait ?

— Non. Elle discutait avec la veuve Taylor.

Michael s'apprêtait à porter sa propre coupe de champagne à ses lèvres. Il s'interrompit dans son geste. Julianne, discutant avec Antonia ?

Voilà qui était intéressant. Ou plutôt : inquiétant.

— Excuse-moi, dit Michael à son cousin, d'une voix la plus neutre possible. Je crois que je vais lui réclamer la prochaine valse.

Niles hocha la tête.

— Je te comprends. Ta marquise est un diamant de la plus belle eau. Tout le monde est de cet avis.

Michael n'aurait pas su dire pourquoi ce genre de commentaire l'insupportait – mais il l'insupportait. Cependant, il ne devait pas s'étonner que les hommes remarquent la beauté de Julianne, essaya-t-il de se raisonner alors qu'il se dirigeait vers la terrasse. Mais la vraie question du moment était autre : que diable Antonia avait-elle en tête ?

C'était une femme passionnée, volcanique, et Michael était conscient que son mariage avec Julianne la rendait malheureuse – elle le lui avait d'ailleurs clairement fait comprendre. Leurs chemins étaient mêlés, mais pas de la façon dont l'aurait espéré Antonia. Michael déplorait de la décevoir, cependant il était persuadé qu'elle ressentait pour lui un mélange d'émotions qu'elle n'aurait sans doute pas su déchiffrer elle-même, mais qui n'était probablement pas de l'amour.

Du reste, il n'était pas certain que l'amour – le véritable amour – existe. Antonia méritait simplement un homme qui saurait lui rendre sa passion avec la même dévotion. Michael l'avait compris dès l'instant où il l'avait rencontrée, esseulée et anéantie dans une Espagne ravagée par la guerre. Sa famille avait été massacrée et leur maison détruite. Elle n'avait pu en réchapper que parce que deux loyales servantes l'avaient obligée à fuir avant l'arrivée des soldats français. Antonia les avait suivies dans les collines environnantes, où elles s'étaient cachées pendant trois jours.

Quand elles étaient finalement redescendues, il ne restait que des cendres. Michael, à la tête d'une petite patrouille d'espions anglais infiltrés derrière les lignes françaises, avait repéré le panache de fumée qui s'élevait des gravats. C'était là qu'il avait trouvé Antonia, le regard vide, prostrée au milieu du patio de ce qui avait été autrefois une magnifique villa. Il avait décidé de la prendre avec lui, car elle n'aurait pas pu survivre toute seule dans l'état où elle se trouvait. Il avait fallu près d'une semaine avant qu'elle ne recommence à parler. Ses premiers mots lui avaient donné une idée de son caractère bien trempé :

— Je les tuerai. Je les tuerai tous.

Elle était devenue l'un de ses meilleurs agents. La vengeance était une motivation redoutable. Et Antonia avait une belle revanche à prendre.

Mais Michael s'inquiétait qu'elle s'intéresse à Julianne.

Il les repéra finalement sur la terrasse, à moitié cachées par une grande plante en pot. Les deux femmes formaient un contraste saisissant, Julianne d'une beauté lumineuse et Antonia d'un charme plus vénéneux. Cette dernière accompagnait ses paroles de grands gestes et de sourires. Elle avait toujours su s'y prendre pour séduire les gens.

— Bonsoir, leur lança Michael, d'un ton délibérément enjoué.

Elles se retournèrent d'un même mouvement.

— Milord, murmura Antonia, lui tendant gracieusement la main.

Michael la prit pour la baiser. Ses doigts tremblaient légèrement et il comprit qu'elle manigançait bel et bien quelque chose, même si son expression ne trahissait rien de ses intentions.

Elle était d'une formidable élégance, vêtue d'une robe de soie couleur citron, dont la teinte flattait sa chevelure d'un noir d'ébène et son teint olivâtre.

— J'imagine que vous appréciez toutes deux la soirée ? demanda poliment Michael.

Antonia eut un geste vague de la main.

— On étouffe, à l'intérieur. Avec ta femme, nous avons voulu prendre le frais. Je lui expliquais justement que nous étions de vieux amis.

— Ah oui ? fit Michael, qui aurait bien voulu savoir ce qu'elle avait exactement raconté à Julianne.

Elle semblait, en tout cas, avoir éveillé sa curiosité, car son épouse le regardait avec des yeux songeurs.

— Lady Taylor m'a dit que vous vous étiez connus en Espagne.

— En effet. Elle était mariée à un général.

Après tout, les demi-vérités – ou les demi-mensonges – avaient toujours été la spécialité de Michael.

— En fait, c'est Michael qui m'a présentée à mon futur mari, corrigea Antonia, avec un mouvement languide de son éventail qui n'inspira pas confiance à Michael.

— Et comme je l'avais imaginé, lord Taylor est tombé immédiatement sous le charme, dit-il.

Antonia lui décocha un grand sourire.

— Tu es trop galant.

— Mais pas du tout, assura Michael, avant de s'emparer du bras de Julianne alors que l'orchestre attaquait une valse. M'accorderez-vous cette danse, madame ? Je suis sûr que lady Taylor saura excuser de jeunes mariés.

Voilà qui était piquant, songeait Antonia, un sourire de façade plaqué sur ses traits. Piquant – et intéressant – de voir un homme d'ordinaire aussi détaché que Michael se précipiter à la rescousse de sa jeune épouse.

De quoi avait-il peur ? Qu'Antonia puisse révéler la vérité ? Raconter qu'ils avaient couché ensemble et qu'elle avait, elle aussi, goûté à ses baisers, caressé sa peau et connu la force de ses étreintes ?

Mais ce n'était pas du tout le projet d'Antonia.

Agitant son éventail, elle les regardait danser depuis une alcôve de la salle de bal. Ils formaient un très beau couple. Julianne Hepburn était aussi gracieuse et féminine qu'il était bel homme et viril. À un moment, elle lui dit quelque chose, et il lui répondit, un sourire aux lèvres.

Antonia connaissait ce sourire. Il était de pure forme et, en général, il signifiait que Michael pensait à autre chose.

Probablement se demandait-il ce qu'elle manigançait. Tant mieux. C'est exactement ce que recherchait Antonia.

Satisfaite, la jeune femme repartit vers la terrasse pour respirer un peu d'air frais. Elle s'accouda un moment à la balustrade, se laissant bercer par la musique et le bruit d'une fontaine qui chantonnait sur la pelouse en contrebas.

Elle aurait aimé savoir si Michael avait réussi à déchiffrer le message codé qu'elle lui avait transmis. Mais à chaque fois qu'elle l'avait interrogé, par le passé, sur leurs missions en cours, elle n'avait le plus souvent obtenu que des réponses évasives – quand il avait daigné répondre.

Le problème, c'est qu'elle s'inquiétait pour lui. C'était plus fort qu'elle.

Elle n'avait pas oublié leur première rencontre. Le soir tombait et la température fraîchissait. Antonia avait entendu des chevaux s'approcher, mais elle était dans un tel état de prostration qu'elle n'avait pas réagi. Elle avait passé l'après-midi à enterrer ses parents et sa sœur. La brutalité avec laquelle ils étaient morts la hantait. Quant à la maison, elle avait été pillée avant d'être incendiée. Tous les domestiques qui n'avaient pas pu s'enfuir avaient été eux aussi massacrés. Ce qui n'avait pas brûlé était ravagé, et la désolation était si complète qu'Antonia pensait ne jamais pouvoir s'en relever.

Alors, elle était restée au milieu du patio. Si c'étaient des Français, ils la violeraient sans doute avant de la tuer. Quelle importance ? Elle ne tenait plus à la vie, de toute façon.

Mais ce n'étaient pas des Français. Elle avait vu surgir un cavalier de grande taille, vêtu d'un manteau noir. Ses bottes étaient poussiéreuses et un grand chapeau descendait bas sur son visage, masquant en partie ses traits. Antonia l'avait regardé approcher, sans crainte, mais sans manifester non plus d'intérêt particulier. Il avait mis pied à terre au milieu du patio. Arrivé devant les pierres sur lesquelles Antonia était assise, il s'était penché pour la regarder dans les yeux.

Elle avait lu, dans ses prunelles, un mélange de compassion, de fureur et de détermination.

Puis il lui avait caressé doucement la joue. Son geste avait ramené un peu de vie dans les veines d'Antonia. Il l'avait emmenée avec lui. Il l'avait forcée à manger, puis à parler. Et la nuit, quand elle criait dans son sommeil, il la serrait fort dans ses bras. Elle n'avait plus d'argent, plus de famille, plus de maison. Elle n'avait plus rien.

Cependant, il lui avait offert quelque chose de magnifique.

La possibilité de se venger.

— Pourrais-je savoir à quoi tout cela rime-t-il ?

Reconnaissant sa voix, Antonia se retourna avec un sourire. Combien de temps était-elle restée accoudée à cette balustrade, à songer au passé… à leur passé ? Elle aurait juré qu'il ne s'était pas écoulé plus de cinq minutes depuis qu'il s'était empressé d'éloigner sa petite femme.

— Je n'ai pas le droit de parler avec la marquise ? C'est pourtant toi qui nous as présentées.

Michael regardait autour de lui, comme s'il cherchait à percer les ombres du jardin. Antonia comprit qu'il était sur ses gardes.

— Tu t'étais glissée dans la file des gens qui voulaient nous congratuler après la cérémonie. Je n'ai pas eu le choix.

Antonia s'adossa à la balustrade.

— Je croyais que tu dansais avec elle ? C'est touchant, de te voir prendre ton rôle d'époux autant au sérieux.

Il avait dû arriver à la conclusion qu'aucun danger ne rôdait alentour, car il reporta son attention sur elle.

— La valse est terminée. Elle danse à présent avec lord Pearson. S'il te plaît, réponds à ma question, Antonia.

— Je voulais simplement me montrer agréable avec elle.

— N'oublie pas que je te connais bien, Antonia. Ton mensonge n'est guère convaincant. Tu es capable de beaucoup mieux.

Elle le gratifia d'un grand sourire.

— C'est sans doute parce que j'ai pu profiter des leçons d'un excellent professeur. Dis-moi, combien de fois lui as-tu déjà menti ? Mais peut-être serait-il plus simple de te demander combien de fois tu lui as dit la vérité ?

Une lueur traversa ses prunelles. De la frustration ? Des regrets ? Non. Michael ne regrettait jamais rien.

— Mes relations avec ma femme ne te regardent pas. Étant donné les circonstances, je considère même que tu devrais garder tes distances.

— Quelles circonstances ? Parce que nous travaillons ensemble ? Ou parce que nous avons couché ensemble ? Mais je suppose que ces deux informations choqueraient également Mlle Innocence.

Tenir tête à Michael n'était jamais une bonne idée. Elle le savait, pourtant.

Il détourna un instant le regard. Son profil était sévère, et quand il reporta son attention sur elle, il serrait les lèvres d'un air implacable.

— Je lui envie son innocence. Et je suis sûr que toi aussi. Je te rendrais volontiers la tienne, si je le pouvais, mais ce n'est pas possible. Ton innocence t'avait été enlevée avant notre rencontre.

Michael avait le don de toucher là où cela faisait mal. Antonia ouvrit son éventail, le referma d'un coup sec et soupira, en manière de reddition.

— Je voulais simplement veiller sur elle. Mes intentions n'étaient pas mauvaises. Si j'avais voulu lui ôter ses illusions en lui révélant certaines choses te concernant, je l'aurais déjà fait. Ne sois pas inutilement soupçonneux.

Mais il l'était encore. Elle pouvait le lire dans ses yeux.

— Fitzhugh veille sur elle.

— Une femme serait plus efficace, objecta Antonia.

À sa grande surprise, il hésita une seconde, avant de reconnaître :

— Tu as raison. Mais j'avais besoin de quelqu'un de confiance, et je pensais que tu ne serais pas intéressée par cette tâche.

— Parce que je suis jalouse ? Hmm. Une autre femme réagirait peut-être ainsi. Mais pas moi. Oh, je suis jalouse, pour ça, oui. Mais je veux par-dessus tout la peau de Roget. C'est pourquoi je suis prête à veiller sur ta femme, au cas où ses hommes voudraient s'en prendre à elle. Si je capture un ennemi, crois-moi qu'il parlera. Quand bien même devrais-je lui arracher ses bijoux de famille un par un.

Michael sursauta d'effroi, avant de s'esclaffer.

— Tu es toujours aussi indomptable, *señora* ! Je ne voudrais pas t'avoir pour ennemie.

— Alors, c'est d'accord pour que je sois son chien de garde ?

Antonia essayait de ne pas trop penser à l'intention perverse qui se cachait derrière sa proposition : apprendre à connaître cette jeune femme qui possédait ce qu'elle désirait si fort.

Mais Julianne Hepburn pouvait-elle prétendre *posséder* Michael ?

Elle ne portait que son nom.

En vérité, Antonia était convaincue que ni l'une ni l'autre n'aurait jamais le cœur de Michael. Elles étaient plutôt des sœurs que des rivales.

— Si tu consens à cette mission, alors oui. Je t'en serais même très reconnaissant.

Cependant, son expression demeurait indéchiffrable.

Antonia fit un pas vers lui.

— Reconnaissant jusqu'à quel point ?

— Je ferais mieux de rentrer à l'intérieur, déclara-t-il d'une voix neutre, comme s'il avait décidé d'ignorer le sous-entendu. Tiens-moi informé.

Antonia le regarda franchir le seuil avec des sentiments mêlés. D'un côté, elle avait gagné, car elle pourrait fréquenter librement la marquise de Longhaven avec la permission de Michael.

Mais elle avait aussi perdu, car il s'éloignait d'elle.

10

Tandis que la voiture roulait sur les pavés, Julianne dévisageait discrètement son mari, assis en face d'elle. Elle s'efforçait de ne pas l'examiner avec trop d'ostentation, comme quelqu'un qui chercherait à analyser un tableau exposé dans une galerie d'art.

Comment pourrait s'appeler le tableau, d'ailleurs ? *Visage d'homme impénétrable* ?

Michael semblait plongé dans ses pensées, mais son expression était, comme d'habitude, parfaitement indéchiffrable. Ses jambes, étirées devant lui et croisées aux chevilles, donnaient l'impression qu'il était détendu.

Mais c'était une fausse impression. Il n'y avait rien de détendu chez lui. Qu'il le veuille ou non – et probablement ne le désirait-il pas –, Julianne commençait à percer certaines attitudes chez lui. Par exemple, elle avait compris que plus il voulait paraître détaché, plus il était préoccupé.

Et à cet instant, il paraissait vraiment très, très détaché.

La coupable en était lady Taylor. Autant Michael savait dissimuler ses émotions, autant Antonia Taylor en était incapable. Durant le bal, elle avait regardé Michael d'une façon qui en disait long sur ses sentiments à son égard.

Julianne ne savait pas comment réagir. Avait-elle seulement le droit de dire quelque chose ? Les hommes de la bonne société menaient leur vie privée à leur guise. Et Michael ne semblait pas disposé à reconnaître que la jolie Espagnole était pour lui autre chose qu'une simple connaissance.

Mais jusqu'où s'étendait leur relation ? Là était toute la question.

Était-elle jalouse ? Julianne n'aurait su le dire. Leur mariage avait été décidé par leurs parents, mais pour Julianne il était impossible de séparer l'intimité qu'elle partageait avec son mari de ses émotions. Au lit, ils s'aimaient. Cependant, Michael s'ingéniait à faire en sorte que leur relation ne dépasse pas les frontières de leur chambre à coucher. Était-ce à cause de l'existence de lady Taylor ?

— Lady Taylor a beaucoup de charme, risqua-t-elle.

— Oui.

— Il est évident que vous vous connaissez très bien, tous les deux.

— Ah bon ? répliqua-t-il, sans la moindre inflexion de voix.

Julianne n'avait pas l'intention de le laisser s'en tirer par des réponses évasives.

— Je suppose, commença-t-elle d'une voix songeuse, comme si elle réfléchissait en même temps qu'elle parlait, que la guerre crée des liens particuliers entre des gens qui ne se seraient pas forcément rencontrés en temps ordinaire…

— Seriez-vous d'humeur à philosopher, ce soir ?

Il souriait, mais son sourire n'atteignait pas ses yeux.

Michael et la vibrante lady Taylor avaient été amants. Peut-être même l'étaient-ils encore. Julianne était persuadée qu'il s'était passé quelque chose entre eux. Mais était-ce terminé ? Elle n'avait aucune envie de partager son mari.

— Je ne cherche pas à philosopher, je suis perplexe, répondit-elle sans prendre de gants.

Mais bien sûr, Michael n'était toujours pas décidé à coopérer.

— Il nous arrive à tous d'être perplexes à un moment ou à un autre. Ce sont les embarras de la vie. Je reconnais que c'est parfois irritant.

Ce qui était surtout irritant, c'était son obstination à rester dans l'équivoque. Julianne avait bien envie de lui demander crûment quelle était la nature exacte de sa relation avec lady Taylor. Si elle s'en retint, ce ne fut qu'au prix d'un immense effort de volonté. Elle se doutait qu'elle n'arriverait à rien en le brusquant.

— Vous avez sans doute raison, murmura-t-elle, avant de tourner la tête vers la portière pour faire semblant de s'absorber dans la contemplation du rideau tiré sur la vitre.

S'il perçut son énervement, son mari n'en montra rien. Dès que l'attelage s'immobilisa devant Southbrook House, il l'escorta à l'intérieur avec son habituelle courtoisie parfaitement distante.

Une fois dans sa chambre, Julianne se fit aider par sa camériste le temps d'ôter sa robe, puis elle congédia Camille pour se brosser les cheveux.

Elle tendait l'oreille, dans l'espoir d'entendre s'ouvrir la porte qui communiquait avec la chambre de Michael.

Mais elle n'entendit rien.

Elle resta assise à sa coiffeuse, les yeux rivés sur la pendule de la cheminée.

Au bout d'un moment, n'y tenant plus, et malgré sa crainte d'être surprise à espionner, elle s'approcha de la porte sur la pointe des pieds.

Aucun bruit derrière le battant.

Elle attendit encore un peu, avant de trouver le courage de pousser la porte et de découvrir… une chambre déserte. Tout était en ordre, mais son mari n'était pas là.

Michael s'était changé. La cravate qu'il avait portée durant la soirée avait été jetée négligemment sur le dossier d'un fauteuil, face à la cheminée. Et sa veste gisait sur le lit. Julianne pénétra dans la pièce, laissant la porte ouverte derrière elle.

Michael était peut-être en bas, dans le bureau de son père. Ou il prenait l'air dans le jardin. Mais Julianne en doutait. Son instinct lui disait qu'il était sorti. Et comme le prévenant Fitzhugh n'aurait pas laissé traîner les vêtements de son maître, elle en déduisait qu'il se trouvait également à l'extérieur.

Michael n'avait parlé d'aucun projet pour sa fin de soirée. Même s'il n'avait pas à se justifier de ses allées et venues, Julianne trouvait étrange qu'il n'ait pas jugé utile de la prévenir qu'il comptait s'absenter.

Elle s'empara de son veston. Il sentait encore son odeur, masculine et épicée. Jetant un regard par-dessus son épaule pour s'assurer qu'elle était seule, elle fouilla dans ses poches de devant. Rien. Pas même une blague à tabac ou quelques pièces de monnaie. Au point où elle en était, elle fouilla aussi les poches intérieures. Sans plus de succès.

Cet homme était décidément impossible à percer, se dit-elle avec un mélange de frustration et d'irritation.

Julianne s'assit sur le lit, la veste de Michael toujours à la main, et elle contempla la cheminée éteinte.

Elle avait besoin d'en savoir plus sur son mari. Et pour cela, il lui fallait un plan.

Julianne avait la conviction qu'il ne lui révélerait jamais rien sur lui-même – si elle avait appris quelque chose à son sujet, c'était au moins cela.

Mais son comportement était-il inné, ou au contraire parfaitement calculé ?

Elle n'en savait rien.

Dans le premier cas, elle devrait se résoudre à vivre avec un homme qui ne partagerait jamais rien avec elle.

Dans le deuxième cas, elle devrait découvrir toute seule pour quelle raison il se tenait autant sur ses gardes.

Les généraux gagnaient des batailles qui opposaient de formidables armées, mais à la base, un seul homme décidait de l'offensive à donner. Dans ces conditions, pourquoi une simple femme ne réussirait-elle pas à briser les défenses de son mari, à condition de choisir la bonne tactique ?

La fatigue et la frustration l'incitèrent à reposer quelques instants sa tête sur les luxueux oreillers brodés du monogramme de la famille Hepburn. Elle serrait la veste de velours de son mari dans ses mains, mais elle avait beau réfléchir, elle ne trouvait pas de plan d'attaque. À défaut, elle essaya de dresser un bilan de la situation.

Pour le côté positif, Michael était poli, respectueux, bon amant et généreux financièrement. Il pourvoyait à tous les besoins de Julianne, et même au-delà.

Pour le côté négatif, il était distant à l'extrême, secret et peut-être se trouvait-il, à cet instant précis, dans le lit de lady Taylor. Elle l'avait vu tout à l'heure quitter la salle de bal, puis revenir, et lady Taylor était réapparue presque dans son sillage. Julianne aurait mis sa tête à couper qu'ils s'étaient parlé sur la terrasse.

Mais où était-il, maintenant ? Avec elle ?

À sa grande honte, elle ne put retenir quelques larmes qui roulèrent sur ses joues. Il était normal qu'elle n'apprécie pas que son mari ait une maîtresse, mais elle n'aurait jamais cru qu'elle en serait choquée au point de pleurer.

C'était la preuve qu'elle était touchée dans ses sentiments. Pourtant, elle n'était pas amoureuse de son mari.

Enfin, elle ne pensait pas l'être.

Les seuls moments où elle pouvait se dire que son mariage était une réalité, c'était lorsque Michael la serrait dans ses bras et la couvrait de caresses. Si ses manœuvres de séduction étaient délibérées, force était de reconnaître qu'il avait atteint son but. Mais pour le reste, le vrai Michael demeurait une énigme. Julianne serait donc folle de tomber amoureuse d'un tel homme.

Le lit était confortable. L'heure tardive. La lumière tamisée.

Julianne avait l'impression d'être plongée dans un mystère. Ce fut sa dernière pensée avant que le sommeil ne l'emporte.

11

Heureusement, Michael n'avait pas escompté que sa quête nocturne serait couronnée de succès. Car elle ne le fut pas. Quelqu'un s'amusait à jouer au chat et à la souris avec lui. Ce quelqu'un lui distillait juste assez d'informations pour qu'il ait envie de persévérer.

Après avoir poussé la porte de sa chambre, il s'immobilisa sur le seuil.

Ce n'était pourtant pas la première fois qu'une femme l'attendait dans son lit. Mais ce soir, la surprise était totale.

Julianne était couchée sur le côté, si bien qu'il pouvait distinguer les courbes de ses fesses à travers sa fine chemise de nuit d'un blanc virginal. Son épouse était ravissante, bien sûr, mais elle paraissait aussi très jeune.

Et elle serrait sa veste entre ses mains, comme s'il s'agissait d'un précieux trophée.

Michael, fasciné, resta un long moment à la contempler, sans pouvoir bouger. Lui qui s'était souvent, par le passé, tiré de situations délicates par son aptitude à réagir rapidement, se trouvait tout à coup incapable du moindre mouvement. Une jeune femme innocente – qui était désormais son épouse – avait réussi à le désarmer.

Finalement, il s'avança et s'assit dans un fauteuil pour se déchausser. Il se félicitait d'avoir dit à Fitzhugh qu'il n'aurait plus besoin de lui pour la soirée. Le spectacle de sa femme endormie dans son lit n'était que pour lui.

La sagesse lui commandait de prendre la jeune femme dans ses bras pour la reconduire dans sa chambre et la coucher dans son propre lit. L'aube se lèverait dans quelques heures, et même s'il avait appris, en Espagne, à rester d'attaque sans dormir, il savait aussi qu'il ne fallait jamais négliger la moindre occasion de se reposer.

Mais son membre en pleine érection était d'un autre avis. Réveiller Julianne de la manière la plus sensuelle possible paraissait une solution préférable.

Indécis, il restait assis, sa chemise à moitié déboutonnée, le regard rivé sur les courbes généreuses de sa femme. Avait-elle cherché à le séduire ? S'il lui faisait l'amour maintenant, ce serait la preuve qu'elle possédait un certain pouvoir sur ses faits et gestes.

Or, Michael s'était fixé une règle à laquelle il s'interdisait de déroger : garder toujours la main, en toutes circonstances.

S'il se contentait de dormir dans ce fauteuil, il serait dispensé de la toucher. C'était sans doute mieux, car il savait qu'il ne pourrait pas résister à la tentation une fois qu'elle serait dans ses bras.

Et Dieu savait qu'il avait dormi dans des positions plus inconfortables.

Si Julianne n'avait pas bougé dans son sommeil, il serait certainement resté à sa place. Mais elle soupira et se tourna, lui faisant face. Ses lèvres étaient entrouvertes, le tissu de sa chemise de nuit moulait ses seins. Et Michael pouvait distinguer le triangle de son pubis.

Il bondit soudain de son siège, jetant du même coup ses bonnes résolutions aux orties. Après tout, Julianne était sa femme, voulut-il se justifier alors qu'il achevait de déboutonner sa chemise pour l'ôter et la laisser tomber par terre. En outre, il l'avait épousée dans un but bien précis : perpétuer la lignée des Hepburn. Et il n'y avait pas trente-six façons de parvenir à ce résultat.

Son pantalon suivit le même chemin que sa chemise. Nu, le sexe érigé, Michael s'allongea sur le lit. Il commença par caresser doucement les cheveux de la jeune femme. Puis il fit courir son doigt sur l'un de ses sourcils, et elle battit des paupières.

Il savait, d'expérience, qu'elle était encore plus excitante quand elle se réveillait. Le moment où quelqu'un passait du sommeil à la conscience était parmi les plus intimes qui soient. Lorsque Julianne ouvrit complètement les yeux et s'avisa de sa présence, il lui retira son veston des mains pour le jeter sur le plancher. Fitzhugh ferait une attaque d'apoplexie, demain matin, en découvrant le luxueux vêtement en tas par terre, mais Michael n'en avait cure.

— Désolé de t'avoir réveillée, dit-il. Je vais essayer de me faire pardonner.

Il défit le ruban qui serrait le bustier de sa chemise de nuit, et il glissa une main sous l'étoffe pour s'emparer d'un sein. Il était chaud et ferme à souhait.

La jeune femme frissonna et son téton réagit à ses caresses en devenant tout dur.

— Je ne... murmura-t-elle. Oh...

Michael fit glisser la chemise de nuit pour s'emparer de l'autre téton avec ses lèvres.

Elle s'arqua sous lui et l'agrippa par les épaules.

— Tu aimes ça, n'est-ce pas ?

— Oui, admit-elle à mi-voix avec un reste de pudeur transcendé par une fierté, toute féminine, de savoir que son plaisir avivait le désir de Michael.

De fait, il était en feu.

Et, à en juger par le regard de Julianne, elle l'avait compris.

D'ordinaire, il savait mieux se contenir. Mais le temps perdu, dans le fauteuil, à se demander ce qu'il allait faire, lui avait embrasé les sens. Il retroussa la chemise de nuit et insinua une main entre ses cuisses. Elle était prête, bien sûr.

— Michael, souffla-t-elle.

Pour toute réponse, il retira sa main et lui écarta les cuisses pour la pénétrer.

D'un seul coup. Sans autre préliminaire. Il ne l'avait même pas complètement déshabillée. Mais c'était sans importance. Du reste, elle ne lui en tint pas grief, car elle lui répondit avec la même impétuosité, arquant les reins pour aller à la rencontre de son membre qui s'enfonçait en elle.

Michael était aux anges. Julianne était si glorieusement féminine, dans ses bras. Il lui donna ce qu'elle voulait – ce qu'ils voulaient tous les deux.

Il espérait qu'elle jouirait sans tarder, car il n'était pas sûr de pouvoir se retenir longtemps – une rareté, pour ce qui le concernait. Aussi, quand Julianne poussa un cri et qu'il sentit ses muscles se contracter, il soupira de gratitude et libéra sa propre jouissance.

Puis il appuya son front à la tête du lit, pour ne pas écraser Julianne de tout son poids pendant qu'il reprenait son souffle. Ses cheveux soyeux lui chatouillaient les narines et il se repaissait de leur parfum.

Il réalisa qu'il l'avait *baisée* – il n'y avait pas d'autre mot. Julianne était une femme distinguée, de bonne naissance, qui s'éveillait tout juste à la passion, et Michael l'avait troussée comme une vulgaire catin, sans même lui faire la faveur de l'embrasser.

Pourtant, elle avait joui.

Décidément, cette soirée s'achevait de manière totalement improbable.

Mais ô combien délicieuse.

Julianne caressait le cou de son mari. Ses cheveux, dont la douceur contrastait avec la dureté de ses muscles, lui effleuraient la peau.

Elle avait connu un réveil explosif, avec Michael, nu et excité, penché sur elle.

Au final, elle avait le sentiment d'avoir gagné une bataille. Michael aurait pu la gronder de s'être introduite dans sa chambre sans y avoir été invitée. Pour sa défense, Julianne n'avait pas eu l'intention de s'endormir dans son lit. Mais apparemment, il n'entendait rien lui reprocher.

Apparemment. Car pouvait-on jamais savoir, avec lui ?

Il releva la tête. Son membre palpitait toujours entre ses cuisses.

— Je ne me suis pas montré trop impatient ?

Julianne lui sourit.

— Non, tout va bien.

— Je ne t'ai pas fait mal ?

Elle haussa les sourcils.

— T'ai-je donné l'impression de souffrir ?

Michael aurait pu l'écraser de toute sa force, s'il l'avait voulu, mais dans ses bras Julianne se sentait protégée. Et elle ne l'imaginait pas une seconde lui faisant du mal. Il avait beau être impénétrable, elle possédait au moins quelques certitudes à son propos, dont celle-ci.

Michael lui rendit son sourire, avec une sincérité qu'il montrait trop rarement.

— Non, en effet. Maintenant que j'y repense, ma question était idiote.

Il roula de côté pour s'allonger sur le dos, et Julianne vécut son geste comme une séparation douloureuse. Maintenant qu'il ne portait plus de pansement, elle pouvait voir la cicatrice qui barrait son flanc.

Michael était peut-être un gentleman titré, rejeton d'une des familles les plus riches d'Angleterre, mais il avait le corps d'un guerrier. Puissant, musclé... et couturé de partout. Outre sa plus récente blessure, Julianne avait recensé d'autres cicatrices, dont une sur la cuisse gauche. Et une marque d'impact de balle sur l'épaule droite.

Elle pensait avoir aussi décelé des traces de brûlures sur son abdomen.

— Londres doit te paraître bien calme, après les rigueurs de la guerre, dit-elle.

C'était sorti tout seul – en fait, elle avait pensé à haute voix.

Les yeux mi-clos, Michael ne bougea pas, mais elle perçut une soudaine tension.

— Je suppose que ta réflexion t'a été inspirée par les souvenirs que j'ai ramenés d'Espagne. J'espère que mes cicatrices ne te répugnent pas trop. Quoi qu'il en soit, sache que je ne les ai pas récoltées de gaieté de cœur.

— Elles ne me répugnent pas du tout, assura Julianne avec une évidente sincérité. Simplement, leur présence me rappelle que je ne sais pas grand-chose de toi.

— Avec le temps, nous apprendrons à nous connaître mutuellement.

Il était passé maître dans l'art de proférer des sentences d'ordre général, qui ne donnaient pas la moindre indication de ses pensées profondes.

— Je l'espère, murmura Julianne.

Elle avait redressé la tête pour tenter de percer son regard, sans davantage de succès.

— Cela dit, j'ai quand même déjà appris certaines choses, reprit-elle.

Elle se sentait soudain pleine d'audace.

Michael haussa un sourcil.

— Ah ?

— Tu n'aimes pas le poisson, à l'exception de la sole. Et tu n'as pas non plus de grande inclination pour les sucreries. Tu te lèves toujours très tôt, et le moindre bruit suffit à te réveiller. Tu fais semblant d'apprécier la musique, mais je crois qu'elle t'ennuie, à l'exception de celle de Bach.

Julianne s'interrompit un instant. Elle se demandait s'il était sage de s'aventurer plus loin. Finalement, elle se lança :

— Tu ne souhaitais pas m'épouser, mais le sens du devoir est chez toi très puissant. Et tu voulais apaiser le chagrin de tes parents d'avoir perdu ton frère.

Julianne savait qu'elle avait capturé son attention, même s'il ne manifestait aucune réaction. Au bout d'un moment, il lâcha cependant :

— Tu es très observatrice. Presque tout ce que tu as dit est exact.

— Ah ? Où me suis-je trompé ?

— J'aime beaucoup le saumon écossais, à condition qu'il soit bien préparé, expliqua-t-il avec une lueur de malice dans les yeux.

— J'en prends bonne note, répliqua Julianne d'un ton enjoué.

— J'ignorais être un personnage aussi intéressant.

— C'est peut-être parce que vous connaissez mal les femmes, milord. Vous êtes mon mari. Il est normal que je m'intéresse à vous.

Un sourire éclairait ses lèvres. Elle avait conscience qu'en étant à moitié dénudée et lovée contre lui, elle mettait toutes les chances de son côté pour que cette discussion ne s'interrompe pas brutalement. Le peu d'influence dont elle disposait sur son mari s'exerçait dans la chambre à coucher. Elle voulait davantage – non pas qu'elle cherchât le pouvoir : elle souhaitait simplement une vraie *vie commune*.

Mais ce n'était que dans leur lit qu'elle pouvait l'obtenir. Du moins, pour l'instant.

Car elle ne désespérait pas d'y remédier.

— Je n'ai jamais prétendu connaître les femmes, répliqua-t-il, amusé. Je crois d'ailleurs que très peu d'hommes pourraient se vanter de vous connaître.

Il n'avait pas nié qu'il n'avait pas souhaité l'épouser. Julianne en concevait du dépit, sans bien comprendre pourquoi. Après tout, elle le savait depuis le début. Et c'était réciproque : si elle avait pu choisir, elle ne l'aurait pas non plus épousé.

— En retour, je dirais que les hommes nous frustrent souvent par leur incapacité à parler de leurs émotions.

Sans prévenir, il se rallongea sur elle, arrachant un petit cri de surprise à Julianne.

— Je plaide coupable. Si tu veux de l'émotion, tu es tombée sur la mauvaise personne. En revanche, je suis toujours prêt à l'action. Mais cette fois, nous prendrons davantage notre temps.

Là-dessus, il s'empara de ses lèvres, et Julianne en oublia tout raisonnement cohérent. Il la débarrassa de sa chemise de nuit, afin de la caresser sur tout le corps et d'aviver son excitation. Quand il la pénétra enfin, elle laissa échapper un soupir de libération.

Elle songea qu'elle avait appris autre chose concernant son mari, ce soir : il avait une façon très agréable de couper court aux discussions d'ordre personnel.

Cela faisait plus de soixante-douze heures qu'il n'avait pas vu la lumière du jour, et quand il fut enfin sauvé, il fut incapable d'ouvrir les yeux pour soutenir l'éclat aveuglant du soleil espagnol. Il était tellement faible qu'il pouvait à peine avaler l'eau froide qu'on forçait à travers ses lèvres parcheminées. Son corps n'était plus qu'une masse inerte couverte de plaies et de bosses, mais la douleur lui était devenue une religion qu'il chérissait, car chaque inspiration, si elle le faisait souffrir, lui rappelait aussi qu'il était toujours en vie.

Alex St. James l'avait porté dans ses bras pour le sortir du petit fort où les Français entreposaient leurs munitions et détenaient leurs prisonniers les plus notoires. Sans Alex et sans Luke Daudet, qui avait insisté auprès de Wellington pour qu'un détachement parte à sa recherche, Michael serait mort.

Après son sauvetage, les Anglais avaient fait sauter le fort. La cellule où il avait agonisé n'existait donc plus. Mais son souvenir demeurait.

Julianne avait caressé les cicatrices de son abdomen. Elles avaient été provoquées par un colonel français particulièrement sadique, qui avait voulu lui extorquer le nom du traître qui avait vendu les documents retrouvés dans les habits de Michael lorsqu'il avait été capturé.

Michael avait bien sûr refusé de parler. Il se souvenait à peine de la suite, et c'était tant mieux. Sa mémoire avait occulté les moments les plus terribles.

Il aurait pu expliquer à Julianne ce qui lui était arrivé, pourquoi il portait ces cicatrices. Mais il ne voulait pas briser son innocence, aussi avait-il préféré lui faire l'amour.

Une fois de plus, leur étreinte l'avait comblé. Mais ensuite, il avait eu du mal à s'endormir. Le sommeil n'avait jamais été son meilleur ami et cette nuit n'avait pas fait exception.

Alors que le soleil se levait à peine, Michael contemplait la jeune femme lovée contre lui. Julianne dormait à poings fermés, comme toujours, avec la tranquillité des innocents, une main calée sous sa joue, son corps délectable totalement détendu.

Son épouse n'était pas seulement ravissante. Elle était aussi intelligente et, plus redoutable encore, très observatrice. Il avait compris, dans la soirée, qu'elle s'intéressait à Antonia. Du reste, c'était sans doute sa faute : il avait réagi avec trop de vivacité quand il les avait surprises ensemble sur la terrasse. Pour l'instant, il avait réussi à éluder les questions de Julianne sur sa relation avec lady Taylor, mais il devinait qu'elle reviendrait d'une manière ou d'une autre à la charge.

Bien qu'il ne fût pas habitué à se justifier, peut-être devrait-il la rassurer et lui expliquer que ses rapports avec Antonia n'avaient plus rien d'intime. C'était d'ailleurs la stricte vérité, et s'il en parlait librement à Julianne, elle pourrait interpréter cet aveu comme un signe de bonne volonté de sa part. Il se doutait qu'aucune femme n'avait envie de savoir que son mari était volage – surtout si peu de temps après le mariage.

Pour sa part, il n'accepterait jamais que Julianne puisse avoir un amant.

D'où diable lui venait donc ce sentiment de possession envers une femme qu'il n'avait épousée que par devoir ?

La proposition d'Antonia de veiller sur elle ne l'enchantait pas. Mais Michael ne voulait prendre aucun risque. Les deux agressions dont il avait été récemment victime ne rendaient plus aussi illusoire la « résurrection » de Roget.

Julianne, désormais, représentait une cible. Michael ne l'avait pas compris avant de l'épouser, mais à présent il en prenait totalement conscience.

Cette jeune femme dormant paisiblement à son côté bouleversait sa vie.

Qu'il le veuille ou non. Que cela lui plaise ou non.

Il caressa une mèche de ses cheveux, s'émerveillant de leur douceur.

À sa grande surprise, il s'aperçut que cela lui plaisait.

12

— Si j'ai bien compris ce que vous me dites, monsieur, Roget aurait repris du service ? Vous en êtes sûr ?

Antonia faisait tourner le vin dans son verre avec un sourire aguicheur.

Le jeune homme assis en face d'elle hocha la tête. Son regard s'égarait souvent en direction de la poitrine d'Antonia.

— Oui, madame. Sa voix est facilement reconnaissable. J'avais eu l'occasion de l'entendre avant que ne se répande la rumeur qu'il était sans doute mort. Et je l'ai reconnue l'autre soir. Sans erreur possible.

— Recommencez votre récit, s'il vous plaît, le pressa Antonia.

Le jeune homme s'humecta les lèvres.

— Roget expliquait qu'il avait de nouveaux plans. Quand il a mentionné le nom du marquis de Longhaven, j'ai dressé l'oreille.

Très peu de gens connaissaient le véritable rôle de Michael auprès de la Couronne. C'est pourquoi Antonia suspectait un piège. Cette histoire avait tout du mensonge élaboré.

Elle se pencha pour captiver un peu plus son interlocuteur.

— Et vous êtes venu me raconter tout cela. Pourquoi ? Et pourquoi à moi ?

— Votre proximité avec le marquis est notoire.

Non, elle n'était pas notoire. À moins, bien sûr, de fréquenter certains cercles. Mais Roget était un homme bien informé. Il était au courant.

Et ses hommes aussi, par conséquent.

Il n'était pas impossible que ce jeune homme fût un agent double, envoyé par Roget pour les précipiter dans une embuscade.

Elle ajusta son gant gauche d'une main languide.

— Quel rôle jouez-vous dans cette histoire ? Où est votre intérêt ?

— Sachez simplement que mon employeur préférerait que le marquis reste en vie.

— Qui est-ce ?

— Il ne m'a pas autorisé à divulguer son identité, madame.

À supposer qu'elle ait en face d'elle un véritable agent secret, Antonia était prête à jurer que son patron s'appelait Charles Peyton. Peyton avait le bras long, mais il pouvait avoir besoin des talents de Michael.

— Roget est un homme très dangereux, ajouta son interlocuteur, baissant la voix. Mes supérieurs craignent qu'il ne soit derrière les tentatives d'assassinat du marquis de Longhaven, et qu'il n'ait l'intention de recommencer.

— Pourquoi ne pas avoir été prévenir directement le marquis ? demanda Antonia, toujours soupçonneuse.

— Roget le fait probablement surveiller. N'y voyez nulle offense, mais vous êtes moins importante à ses yeux, expliqua le jeune homme.

Il se releva et inclina respectueusement la tête. Il était vêtu comme un bourgeois, d'habits bien coupés, mais sans ostentation.

— Et puis, un simple marchand d'étoffes comme moi aurait eu peu de chances de décrocher une audience auprès du marquis en sonnant à la porte de son imposante demeure. Vous êtes plus accessible.

À son ton, le mot « accessible » pouvait s'entendre de plusieurs façons – dont une qui faisait écho à la manière dont il avait reluqué la poitrine d'Antonia. De fait, il était jeune, séduisant et probablement était-il un bon amant. Mais Lawrence l'embrocherait si Antonia s'intéressait à lui. Se levant à son tour, elle se contenta donc de tendre la main avec un sourire poli.

— Je transmettrai l'information au marquis. Longhaven en fera ce qu'il voudra. Il a toujours été un homme très indépendant.

Après le départ de son visiteur, Antonia se laissa retomber dans son fauteuil et contempla son verre à moitié vide, d'un œil songeur.

Lawrence la rejoignit sur ces entrefaites. Antonia ne l'avait pas appelé, mais elle en fut ravie. Même si Michael et Lawrence occupaient des positions diamétralement opposées dans l'échelle sociale, les deux hommes se ressemblaient à maints égards. Notamment, Lawrence était largement aussi rusé et malin que Michael.

Antonia aurait aimé connaître son passé, dont le mystère l'intriguait. Mais à chaque fois qu'elle avait voulu l'interroger, il s'était retranché en lui-même avec une telle froideur qu'elle avait laissé tomber. Après tout, elle était bien placée pour savoir qu'il n'était pas souhaitable de réveiller les mauvais souvenirs.

— Que voulait votre visiteur ? demanda Lawrence.

Au lieu de s'asseoir, il se planta devant la table à liqueurs pour se servir un verre.

— Ne me dites pas qu'il cherchait à vous vendre des étoffes pour de futures robes, ajouta-t-il. S'il est marchand de tissu, je suis une nonne.

Antonia s'esclaffa.

— Dieu douterait de ta foi. Et je ne suis pas sûre que la tenue des nonnes te conviendrait.

Lawrence but une gorgée d'alcool.

— Pour ce qui est de ma foi, vous avez raison. Dieu l'a testée un peu trop souvent à mon goût. Maintenant, dites-moi ce que voulait notre ami.

Antonia haussa un sourcil.

— Notre ami ? Le connaîtrais-tu ?

— Je connais ceux de sa sorte. Nous sommes tous plus ou moins pareils. Quand il a demandé à vous parler, j'ai tout de suite compris qu'il ne serait pas question d'étoffes.

Antonia s'esclaffa de nouveau.

— Un espion reconnaît toujours un autre espion, c'est cela ? Espérons que ce ne soit pas toujours vrai, encore que je ne me considère pas comme une véritable espionne.

Lawrence porta son verre à ses lèvres et la regarda par-dessus le bord.

— Qu'êtes-vous, alors ?

— Un instrument au service de la justice, répondit Antonia. S'il le faut, je n'hésiterai pas à tuer Roget de mes propres mains.

— Votre prétendu marchand d'étoffes vous a parlé de Roget ?

— Il semblerait qu'il se trouve à Londres.

Lawrence marmonna un juron, assez bas pour qu'Antonia ne puisse pas l'entendre distinctement.

— Laissez le marquis s'occuper seul de cette histoire, Antonia.

— Bien sûr, acquiesça-t-elle avec un sourire. Mais si, en surveillant sa jeune ingénue, je venais à croiser Roget... eh bien, nous dirions que c'était le destin, n'est-ce pas ?

— J'ai du mal à croire que Longhaven vous ait donné son accord pour veiller sur sa femme.

— Il connaît mes *compétences*.

Le sous-entendu irrita Lawrence, comme elle s'y était attendue. Antonia avait voulu titiller sa jalousie – sans bien savoir pourquoi. Lawrence ne faisait pas mystère qu'il la désirait, cependant elle ne pouvait pas s'empêcher de le mettre constamment à l'épreuve. Sans doute parce qu'elle avait essuyé beaucoup de déconvenues dans sa vie, parfois très douloureuses.

Lawrence la quitterait peut-être aussi un jour. Et Antonia réalisait avec effroi qu'elle était déjà devenue dépendante de lui.

Pareille faiblesse la mettait mal à l'aise.

— Je vais me charger de prévenir Longhaven, dit-il. Vous avez à peine dormi, la nuit dernière. Une petite sieste vous ferait le plus grand bien avant les festivités de ce soir.

— Que sais-tu de mon sommeil ? rétorqua Antonia, piquée au vif.

Elle lui en voulait qu'il ne soit pas monté dans sa chambre hier soir, mais il n'était évidemment pas question qu'elle l'admette.

— Je sais tout de vous, répondit Lawrence avec une parfaite assurance. Que je partage ou non votre lit. Par exemple, vous vous demandez pourquoi je ne vous ai pas rejointe cette nuit.

Antonia voulut nier avec dédain, mais elle n'en eut pas le loisir :

— Et vous dormez mal, sans moi, ajouta-t-il.

Son aplomb était insupportable.

— Détrompe-toi, j'ai très bien dormi.

Il esquissa un sourire.

— Menteuse. Vous avez boudé toute la matinée.

Antonia se sentit rougir, ce qui ne fit qu'accroître son irritation. Rougir était bon pour les vierges. Or, elle n'était plus vierge depuis longtemps. Cela dit, elle avait mal dormi, en effet. Mais c'était parce qu'elle était rentrée énervée du bal. Elle avait bu trop de champagne, et si sa discussion avec Michael l'avait satisfaite – il avait accepté qu'elle veille sur sa femme –, elle l'avait aussi anéantie.

Quand il avait dansé avec Julianne, Antonia avait remarqué le regard que celle-ci lui lançait. La nouvelle marquise était tombée sous le charme de son mari. Ce qui n'avait rien de surprenant. Et de la séduction à l'amour, il n'y avait souvent qu'un pas. Lady Longhaven nourrissait certainement des rêves romantiques. Michael était un homme très attirant. Il paraissait inévitable qu'elle en devienne tôt ou tard amoureuse.

Aussi douloureux que cela fût, Antonia pouvait difficilement en vouloir à Julianne. Après tout, elle avait suivi le même chemin.

— Je n'aurais pas dédaigné une petite partie de jambes en l'air, avoua-t-elle. Et tu paraissais disponible.

— Disponible ? Voilà un vocabulaire qui me flatte.

Antonia devina, malgré son ton ironique, qu'elle l'avait blessé. Mais sa rebuffade d'hier soir l'avait tout autant blessée, même si elle ne le reconnaîtrait jamais à haute voix.

— Pas si disponible que cela, reprit-elle. J'ai dormi seule.

— Je suis toujours disponible, au cas où vous ne l'auriez pas remarqué, objecta tranquillement Lawrence. Mais pas pour vous servir de substitut à Longhaven. Hier soir, vous pensiez à lui, pas à moi. Exactement comme le soir de ses noces. Je ne suis pas là pour remplacer ce que vous ne pouvez pas avoir.

— Je l'ai eu, crois-moi, répliqua Antonia, agacée.

— Non, ma chère, la corrigea-t-il. Pas de la façon que vous vouliez.

Antonia aurait dû se mettre en colère, mais il avait raison. Michael n'avait jamais vraiment été à elle.

Et Lawrence avait raison sur un autre point : elle avait besoin de repos. Si elle voulait tenir tête à Roget, il lui faudrait redoubler d'énergie.

Elle inclina la tête.

— C'est d'accord, dit-elle. Va prévenir le marquis.

— Très bien, répondit Lawrence. Je lui transmettrai votre bonjour.

Lawrence était assis face à lui, les traits impassibles, mais dans une attitude de défi stoïque. La cicatrice qui lui barrait le visage se voyait encore plus nettement, au soleil rasant de la fin d'après-midi.

Il semblait détendu. Mais Michael n'était pas dupe. Il n'y avait rien de nonchalant chez Lawrence.

— Ainsi, Roget se trouve bel et bien en Angleterre, lâcha Michael. Au moins, nous voilà informés de sa présence, même si j'aurais préféré le savoir ailleurs.

Lawrence esquissa un sourire qui découvrit ses dents parfaitement blanches.

— Enterré en Espagne, par exemple ? Nous sommes tous les deux d'accord pour penser que le monde tournerait mieux sans lui. J'avais espéré que nous en étions débarrassés.

— Apparemment, nous nous étions trompés.

— Apparemment.

En réalité, Michael ne s'était jamais fait beaucoup d'illusions à ce sujet.

— J'imagine qu'Antonia compte le débusquer ?

— Elle doit déjà être en chasse.

Évidemment. L'émotive lady Taylor ne faisait jamais les choses à moitié.

— J'espère, reprit Michael, qu'elle aura quand même envisagé l'hypothèse que ce prétendu marchand d'étoffes soit un agent double ?

Lawrence hocha la tête.

— Si c'est un piège, il serait préférable que vous ou moi tombions dedans.

— En effet.

— Que proposez-vous ?

— Je vais demander à Charles si c'est lui qui a envoyé cet étrange messager, répondit Michael.

Et il ajouta, sans la moindre inflexion de voix :

— Dites-moi, l'homme que vous avez engagé pour m'espionner a-t-il repéré quelqu'un d'autre faisant le même travail ?

Il y eut un court silence, puis Lawrence s'esclaffa.

— J'aurais dû me douter que vous le remarqueriez. C'était naïf de ma part.

Lawrence était tout sauf naïf.

— Je me demandais si cette surveillance était amicale, ou commandée par l'ennemi, expliqua Michael. Alors, j'ai enquêté de mon côté. J'ai été soulagé d'apprendre que cet homme était votre employé. Vous a-t-il rapporté quelque chose d'intéressant ?

— Johnson sera mortifié d'apprendre qu'il s'est fait repérer.

— Désolé, mais préserver son orgueil n'était pas mon souci principal quand j'ai compris qu'on me suivait. À part lui, je n'ai remarqué personne d'autre. Pourtant, le visiteur d'Antonia semblait dire que ma maison était surveillée par l'ennemi ?

— Nous ne pouvons pas être absolument certains que Roget soit derrière tout ça. Pardonnez ma franchise, milord, mais vous avez beaucoup d'ennemis.

— Certes. Mais les autres ne m'inquiètent pas autant que Roget.

— Il est particulièrement redoutable, j'en conviens.

Michael s'empara d'un presse-papiers et joua avec. Julianne était sortie en début d'après-midi. Il se félicitait d'avoir demandé à Fitzhugh de l'accompagner. Tant pis si elle n'aimait pas être sans cesse escortée par sa camériste et le valet. Deux personnes valaient mieux qu'une. Et Fitzhugh était bon tireur.

— Johnson m'a rapporté quelque chose d'intrigant, milord, reprit Lawrence, soudain affable. C'est en rapport avec lady Longhaven.

Le presse-papiers se figea entre les doigts de Michael.

— Qu'est-ce à dire ?

— L'autre jour, comme il avait perdu votre trace – et je devine à présent, puisque vous vous étiez aperçu de sa filature, que vous l'aviez semé à dessein –, il a décidé de suivre lady Longhaven, au cas où vous auriez prévu de vous retrouver tous les deux. Saviez-vous que ses visites à lady Mélanie ne sont qu'une façade ?

Michael était tendu comme un arc.

— Une façade ? Comment cela ?

— Elle se rend bien chez son amie, mais elle n'y reste que quelques minutes, et elle repart presque aussitôt dans un fiacre qui l'attend dans la ruelle. Puis elle revient chez lady Mélanie par le même moyen.

— C'est impossible ! Mon valet l'accompagnait.

— Je ne fais que vous rapporter ce qu'a pu constater Johnson.

Julianne, employer une telle ruse ? Cela ne correspondait pas à ce que Michael croyait connaître de sa femme.

Et puis d'abord, pourquoi se conduirait-elle ainsi ? Michael n'exigeait pas qu'elle lui communique son emploi du temps et il ne lui interdisait aucune sortie. Cet étrange subterfuge était donc vraiment troublant.

Mais il devait bien y avoir une raison.

Il se redressa dans son siège, conscient que Lawrence le dévisageait avec intérêt.

— Vous savez comme moi que tout le monde a ses petits secrets. Pour ce qui est de Julianne, je suis convaincu que cette histoire est très innocente, mais merci de m'avoir prévenu.

— J'ai pensé qu'il était préférable de vous en informer.

Et, après une hésitation, Lawrence ajouta de but en blanc :

— J'ai été surpris que vous consentiez à ce qu'Antonia veille sur votre femme.

— Croyez-vous sincèrement que j'aurais pu l'en empêcher ? ironisa Michael. Quand Antonia a décidé quelque chose, mieux vaut suivre le cours de la rivière que de tenter de dresser un barrage qui sera de toute façon emporté.

— C'est vrai, acquiesça Lawrence. Vous la connaissez bien, après tout.

Lawrence et Michael travaillaient pour la même cause, cependant ils n'avaient encore jamais parlé d'homme à homme de leur relation avec Antonia.

Le moment était peut-être venu.

— Je représente pour elle un lien entre le présent et le passé, commença Michael, qui s'avançait avec prudence dans cette conversation délicate. Elle finira par le comprendre un jour ou l'autre. Pour l'instant, elle n'a pas encore complètement guéri de l'épreuve qu'elle a traversée. Si elle renonce à moi, elle devra aussi renoncer à sa haine et admettre que la guerre est terminée.

— Je suis d'accord. Mais pensez-vous qu'elle se résoudra à abandonner la bataille ? J'avoue que j'aimerais connaître votre opinion.

Lawrence n'était pas quelqu'un d'humble par nature. Aussi, émettre une telle remarque témoignait de l'importance qu'il accordait à la réponse.

— Je ne sais pas, soupira Michael. Elle a beaucoup à oublier. Et l'Angleterre n'est pas son pays. Il faudrait qu'elle consente à des compromis. Or elle n'est pas une femme de compromis.

— Je l'avais remarqué, acquiesça encore Lawrence, avec un sourire. Antonia a le sang chaud, pour sûr, mais c'est aussi l'une des femmes les plus courageuses que j'aie jamais rencontrées.

— Je suis tout à fait de votre avis.

Lawrence se leva.

— Prévenez-moi de ce que vous pourrez apprendre sur Roget, dit-il.

Là-dessus, il salua et quitta la pièce.

Michael resta assis à son bureau, pensif. Roget était son ennemi depuis trop longtemps. Bien qu'il travaillât à la solde des Français, Michael était convaincu qu'il s'agissait d'un Anglais. Et apparemment, Roget se trouvait à portée de main.

Il était temps d'en finir avec lui.

Par ailleurs, il se demandait pourquoi Julianne prétendait rendre visite à son amie Mélanie, alors qu'elle poursuivait manifestement un autre but.

Le métier de Michael était de résoudre des mystères. Et il entendait bien résoudre celui-là.

13

Julianne devenait de plus en plus experte pour échapper à la surveillance du vigilant Fitzhugh. Cette fois, elle s'était rendue avec sa mère chez une amie commune. Une fois sur place, elle avait prétexté un rendez-vous chez sa couturière, pour s'éclipser et sauter dans un fiacre.

Mais la bonne humeur de Julianne s'émoussa, comme toujours, quand le fiacre s'arrêta à l'adresse indiquée. Ce n'était pas qu'elle n'eût pas envie de voir Chloé – bien au contraire. Mais elle redoutait l'inévitable confrontation avec Leah.

La jeune femme gravit le perron et carra les épaules avant de frapper au battant.

C'est Leah elle-même qui l'accueillit, preuve qu'elle l'attendait avec impatience. Julianne savait pourquoi : à cause de l'argent. Leah ne l'autorisait à venir rendre visite à Chloé que parce qu'elle apportait chaque fois une bourse bien remplie.

— Ce n'est pas trop tôt, lui lança-t-elle avec une pointe de ressentiment dans la voix. J'ai failli attendre.

— Je peux entrer ? demanda Julianne.

L'argent se trouvait dans son réticule, mais l'expérience lui avait appris qu'il valait mieux ne donner la bourse à Leah qu'après avoir été introduite auprès de

Chloé. Une fois, elle avait commis l'erreur de payer tout de suite, et elle s'était alors entendu répondre que Chloé se trouvait chez « une tante ». Comme Leah prétendait être seule au monde, la tante en question était forcément une invention. Mais la leçon avait porté, et maintenant Julianne attendait le bon moment pour se séparer de sa bourse.

— Puisque madame insiste, répliqua Leah qui portait aujourd'hui une robe marron, assez miteuse, avec une profusion de dentelle sur le bustier.

S'écartant pour libérer le passage, elle ajouta avec une insolence délibérée :

— Comme vous pouvez le constater, mon majordome est de sortie, aujourd'hui.

La femme de ménage aussi, à en juger par l'état de crasse du vestibule. Mais, bien sûr, Julianne s'abstint du moindre commentaire. Cependant, la saleté de la maison l'inquiétait. Ce n'était pas un environnement digne d'une fillette.

— Où est Chloé ?

— Comment se porte la marquise ? Son mari lui fait passer du bon temps ?

Autrefois, la crudité du propos aurait pu faire rougir Julianne. Mais elle s'était habituée aux manières vulgaires de Leah.

— Où est Chloé ? répéta-t-elle.

— Là, finit par répondre l'autre, désignant le salon.

Julianne gagna la porte du salon et vit Chloé assise par terre, occupée à jouer avec des cubes de couleur. La fillette tourna la tête dans sa direction, mais ne sourit pas. C'était trop espérer, bien sûr. Au moins, elle eut la satisfaction de constater, à son regard, que Chloé l'avait reconnue.

C'est Julianne qui lui avait offert les cubes, lors de sa précédente visite. Cette fois, elle avait apporté un petit sac de bonbons, achetés dans l'une des meilleures confiseries de Londres. Mais comme elle redoutait que

Leah ne les confisque à son profit, elle attendrait d'être seule avec Chloé pour les lui donner.

— Je ne pourrai rester qu'une petite heure, dit-elle à Leah. Qui s'occupera d'elle, après mon départ ?

Leah s'était appuyée au chambranle de la porte. Elle décocha à Julianne un sourire déplaisant.

— Madame doit rentrer à la maison pour s'habiller en vue d'un bal ?

— Répondez à ma question, s'il vous plaît, insista Julianne, qui se félicitait de n'avoir pas encore remis l'argent.

Leah se redressa et fit un mouvement de tête vers la gauche.

— La voisine d'à côté. Donnez-moi l'argent. Quand vous en aurez terminé avec la gamine, vous n'aurez qu'à la déposer là-bas. Elle connaît bien Mme Hopkins, à présent.

La gamine. Comme si Chloé n'avait pas de nom.

Julianne s'agenouilla devant la fillette et tira sa bourse de son réticule, pour la poser par terre. Elle n'eut même pas un regard pour Leah qui se baissait afin de s'emparer de l'argent.

Combien de temps pourrai-je encore continuer ainsi ? se demandait Julianne. Trouver un subterfuge devenait de plus en plus délicat. En outre, elle risquait de tomber bientôt enceinte, à présent qu'elle était mariée. La situation n'en deviendrait que plus poignante.

Julianne était partagée entre la tristesse et la culpabilité. Plus elle attendrait, plus il serait difficile d'avouer la vérité. Dans cette affaire, elle n'était pas vraiment coupable de mentir, mais elle n'était pas certaine que les gens verraient les choses comme elle.

— Bonjour, Chloé, murmura-t-elle, caressant la joue de la fillette.

Elle s'assit carrément par terre, sans se soucier de salir sa robe, avant d'ajouter :

— Veux-tu que nous construisions un château, comme la dernière fois ?

Pour toute réponse, Chloé hocha la tête et esquissa un pâle sourire. Mais c'était déjà beaucoup de sa part.

Michael n'aurait su dire s'il était flatté ou gêné que la conversation se soit brusquement interrompue à l'instant où il avait franchi la porte du salon. Le soleil de cette fin d'après-midi d'automne entrait largement par les grandes baies vitrées, rendant plus chaleureuse l'ambiance de la pièce où la famille s'était assemblée pour prendre le thé. Sa mère, qui se chargeait du service, s'arrêta dans son geste avec un air de surprise. Son père aussi parut surpris. Julianne reposa son assiette où trônait un éclair à moitié mangé, et s'essuya la bouche avec sa serviette. Son regard était interrogateur.

De fait, Michael rejoignait rarement les siens pour les repas. Et jamais pour le thé – du moins, pas depuis son retour d'Espagne.

Il n'avait pas le temps de boire son thé à petites gorgées en badinant aimablement. C'était un luxe qu'il ne pouvait s'offrir.

D'ailleurs, il n'aurait pas su dire pourquoi il avait décidé de faire une exception aujourd'hui. Mais il devait admettre que son épouse était charmante, dans sa robe bleue ornée de dentelle blanche aux manches et avec ses cheveux coiffés en un chignon tout simple.

— Rutgers m'a dit que vous étiez tous ici. J'espère que je n'arrive pas trop tard ? lança-t-il d'un ton enjoué.

— Bien sûr que non, répondit sa mère, avec une ironie à peine voilée qui donna à Michael des remords de ne pas avoir sacrifié plus tôt au rite du thé familial. Nous sommes enchantés de ta présence, Michael. Je disais justement à Julianne que nous ne te voyions pas assez souvent. Assieds-toi. Je vais te servir une tasse.

En réalité, sa mère avait probablement dû *s'excuser* auprès de Julianne de ses absences répétées. Ses parents auraient préféré qu'il partage l'enthousiasme de Harry pour les réunions familiales. Et il aurait aimé leur faire plaisir. Malheureusement, son temps était pris par d'autres sollicitations plus importantes, comme des rendez-vous avec ses banquiers, par exemple.

Mais cet après-midi, il avait été impatient de voir sa femme et il n'avait pas eu envie d'attendre jusqu'au dîner.

Il s'assit à côté de Julianne, amusé de constater que son arrivée inopinée lui avait fait monter le rouge aux joues.

— Je t'aime beaucoup dans cette robe, dit-il. Le bleu te sied à ravir.

Julianne rougit encore un peu plus. Mais elle le regarda comme s'il était un parfait inconnu.

— Merci.

Peut-être était-il en effet un inconnu pour elle. D'une certaine manière, il s'était employé à l'être. En dehors du lit, il n'avait cessé de garder ses distances.

Il prit la tasse que sa mère lui tendait et la remercia d'un murmure poli.

— Fitzhugh m'a appris que tu avais vu Liverpool, hier, dit son père, prenant un scone sur le plateau. Que te voulait le Premier ministre ?

La situation avait quelque chose d'incongru : le duc était obligé d'interroger le valet de son fils pour connaître l'emploi du temps de celui-ci. Michael avait peut-être tort de garder également ses distances avec ses parents. Le problème, c'est qu'il ressentait toujours la présence de Harry dans la maison. Et sans doute en allait-il de même pour ses parents. Il était étrange de penser que Michael était hanté par un unique fantôme, alors qu'il avait si souvent affronté la mort durant la guerre, où il avait perdu un grand nombre de ses camarades.

Cependant, il n'était pas totalement ingrat envers ses parents : il s'était marié pour leur faire plaisir.

Mais ce mariage ne se déroulait pas comme prévu, songeait Michael en regardant Julianne porter sa tasse de thé à ses lèvres. Ses gestes étaient gracieux, parfaitement féminins. Son décolleté était très sage, mais sa robe mettait harmonieusement en valeur ses courbes voluptueuses. Ce soir, il la déshabillerait et...

— Michael ?

Les trois le regardaient avec curiosité.

— Liverpool, le pressa son père avec un sourire amusé.

— La guerre est terminée, mais il reste certains détails à régler, expliqua Michael.

Roget, un *détail* ? Sa réponse n'était pas seulement évasive, elle constituait un bel euphémisme.

— Je vois, fit le duc de Southbrook, fronçant les sourcils, mais il renonça à obtenir plus de précisions et demanda à la place : T'ai-je dit qu'il y a un nouveau régisseur à Southbrook Manor ? Je l'ai engagé la semaine dernière, sur de brillantes recommandations. Je pensais que nous pourrions tous nous rendre dans le Kent d'ici quelques semaines. Seras-tu libre ?

Pas si la menace que représentait Roget restait d'actualité, mais Michael pouvait difficilement l'expliquer.

— Je l'espère, murmura-t-il.

C'était du reste la vérité, même s'il n'avait jamais adoré les activités campagnardes dans le manoir qui appartenait aux ducs de Southbrook depuis des générations.

La conversation roula ensuite sur des sujets qui ne prêtaient pas à conséquence : les prochaines mondanités prévues et quelques cancans. Mais quand un valet vint récupérer le plateau du thé, Michael se surprit à observer encore Julianne.

Elle était décidément ravissante, dans cette robe toute simple et sans bijou.

— Le temps est clément. Que dirais-tu d'une promenade dans le jardin ? suggéra-t-il.

Sa question le surprit lui-même. Que lui arrivait-il, tout à coup ? Michael avait toujours tiré fierté de ne pas être gouverné par ses émotions – à supposer qu'il ait des émotions. Son métier d'espion lui interdisait de laisser les sentiments l'emporter. Sinon, il deviendrait vulnérable.

— Très bonne idée, répondit-elle avec un grand sourire, en même temps qu'elle se levait de son fauteuil.

Il n'échappa pas à Michael que sa mère les regarda quitter la pièce avec un air satisfait.

Si Julianne n'avait pas été aussi séduisante, sans doute aurait-il joué avec moins de conviction son rôle de mari. Mais la jeune femme l'attirait irrésistiblement. Et il était enchanté de pouvoir redonner à ses parents un peu de la joie qu'ils avaient perdue.

— J'avoue que je suis surprise, confessa-t-elle alors qu'ils prenaient la direction du jardin.

— Comment cela ?

— Qu'est-ce qui t'a décidé à nous rejoindre pour le thé ?

J'avais envie de te voir.

— J'aime le thé, dit-il à la place, ouvrant une porte-fenêtre et s'effaçant pour la laisser passer. Pourquoi le boire en solitaire, quand je peux avoir le bonheur de me joindre à vous ?

— Tu ne l'avais jamais fait, objecta Julianne, qui franchit la porte-fenêtre dans un halo de parfum.

Michael la suivit dehors. Le spectacle de sa nuque le fascinait.

Il aurait voulu l'embrasser à cet endroit. La sentir frissonner et, peut-être, soupirer de plaisir. Ensuite, il lui…

Bon sang. Ce n'était pas encore la nuit.

L'air était chaud pour la saison, mais le soleil commençait déjà à se coucher et il parait le jardin de lueurs orangées. Michael marchait les mains croisées dans le dos et partit, au hasard, vers la droite.

Il souhaitait interroger Julianne sur ses mystérieuses visites, mais il ne savait pas comment aborder la question.

Pourquoi recourait-elle à un subterfuge ?

Où allait-elle ?

Et surtout : pourquoi lui mentait-elle ?

Il aurait pensé qu'elle était trop ingénue pour le berner d'une quelconque façon. Michael était habitué à ce que ses adversaires cherchent à le duper. Mais il fallait pour cela posséder un certain talent, et une absence totale de moralité.

— Je crois que tu es sortie avec ta mère, tout à l'heure ? Ce fut agréable ?

— Agréable ? Je ne dirais pas. Nous étions obligées d'honorer une invitation. Disons plutôt que ce fut nécessaire.

— Et la couturière ? demanda Michael avec un sourire délibérément charmeur. Dois-je prévenir mon secrétaire qu'il aura bientôt une facture à honorer pour de nouvelles robes ?

Une lueur traversa les prunelles de la jeune femme.

Du regret ?

De la culpabilité ?

— Non, c'est inutile. Ma pension y suffira largement.

Il devait lui accorder qu'elle avait très bien organisé son coup. Fitzhugh lui avait rapporté que Julianne était entrée dans l'échoppe de la couturière, pour en ressortir presque immédiatement par la porte de derrière et sauter dans un fiacre. Malheureusement, à cause d'un accrochage entre un phaéton et une charrette, Fitzhugh avait perdu le fiacre de vue. Julianne n'était revenue chez la couturière que plus d'une heure plus tard.

Michael n'était pas vraiment soupçonneux, ou alors, raisonnablement soupçonneux. Mais il était surtout intrigué.

À quoi rimait tout ce cirque ?

Le soleil couchant enflammait sa chevelure et donnait des reflets dorés à sa peau crémeuse. Michael hésitait toujours sur la tactique à employer. Devait-il lui demander tout à trac ce qu'elle lui cachait ? Bien qu'il fût son mari, il n'était pas certain d'avoir le droit de la soumettre à un interrogatoire. Légalement, oui, bien sûr : elle était supposée lui obéir. Mais cela ne lui semblait pas une bonne idée. Après tout, elle ne l'avait jamais questionné sur ses fréquentes absences.

Finalement, il décida de renoncer pour le moment. Fitzhugh avait joué de malchance aujourd'hui, mais tôt ou tard Michael finirait par apprendre où Julianne se rendait secrètement. Et si la conduite mystérieuse de sa femme le troublait quelque peu, il devait bien s'avouer qu'il était surtout enchanté de l'avoir présentement à son côté.

Pour tout avouer, il n'aurait jamais pensé que le simple fait de déambuler dans un jardin en compagnie d'une femme pourrait se révéler aussi agréable.

— J'aimais beaucoup ce jardin quand j'étais enfant, dit-il. J'étais capable d'y passer des heures.

Comme Julianne semblait stupéfaite d'un aveu aussi personnel, il ajouta avec ironie :

— Oui, j'ai été enfant.

— Je m'en souviens, répondit-elle. Tu étais très… calme. Harry riait toujours, mais tu étais plus réservé.

— Et tu penses que je le suis toujours.

— Lirais-tu dans les pensées ?

— Comme c'est la vérité et que tu l'as parfaitement compris, la déduction n'était pas bien difficile.

Elle lui offrit un sourire.

— Tu as raison, admit-elle. Je suis très heureuse que tu aies bien voulu te joindre à nous pour le thé et que tu aies renoncé, pour une fois, à ton isolement.

Michael n'aurait pas détesté un peu d'isolement, en l'occurrence. Mais pas tout seul.

Et comme il connaissait ce jardin comme sa poche, il savait où conduire la jeune femme pour profiter d'une parfaite intimité.

14

— Par ici, dit-il.

Julianne n'avait pas encore eu le temps d'explorer le jardin en long et en large – cela faisait à peine un mois qu'elle habitait Southbrook House. Et l'automne, jusqu'ici, avait été pluvieux. Mais cet après-midi était magnifique. Presque aussi chaud qu'en plein été.

Et puis, Michael l'avait invitée à une promenade. Julianne voulait y voir la marque d'un progrès dans leur relation.

Aussi le laissa-t-elle l'entraîner sans protester vers un recoin entouré d'épais buissons qui l'isolaient du reste du jardin. Michael écarta quelques branches pour leur permettre de passer. Au centre du bosquet, Julianne découvrit un petit carré d'herbe parsemé de quelques fleurs qui y poussaient librement. Un vieux banc en pierre trônait au milieu.

L'endroit était ravissant, quoique mal entretenu : l'herbe était haute et les buissons poussaient de façon désordonnée.

— Où sommes-nous ? demanda-t-elle, à la fois enchantée et surprise.

— Dans le carré oublié, répondit Michael. Quand le jardin a été refait, du temps de mon grand-père, je crois que les jardiniers ont négligé ce petit carré, parce qu'il était déjà caché par les buissons. Je l'ai découvert par hasard quand j'étais gamin, et j'en ai fait mon royaume secret. Je n'en avais jamais parlé à personne.

Julianne n'en revenait pas qu'il puisse se livrer ainsi. Son regard semblait trahir la nostalgie de l'enfance.

— C'était ta cachette préférée ?

Il sourit.

— En fait, je crois que ma gouvernante m'avait suivi un jour, et qu'elle savait où je disparaissais pendant des heures. Mais elle m'a laissé continuer. En revanche, Harry, malgré tous ses efforts, n'a jamais pu trouver cet endroit. Il aurait pourtant bien aimé que je lui révèle son emplacement.

Même enfant, Michael savait donc garder ses secrets pour lui.

Julianne s'approcha d'un buisson recouvert de magnifiques fleurs blanches, et elle en caressa une.

— Je ne reconnais pas ces fleurs, dit-elle. Comment s'appellent-elles ?

— La botanique n'est pas mon fort, hélas. Mais comme ce carré est devenu plus ou moins sauvage, j'imagine que c'est une plante qui a poussé toute seule.

— Quoi qu'il en soit, les fleurs sont très belles.

— Très belle, lui fit écho Michael.

Sa voix avait changé d'inflexion, elle était devenue plus profonde. Et quand Julianne se retourna, elle put constater qu'il ne regardait pas les fleurs, mais elle-même.

— Personne ne vient jamais ici, dit-il. Nous sommes seuls. Et Julianne, oui, je te trouve très belle.

Il la rejoignit et lui caressa la joue, avant de s'emparer de ses lèvres. Julianne sentit aussitôt ses veines s'embraser. Cependant, il lui restait assez de conscience pour songer qu'ils se trouvaient à l'extérieur, et que même si le soleil se couchait, il faisait encore jour…

Leurs langues se mêlaient fiévreusement, et leur baiser avait quelque chose de magique au milieu de ce petit carré de paradis, embaumé du parfum capiteux des mystérieuses fleurs blanches.

— J'ai envie de toi, murmura Michael, relâchant soudain ses lèvres.

Comme il serrait Julianne très fort dans ses bras, elle pouvait sentir l'évidence de son désir se presser contre son ventre. Cependant, sa suggestion la surprit.

— Ici ?

— Ici et maintenant, répliqua-t-il avant de l'embrasser de nouveau, tandis que ses doigts habiles déboutonnaient sa robe à l'aveuglette.

Quand Julianne fut débarrassée de sa robe qui avait glissé à terre, il se recula pour ôter son veston, qu'il étala sur l'herbe en guise de couverture, avant de s'attaquer à sa chemise.

— Fais-en autant avec ta camisole, dit-il. Je veux te voir te déshabiller devant moi.

Il ne plaisantait donc pas. Il voulait vraiment lui faire l'amour dans ce petit jardin oublié.

Quoique Julianne ne s'attendît pas à une telle proposition, elle n'avait rien contre un peu d'aventure. Et puis, il était grisant de savoir que Michael la désirait. À en juger par la bosse qui gonflait son pantalon, il la désirait même avec enthousiasme.

Elle sentit monter sa propre excitation. Tout à coup, elle se découvrait des humeurs de courtisane.

Pour commencer, elle retira les épingles qui retenaient son chignon. Outre que son geste fit cascader ses cheveux d'une manière très séductrice, elle avait été obligée de lever les bras, ce qui avait soulevé ses seins hors du décolleté de sa camisole.

Aurai-je le courage ?

Oui, apparemment, elle l'avait. Car Julianne fit passer sa camisole par-dessus sa tête et la laissa tomber dans l'herbe.

Michael n'avait rien manqué du spectacle. Il la dévorait littéralement du regard, tout en finissant de se débarrasser de sa chemise, qu'il jeta négligemment à ses pieds. Puis il s'assit sur le banc de pierre afin d'enlever ses chaussures.

— Garde tes bas, ordonna-t-il. Ne me demande pas pourquoi. J'ai simplement envie de te voir avec seulement tes bas sur toi.

— Je ne me serais pas risquée à demander pourquoi, répliqua Julianne. Cela aurait été parfaitement futile. Tu gardes toujours tout pour toi.

Ses chaussures ôtées, il se redressa pour la prendre de nouveau dans ses bras et l'embrasser avec une ardeur décuplée, cependant qu'il la caressait fiévreusement sur tout le corps. Julianne lui rendait son baiser et ses caresses, et quand il la fit s'allonger sur sa veste, elle le regarda avec intérêt dégrafer son pantalon. En plein jour et dans ce décor de verdure, son érection avait quelque chose de primitif.

Son pantalon enlevé, Michael s'allongea à côté d'elle. À sa grande surprise, il lui prit la main pour la porter à ses lèvres, dans un geste chevaleresque qui ne manquait pas cependant d'une certaine charge érotique, car ses lèvres s'attardèrent sur ses doigts en une caresse langoureuse.

Le soleil rasant de cette fin d'après-midi éclairait d'or les contours musclés de son corps parfait.

— Quand je venais m'abriter ici, dit-il, mon imagination de petit garçon n'allait pas jusqu'à me représenter de charmantes dames ne portant plus que leurs bas.

Et, posant une main sur une jambe de Julianne, il demanda :

— Je peux ?

Julianne n'avait plus aucune défense face à son sourire ravageur. Elle hocha la tête et le regarda défaire sa jarretière, pour ensuite faire rouler doucement son bas sur sa jambe. Puis il procéda pareillement avec l'autre bas et quand il eut terminé, il lui caressa longuement les jambes, comme s'il les explorait pour la première fois. La jeune femme ferma les yeux et arqua instinctivement les reins à l'instant où sa main s'immisça entre ses cuisses. Après quoi, il s'allongea sur elle et il la pénétra d'un seul mouvement.

Une onde de plaisir emporta Julianne. Elle s'étonnait d'être ainsi soumise à Michael, alors que ce n'était pas raisonnable. Elle lui reprochait moins de prendre – car il donnait beaucoup en retour – que de dissimuler. Il était resté l'enfant de jadis, qui gardait ses secrets pour lui.

Mais il finirait par changer, voulut-elle se persuader tandis qu'il la pilonnait sans relâche, jusqu'à ce que leur jouissance éclate en même temps et qu'ils se retrouvent, pantelants, à reprendre leur respiration.

Oui, il finirait par changer. Julianne en avait l'intime conviction.

Pourquoi cette assurance ? Cela, en revanche, elle n'aurait su le dire. Mais l'intuition féminine n'était pas une légende. Et elle devinait que si Michael l'avait emmenée jusqu'ici, c'était déjà le signe qu'il commençait à capituler.

Car il avait refusé de révéler à Harry son jardin secret. Mais il y avait invité Julianne.

D'une certaine manière, elle venait de remporter une grande victoire.

Et, avec un peu de chance, ce n'était que le début.

Tout était magique. Le soleil couchant. La nymphe lovée dans ses bras…

Tant de beauté devenait presque irréelle.

Enfant, il venait ici pour rêver. Aujourd'hui, alors qu'il était encore allongé sur Julianne et qu'il reprenait lentement son souffle, Michael se demandait si cet endroit n'avait pas quelque chose de mystique.

Sinon, pourquoi aurait-il entraîné sa femme jusque dans ce bosquet ?

Julianne, du reste, avait répondu à son invitation sans se faire prier.

Mais à présent qu'ils avaient fait l'amour, Michael ressentait cruellement ses insuffisances. Normalement, une étreinte comme la leur aurait dû être suivie de mots doux. Avant de connaître Julianne, il ne s'était guère préoccupé de telles prévenances, car ses maîtresses étaient des femmes d'expérience qui ne recherchaient, comme lui, qu'un plaisir sans conséquence.

Cela, il savait le donner. En revanche, le romantisme n'était pas son fort.

D'ailleurs, ce fut elle qui parla la première.

— Je dois dire que je trouve ton petit jardin secret tout à fait… merveilleux.

— C'est vrai ? fit Michael, lui embrassant la gorge. Pour tout t'avouer, je n'avais pas dans l'idée de te séduire quand je t'ai proposé cette promenade, mais je ne regrette évidemment rien.

Il disait vrai. Et c'était la deuxième fois que Julianne lui inspirait un désir si violent qu'il cédait à l'impulsion du moment.

Pourtant, il n'était pas un homme impulsif.

Mais Julianne ne ressemblait à aucune des femmes qu'il avait connues.

— Franchement, si tu m'avais dit que je me retrouverais nue dehors, à la lumière du jour, je n'en aurais pas cru un mot.

Tout en parlant, elle lui caressait le dos, et bien qu'il vînt tout juste de jouir, Michael sentait déjà son excitation renaître.

Son désir, cependant, n'était pas que charnel. Peut-être parce qu'il était momentanément repu. Ou parce qu'il sortait de prendre le thé avec ses parents, qui entretenaient entre eux une relation simple et évidente. Tout à coup, Michael n'avait plus envie d'être seulement un amant, mais aussi un *mari*.

— Dis-moi ce qui t'a plu, la pressa-t-il, lui caressant les seins. Tu prétends que je suis trop réservé et je ne vais pas discuter là-dessus. Mais les compromis sont la base de tout traité de paix. Et le mariage est une sorte de traité, entre deux parties qui décident de former une alliance.

— À t'entendre, on jurerait que nous sommes en guerre.

— Je me suis mal exprimé. Je voulais juste dire que les hommes et les femmes regardent souvent la même situation d'un œil différent.

— Oui, tu as raison, acquiesça-t-elle.

Et, après un silence, elle ajouta :

— Cet endroit est magique, mais je le trouve surtout merveilleux parce que tu es là.

Son sourire était pudique, son regard ingénu et candide. Pour un peu, Michael en aurait oublié qu'elle prétextait de faux rendez-vous pour se rendre Dieu sait où.

Parce que tu es là.

Que diable voulait-elle dire ?

La prophétie d'Antonia lui revint brusquement en mémoire :

— *Elle tombera amoureuse de toi.*

— À toi, maintenant, s'empressa-t-elle d'ajouter, comme si elle voulait effacer l'impression laissée par ses dernières paroles. Dis-moi quelque chose que j'aimerais savoir sur toi.

— Par exemple ?

— Quelle est ta couleur préférée ?

La requête, tellement modeste, était à la fois amusante et touchante.

— Ma couleur préférée ? Je m'attendais à une question plus indiscrète.

— Les femmes ne sont pas aussi prévisibles que tu sembles l'imaginer, répliqua-t-elle avec un petit sourire taquin.

Elle avait sans doute raison.

— Le bleu, répondit-il, plongeant son regard dans celui de la jeune femme. Pas le bleu d'un ciel d'été, mais un bleu plus profond, riche et velouté.

Julianne avait bien sûr compris qu'il faisait référence à la couleur de ses yeux.

— Voilà qui est très poétique, dit-elle. Et qui m'apprend quelque chose sur ton compte.

— Comment cela ? Tu piques ma curiosité.

— Eh bien, j'ai comme l'impression que je te trouble.

Michael ne put s'empêcher de hausser les sourcils. Elle le troublait, oui. Il commençait à en prendre sérieusement conscience.

— Tu m'as épousée pour des raisons que nous connaissons tous deux, poursuivit-elle. Des raisons que je partageais avec toi. Mais la suite ne s'est pas exactement déroulée comme tu l'avais imaginé. Je me trompe ?

Non, elle ne se trompait pas. Mais s'il l'admettait, qu'adviendrait-il ensuite ?

— En tout cas, pour moi ce mariage ne se passe pas comme je le pensais, confessa-t-elle d'une toute petite voix. Pourtant, au début, je m'inquiétais beaucoup. Harry était si facile à vivre. Alors que toi, pas du tout.

Michael s'éclaircit la voix.

— Il est clair que je ne lui ressemble guère.

— Non, et ce n'est pas grave, assura Julianne. Tu es… toi. Et cela me suffit amplement.

Michael était touché au cœur. Pour la première fois, quelqu'un se satisfaisait qu'il ne ressemble pas à son charmeur de frère.

15

Cette femme était décidément partout.

Julianne sourit poliment au valet qui lui remplissait son verre de vin, tout en se demandant si c'était pure coïncidence que lady Taylor se retrouve assise en face d'elle à la table du dîner. L'ancienne maîtresse de son mari était d'une beauté à couper le souffle, dans sa robe de soie émeraude et sa mantille noire qui retenait ses cheveux et soulignait sa beauté exotique.

Julianne se sentait incapable de rivaliser avec elle et en concevait, elle devait bien se l'avouer, une certaine jalousie. Michael, lui, brillait par son absence. Il s'était excusé à la dernière minute, par un petit mot, laissant ses parents escorter Julianne à la soirée.

Au moins, la présence de lady Taylor la rassurait sur un point : son mari n'était pas avec elle.

D'ailleurs, à chaque fois que Michael n'avait pu l'accompagner à une réception, lady Taylor, en revanche, s'y était trouvée. S'ils essayaient de prouver qu'ils n'avaient pas de liaison, c'était assez réussi. Mais Julianne soupçonnait autre chose.

D'abord, Fitzhugh qui ne la quittait pas d'une semelle. Et maintenant, cette femme.

Michael cherchait-il à l'espionner ?

Mais pour quelle raison ? S'il était au courant de ses visites à Chloé, ne se serait-il pas contenté de l'interroger directement ?

— Comment trouvez-vous l'agneau rôti, lady Longhaven ?

La question, posée avec une pointe d'accent espagnol, tira Julianne de ses rêveries.

— Excellent, répondit-elle, bien qu'elle n'ait avalé qu'une seule bouchée.

— Vous ne mangez presque rien.

Julianne prit son verre de vin.

— M'épiez-vous ?

Lady Taylor rougit légèrement.

— Je me demandais simplement si vous n'étiez pas soucieuse, à en juger par la façon dont vous picorez dans votre assiette.

— Aucunement, assura Julianne, s'obligeant à sourire avec grâce.

Par chance, le voisin de lady Taylor, qui lorgnait depuis un moment sur son décolleté, engagea la conversation avec elle, et Julianne put continuer à manger tranquillement. Ou plutôt à ne pas manger, car lady Taylor avait raison : elle ne fit que picorer dans son assiette jusqu'au dessert.

Puis les femmes se retirèrent de table pour laisser les hommes savourer leur porto.

Cette fois, Julianne fit attention en choisissant son fauteuil dans le salon de leur hôtesse – une amie de jeunesse de la mère de Michael.

Oui. Lady Taylor manœuvra délibérément pour s'asseoir juste à côté d'elle. Voilà qui était pour le moins intéressant. Car Julianne s'était installée un peu à l'écart du cercle des invitées. Si bien que lady Taylor partageait avec elle un petit sofa, propice à une conversation discrète.

— J'ai cru comprendre que vous aviez très bien connu Michael, en Espagne ? attaqua Julianne.

Lady Taylor força un sourire.

— C'est lui qui vous l'a dit ?

— Pas exactement, convint Julianne. Si vous le connaissez, vous savez qu'il se confie rarement, et encore moins sur son passé.

— Alors, qu'est-ce qui vous fait penser que je le connais bien ? s'enquit lady Taylor.

Son sourire paraissait innocent, mais pas son regard.

— La façon dont vous vous regardez tous les deux, répondit Julianne. Ou plutôt, non : la façon dont vous ne vous regardez pas.

— Que voulez-vous dire, lady Longhaven ?

— Vous me décevez, lady Taylor. Je vous aurais crue plus franche.

— J'ai peur de ne pas comprendre vos insinuations.

— Mais si, vous les comprenez parfaitement.

Antonia plissa les yeux.

— Ainsi, vous n'êtes pas aussi innocente qu'il l'imagine. Bravo. Parce qu'il n'est pas facile à duper.

— J'ignore ce qu'il pense de moi, avoua Julianne, qui commençait à se demander si cette conversation était bien raisonnable. Vous pourriez peut-être m'éclairer. À quel point me croit-il innocente ?

Lady Taylor haussa les épaules avec indolence.

— Répondre à la place de Miguel n'est jamais sage.

Cependant, il était clair que Michael avait parlé de Julianne avec son ancienne maîtresse. Ce qui irritait beaucoup Julianne, car c'était la preuve qu'il existait entre eux une intimité qui ne faisait qu'aviver sa jalousie.

— Vous avez sans doute raison, acquiesça-t-elle d'une voix glaciale.

Il y eut un silence gêné. Julianne songea à se lever et à quitter la pièce, mais elle craignait de se montrer trop impolie. D'un autre côté, était-elle obligée de témoigner une quelconque politesse envers une femme qui avait été la maîtresse de son mari et qui, surtout, l'était peut-être encore ? Bien sûr, Julianne ne disposait d'aucune preuve. Elle n'en nourrissait pas moins des soupçons.

Antonia lui toucha doucement le bras.

— J'ai peur de vous avoir froissée, dit-elle. Ce n'était pas mon intention. Nous ne sommes pas très éloignées en âge et, à maints égards, je me sens encore une étrangère en Angleterre. Mon mari est mort juste avant la fin de la guerre. Il était un vrai gentleman. Mais ce qui me manque le plus, aujourd'hui, c'est une amie.

Julianne se radoucit. Toutefois, elle restait sceptique sur les véritables motivations de lady Taylor.

— Bien sûr, murmura-t-elle.

— Miguel m'a sauvé la vie, lâcha soudain Antonia, accrochant le regard de Julianne. Les détails... ne sont pas importants, mais c'est un moment que nous partagerons toujours. Pour le reste, nous ne sommes que des amis.

Julianne se sentit soulagée d'un grand poids. Mais elle ne savait pas quoi répondre.

— Ici, dans cette grande ville, avec toutes ces mondanités étourdissantes, vous ne pouvez pas vous représenter les atrocités qu'a connues mon pays, reprit lady Taylor. L'Angleterre n'a pas été ravagée comme l'Espagne. Mais je ne vous blâme pas de ne pas comprendre.

Julianne ne savait rien, en effet, des invasions guerrières, des batailles ou des destructions. L'histoire anglaise ne manquait pas d'épisodes tumultueux, mais elle n'avait rien connu de tel de son vivant.

— Au moins, c'est terminé, dit-elle, avant de réaliser que sa réponse était parfaitement inadéquate face à quelqu'un qui avait tout perdu.

— L'Espagne ne sera plus jamais comme je l'ai connue, mais détrompez-vous, lady Longhaven : ce n'est pas terminé.

Julianne haussa les sourcils. Leur conversation semblait se tenir à des années-lumière de celles des autres dames assises dans le salon, qui riaient et chuchotaient entre elles.

— Napoléon a été exilé.

— Une guerre se mène sur plusieurs fronts. Le Corse n'était pas seul à se battre. Ceux qui l'épaulaient n'ont pas encore tous expié leurs crimes. La guerre continue contre eux.

La véhémence de lady Taylor n'échappa pas à Julianne. Michael était-il toujours impliqué dans cette « guerre » qui s'éternisait ? Cela pourrait expliquer ses fréquentes absences inexpliquées.

Mais pourquoi ne lui avait-il rien dit ?

— Quel est exactement le rôle de mon mari ? demanda-t-elle, d'un ton un peu sec.

Lady Taylor grimaça.

— J'ai peur d'en avoir déjà trop dit. Oubliez cela. Je m'enflamme si facilement, sitôt que j'évoque mon pays natal ! Changeons plutôt de sujet. Dites-moi, lady Longhaven, que pensez-vous du réaménagement du département des peintures italiennes de la National Gallery ?

Charles Peyton poussa un papier en direction de Michael, assis devant son bureau.

— J'ai six noms, peut-être un septième, à supposer que vous ayez raison et que Roget soit effectivement un Anglais.

Michael parcourut la liste.

— Vous vous êtes inclus dedans, remarqua-t-il avec amusement.

— « Loyal serviteur de la Couronne. Ayant accès aux informations les plus sensibles... » En me basant sur vos critères, je semblais correspondre, expliqua Charles qui se recula sur son siège et croisa les mains. Notez que j'ai également inscrit lord Liverpool. Je ne pouvais pas omettre un suspect aussi parfait.

— Le *Premier ministre* !

— Votre réaction me vexe. J'espérais que mon nom vous inspirerait la même réprobation.

Michael s'esclaffa, avant de relire la liste.

— Deux noms me surprennent, lâcha-t-il finalement. Seulement deux. Pour les cinq autres, je ne serais pas étonné qu'ils soient les informateurs de Roget.

— Je ne vous demanderai pas si je fais partie des deux ou des cinq.

Michael s'esclaffa encore.

— À supposer que le traître figure sur cette liste, que devrai-je faire ?

— L'arrêter. Mais à condition, bien sûr, que les preuves contre lui soient irréfutables. J'insiste sur ce point.

— En théorie, cela me paraît tout à fait possible. En pratique, j'en suis moins sûr.

— Je ne vois pas d'autre solution, si vous tenez à ce que cette affaire soit réglée.

Le petit bureau, mal éclairé, était situé dans une aile désertée du palais de Whitehall. Ce n'était pas le bureau « officiel » de Charles. En d'autres temps, pareille intrigue aurait excité Michael. Ce n'était plus le cas aujourd'hui. Peut-être parce qu'il recourait depuis trop d'années à des subterfuges. Ou parce qu'il était maintenant un homme marié, avec des responsabilités liées à son marquisat. Ou parce qu'il s'était lassé de ces petits jeux.

Ou alors, c'était à cause de Julianne. Jamais, auparavant, Michael n'avait songé à embrasser la vie rangée d'un gentleman. Mais, tout à coup, la perspective d'une existence plus conventionnelle n'était pas pour lui déplaire. Il n'aurait plus à s'inquiéter de sa sécurité. Et il aurait davantage de temps à consacrer aux charmants interludes avec son épouse, comme celui de l'autre après-midi, dans le jardin. Le domaine de Southbrook

Manor disposait d'un parc immense, riche en recoins de toute sorte…

— Il ne serait pas impossible que je prenne ma retraite, une fois que nous aurons capturé Roget.

— Vous vous ennuierez, pronostiqua Charles. Et vous êtes un excellent agent. L'Angleterre a besoin de vous.

— Je ne l'ai pas cherché, mais je suis désormais l'héritier d'un duché. Ma famille a besoin de moi.

— Je me doutais que votre ravissante femme aurait de l'influence sur vos priorités.

— Julianne n'a rien à voir avec ma décision.

Quel mensonge !

Charles n'était pas dupe, du reste.

— Je suis moi aussi marié, lui rappela-t-il. Et heureux en ménage. J'ai trois enfants et j'adore ma femme. Malheureusement, le monde est loin d'être parfait. S'il n'existait pas des gens comme vous ou moi, l'Angleterre ne serait pas le pays le plus sûr pour ma famille. Après mon mariage, j'ai éprouvé les mêmes scrupules que vous. Mais j'ai continué à servir mon pays, car c'était ce qui me paraissait le mieux.

— Si je voulais un sermon, j'aurais pu m'adresser à mon père, objecta Michael avec ce qu'il espérait être une pointe d'humour – mais il n'était pas certain d'avoir atteint son objectif.

— Je ne suis pas votre père et je ne vous sermonne pas. Je voulais simplement vous faire comprendre tout ce qui est en jeu.

Michael n'avait pas forcément envie d'entendre cela non plus.

— Ma vie privée n'interfère pas avec mon travail.

Charles esquissa un sourire.

— Bien sûr que si. Vous êtes désormais marié. Vous aurez bientôt des enfants. Le Michael Hepburn qui enchaînait autrefois les missions derrière les lignes ennemies n'existe plus.

Charles avait sans doute raison, songea Michael. Mais il refusa de l'admettre à haute voix.

— Ma priorité est de régler cette affaire aussi discrètement que possible. Quelle est ma latitude pour agir ?

Le regard de Charles s'assombrit.

— Un procès prendrait du temps et serait embarrassant pour le gouvernement.

— Je ne suis pas un assassin, Charles.

— Non, mais vous en connaissez quelques-uns. De toute façon, je vous fais confiance, comme toujours, pour agir au mieux. Vous avez carte blanche.

C'était ce qu'espérait Michael. Il hocha la tête et se leva, un sourire cynique aux lèvres.

— Comme d'habitude, également, si la situation tournait à l'aigre, vous prétendriez ne pas en avoir eu connaissance ?

Charles prit sa pipe et la tapota sur le bureau, avant d'y rajouter du tabac.

— Vous avez deviné. Je suis ravi de savoir que nous nous comprenons parfaitement.

16

Il pleuvait. Et il faisait froid. Le brusque changement de temps donnait des frissons à Julianne, pourtant bien emmitouflée dans son manteau, alors que le fiacre circulait dans les rues trempées.

Son « évasion » avait été plus difficile, cette fois. D'abord, elle avait dû inventer un prétexte pour empêcher Fitzhugh de l'accompagner. Hélas, sans succès. À bout de ressources, Julianne avait finalement demandé à sa camériste de « distraire » le valet de son mari. Elle n'était pas très fière de recourir à de tels expédients, mais elle ne voyait pas comment faire autrement.

La situation devenait de plus en plus délicate.

Julianne descendit du fiacre aussitôt que celui-ci s'immobilisa. La pluie rendait l'aspect de la maison encore plus sinistre. La jeune femme rabattit la capuche de son manteau sur sa tête et grimpa le perron.

Elle frappa une première fois. Pas de réponse. Elle recommença. Toujours rien.

D'ordinaire, Leah attendait avec impatience son argent.

Julianne, au bord de la panique, se mit à tambouriner au battant.

Rien. La maison semblait parfaitement silencieuse. Et aucune fenêtre n'était allumée, malgré la noirceur du ciel.

Julianne redoutait cela depuis le début. Que Leah finisse un jour par disparaître avec Chloé. Elle frappa plus fort, jusqu'à ce qu'elle comprenne que personne ne lui répondrait.

C'était impossible ! Leah avait besoin d'elle. Ou, plus exactement, elle avait besoin de son argent. Et Julianne avait toujours payé rubis sur l'ongle.

Elle descendit le perron et regagna le fiacre. Le cocher, un homme d'âge mûr, attendait patiemment. S'il était surpris qu'une élégante lady se rende à une telle adresse, il n'en avait rien manifesté.

De toute façon, au point où elle en était, Julianne se moquait éperdument que quelqu'un se soucie de ses allées et venues. Elle s'inquiétait follement pour Chloé.

— S'il vous plaît, dit-elle, j'ai besoin de votre aide pour entrer dans cette maison. Je suis la marquise de Longhaven. Mon mari vous récompensera grassement.

Avait-elle le droit de s'engager au nom de Michael ? Elle résoudrait ce dilemme plus tard.

Le cocher descendit de son siège, jeta un regard à la maison et hocha la tête.

— Je vais faire de mon mieux pour vous aider, m'dame.

Il frappa à son tour au battant, plus fort que Julianne. Tenta d'ouvrir la poignée. Il cria, également.

L'absence de réponse était terrifiante.

Julianne, cependant, se demandait si elle ne s'inquiétait pas démesurément. Leah avait tout bonnement pu oublier leur rendez-vous et s'était absentée. Cependant, Leah n'oubliait *jamais*. Elle avait trop besoin de l'argent que lui apportait Julianne.

Non, il s'était passé quelque chose, songea-t-elle alors que son manteau commençait à prendre l'eau.

Si Leah était partie, comme elle le pressentait, ses affaires devaient avoir également disparu.

— Il faut que j'entre à l'intérieur, dit-elle au cocher. Pensez-vous pouvoir forcer la porte ?

Le cocher donna un coup d'épaule dans la porte, mais celle-ci résista.

— Puis-je vous aider ? demanda une voix familière, à l'accent irlandais.

Julianne se retourna vivement. C'était Fitzhugh. Son chapeau dégoulinait de pluie.

Le mystère de son apparition se résoudrait plus tard. Dans l'immédiat, Julianne était bien contente qu'il soit là. Fitzhugh était solidement bâti.

— J'ai besoin d'entrer dans cette maison.

— Laissez-moi faire, lady Longhaven.

Comme Julianne s'y attendait, Fitzhugh s'avéra plus efficace que le cocher. Cette fois, le battant céda en deux coups d'épaule, et Julianne se précipita à l'intérieur.

— Leah ?

Pas de réponse. La maison était glaciale et silencieuse. La jeune femme jeta un coup d'œil à toutes les pièces, y compris la cuisine.

Personne.

Julianne était anéantie.

— Oh, mon Dieu ! s'exclama-t-elle, incapable de contenir plus longtemps sa détresse. Elle n'est pas là…

— Qui cela, milady ? demanda Fitzhugh avec gravité, voyant les larmes qui coulaient sur les joues de la jeune femme.

— Une fillette, expliqua-t-elle. Elle n'est pas plus grande que cela, ajouta-t-elle, plaçant sa main à mi-cuisse. La voisine d'à côté saura peut-être…

Elle entendit soudain un faible bruit, comme un gémissement. Elle sursauta.

— Chloé ?

— Ça vient de par là, murmura Fitzhugh, qui partait vers la cuisine.

— J'ai déjà regardé, objecta Julianne, mais elle s'empressa de le suivre. Chloé ?

Un autre gémissement. À peine audible. Julianne se retrouva partagée entre l'horreur et le soulagement quand, ouvrant la porte du garde-manger, elle découvrit Chloé pelotonnée dans un coin. Comment Leah avait-elle pu l'abandonner dans cette maison glaciale ?

Elle s'agenouilla devant la fillette.

— C'est moi, Julianne, murmura-t-elle, hésitant à prendre l'enfant dans ses bras.

Fitzhugh secouait la tête d'un air incrédule.

— Si c'est pas malheureux, d'enfermer une fillette dans un endroit pareil !

Chloé regardait Julianne avec sa solennité habituelle, mais cette fois, quand la jeune femme tendit les bras, elle s'y réfugia sans hésiter.

— Maintenant, rentrons tout de suite à Southbrook House, dit-elle.

— Oui, milady.

Elle regarda Fitzhugh dans les yeux.

— Vous me raconterez plus tard comment vous êtes apparu aussi « fortuitement ».

Fitzhugh ignora sa remarque. Il regardait l'enfant.

— Elle n'est pas blessée ?

Julianne baissa les yeux sur la fillette.

— Je ne crois pas. Mais je parierais qu'elle est affamée. Et elle a dû avoir peur, toute seule.

Combien de temps Chloé était-elle restée ainsi ? Plusieurs heures ? À en juger par la température de la maison, sans doute davantage. Probablement avait-elle passé la nuit ici, sans personne pour s'occuper d'elle.

Julianne aurait voulu pleurer. Mais elle était aussi ravie de ce dénouement inattendu. C'était terminé. Elle allait enfin pouvoir dire la vérité.

Quel soulagement.

Michael s'était laissé surprendre. La balle lui traversa la manche et effleura son avant-bras. Il se laissa aussitôt tomber à terre – une ruse de soldat – et réfléchit à une riposte en même temps qu'il roulait contre la grille d'une maison. Déjà, plusieurs personnes criaient. Mayfair n'était pas un quartier habitué à entendre des coups de feu.

Son beau costume étant de toute façon ruiné, Michael se tapit dans un recoin pour tenter de repérer son agresseur, malgré la pluie qui tombait dru.

Mais il ne vit rien. Le tireur s'était caché. Il ne pouvait donc s'agir d'un vulgaire vide-gousset qui aurait décidé de s'en prendre à un gentleman.

En même temps, il était bien imprudent de vouloir tuer quelqu'un d'un coup de feu, par un tel temps. Pareille tentative ne ressemblait pas à Roget.

Michael attendit encore un peu. Toujours aucun mouvement. Son agresseur pensait peut-être avoir atteint sa cible, et il s'était tranquillement enfui. La nuit tombait et l'obscurité venait se conjuguer à la pluie pour empêcher Michael d'avoir une vue claire des environs.

Tout à coup, il aperçut une silhouette qui remontait le trottoir. L'homme se pencha, à l'endroit où était tombé Michael. Quand il eut constaté qu'il n'y avait pas de cadavre là où il pensait en trouver un, il tourna les talons et courut en direction de la ruelle la plus proche, où la pluie eut tôt fait de l'avaler.

Manqué, gredin ! songea Michael.

Il était tenté de se lancer à sa poursuite. En temps ordinaire, c'est ce qu'il aurait fait, blessure ou pas.

C'était vraiment curieux qu'il ne prenne pas en chasse ce bâtard. Mais il avait dit vrai à Charles : la période où il risquait facilement sa vie était terminée.

Quoi qu'il en soit, il saignait. Il retroussa sa manche de veste, proféra un juron et sortit son mouchoir pour éponger le sang du mieux possible. Le nombre de chemises et de vestes qu'il était obligé de remplacer, ces derniers temps, assurerait la fortune de son tailleur.

Troisième agression. Et troisième échec maladroit. Il était impossible que Roget soit derrière ces attaques.

La conclusion était à la fois rassurante – Michael était toujours en vie parce que ce n'était pas Roget – et décevante. Car il ignorait qui pouvait bien vouloir le tuer. Et son ennemi juré courait toujours.

— Rien de grave, milord ? demanda un valet accouru d'une maison voisine.

Voyant que Michael pressait un mouchoir ensanglanté sur son bras, il s'exclama, d'un air comiquement horrifié :

— Vous avez reçu une balle !

— Ce n'est qu'une éraflure, le rassura Michael, furieux que l'agression se soit déroulée si près de chez lui.

Le valet l'avait probablement reconnu et, dès demain matin, la rumeur se répandrait que lord Longhaven s'était fait tirer dessus dans la rue.

— Voulez-vous que j'appelle un médecin, milord ?

— Non, merci, c'est inutile, répondit Michael.

Et pour éviter la curiosité d'autres badauds, il poursuivit son chemin.

Il aurait pu retourner chez Antonia, comme l'autre fois, ou chez Luke qui habitait tout près. Mais il ne se voyait pas sonner, le bras ensanglanté, à la porte du vicomte. Cela ne ferait qu'attiser les ragots. Luke ne dirait rien, bien sûr, mais ses domestiques ne pourraient pas s'empêcher de parler.

Non, le mieux était encore de rentrer à la maison et d'essayer de rejoindre sa chambre le plus discrètement possible. Fitzhugh était sorti pour surveiller Julianne, mais un bandage pouvait attendre. Sa blessure n'était pas très sérieuse.

Le plus embêtant serait d'expliquer la chose à Julianne. Déjà, il avait réussi à esquiver ses questions sur le coup de poignard qu'il avait reçu dans les côtes.

Mais cette fois, il s'agissait d'un coup de feu. Il serait peut-être préférable de jouer la franchise. Car, à n'en pas douter, sa femme l'interrogerait sur cette nouvelle blessure.

Du reste, si c'était Julianne qui avait été touchée, il ne manquerait pas de lui demander ce qui s'était passé, songeait-il alors qu'il gravissait l'imposant perron de Southbrook House. Et il attendrait d'elle la vérité.

Mais la simple idée que Julianne pût être blessée lui paraissait inacceptable.

Non. Le mot était trop faible. « Intolérable » aurait mieux convenu.

Fitzhugh veillait sur elle, bien sûr, et Michael avait toute confiance en son valet, mais elle avait déjà échappé plus d'une fois à sa vigilance. Après cette troisième agression, Michael serait sans doute obligé d'assigner un agent en renfort. Avec deux hommes, plus Antonia, pour la surveiller, Julianne serait en sécurité.

À moins, bien sûr, qu'un tireur embusqué ne la vise à distance. La sécurité totale était une illusion. Le plus urgent était donc de trouver qui voulait le tuer, pour en finir avec cette histoire.

— Bonsoir, milord, l'accueillit Rutgers, tout prêt à le débarrasser de son veston trempé.

Michael secoua la tête.

— Non merci, Rutgers. Fitzhugh s'occupera de ma veste et la mettra à sécher devant la cheminée de ma chambre.

Rutgers recula.

— Comme vous voudrez, milord.

— Lady Longhaven est là ?

— Elle n'est pas encore rentrée, milord.

Il faisait presque nuit. Où diable était-elle passée ?

Une goutte de sang tomba sur le soulier de Michael.

— Merci de m'informer immédiatement de son retour, dit-il avec le plus d'aplomb possible, avant de partir vers l'escalier – en espérant qu'il ne laisserait pas une traînée sanguinolente derrière lui.

Une heure plus tard, après avoir pris un bain chaud et avoir lui-même hâtivement pansé sa blessure qui n'était, ainsi qu'il l'avait deviné, qu'une vilaine éraflure, Michael, vêtu de propre, rejoignit son père dans son bureau.

— Vous vouliez me voir ? demanda-t-il, se laissant choir dans un fauteuil.

Le sixième duc de Southbrook versa son meilleur brandy dans un verre et le tendit à Michael.

— Je compte sur toi pour te joindre à nous ce soir.

Michael haussa un sourcil.

— Ça ne sonne pas comme un ordre, mais j'ai l'impression que c'en est quand même un.

— Je sais que tu détestes les mondanités, mais le dîner qu'a organisé ta mère est très important pour elle.

— En l'honneur de la nièce de lady Hampton, si je ne m'abuse ?

La soirée promettait d'être fastidieuse. La jeune fille en question débutait dans le monde et elle avait tendance à glousser pour un rien. Mais elle était plus ou moins cousine de Michael et, bien sûr, être patronnée par la duchesse de Southbrook vous ouvrait bien des portes.

— Lady Felicity est aussi une amie de ta femme, fit valoir son père.

Le sous-entendu était limpide. En assistant à ce dîner, Michael ferait non seulement plaisir à sa mère, mais également à son épouse.

— Et vous n'avez pas hésité à puiser dans votre réserve de meilleur brandy pour récompenser d'avance ma coopération.

Son père s'esclaffa.

— Oui. Je ne cours pas non plus après ce genre de soirées, mais le mariage est une affaire de compromis.

Ces paroles remémorèrent à Michael sa conversation avec Julianne, dans le jardin. Pour sa part, il avait parlé de « traité ». Mais Julianne avait sans doute raison : il avait trop tendance à tout ramener à la guerre. Le mot « compromis » sonnait mieux, même si la signification, au fond, était la même.

Michael jeta un regard à la pendule de la cheminée.

— En parlant de ma femme, elle est en retard.

Bon sang, Fitzhugh. J'espère que tu ouvres l'œil...

— Le dîner ne sera servi que dans deux heures, pointa son père.

En effet. Michael s'obligea à se détendre du mieux possible – ce qui n'était pas évident car un élancement, dans son bras, lui rappelait constamment qu'il venait d'échapper à la mort.

Ne devrait-il pas confiner Julianne à la maison jusqu'à ce que cette affaire soit résolue ? se demandait-il, n'écoutant que d'une oreille distraite son père lui parler de l'étalon qu'il envisageait d'acheter pour son écurie.

Non. Il ne pouvait pas défendre à sa femme de sortir sans lui expliquer qu'il avait peur qu'elle ne coure un danger.

Ce qui l'obligerait du même coup à dévoiler la nature de ce danger, et donc à révéler qui il était vraiment.

Il but une gorgée de whisky, curieux de savoir où la jeune femme pouvait bien se trouver.

17

Une roue s'était cassée, les obligeant à renoncer à la voiture.

Le fiacre étant hors d'âge, l'incident n'était guère surprenant en soi, mais cet échouage forcé, sous la pluie, n'était pas le bienvenu. Comme si la pauvre Chloé n'en avait pas assez enduré comme cela. Et bien sûr, l'endroit était trop désolé pour espérer y trouver un autre fiacre.

Heureusement, le brave Fitzhugh s'était de nouveau offert pour les sauver. Il avait pris Julianne et la fillette sur son cheval. Mais le trajet prenait beaucoup plus de temps ainsi.

La nuit était presque tombée et ils étaient tous les trois trempés comme des soupes.

Quelle heure pouvait-il être ? Julianne n'en avait aucune idée. Ils avaient fait étape dans une auberge, pour que Chloé puisse se restaurer un peu. Julianne et Fitzhugh avaient regardé avec émotion la fillette dévorer entièrement une tourte à la viande et vider plusieurs verres d'eau. Elle n'avait rien dit, comme d'habitude. Quand Fitzhugh avait interrogé Julianne du regard sur cet étrange silence, la jeune femme s'était contentée de secouer la tête.

Lorsqu'ils abordèrent enfin les premières maisons de Mayfair, ils semblaient si misérables qu'ils ne donnaient guère l'impression d'habiter ce quartier huppé. Le manteau de Julianne était si trempé que sa robe de soie, en dessous, était ruinée. Quant à ses souliers, ils étaient méconnaissables.

La maison était éclairée de partout et Julianne se souvint tout à coup que la duchesse avait prévu un grand dîner. Les festivités avaient même peut-être déjà commencé.

Ce n'étaient pas vraiment les circonstances idéales pour arriver.

— Il y a toujours la porte de service, milady, suggéra Fitzhugh.

Il semblait si peiné pour elle que Julianne en aurait presque ri. Sauf qu'elle n'était pas d'humeur à s'amuser. Et la perspective de contourner la maison pour gagner l'entrée de service la rebutait. Elle était pressée d'être au chaud – pour Chloé.

— Non, dit-elle fermement. Je sais qu'il y a des invités, mais je ne veux pas que Chloé entre en catimini. Elle a déjà été assez cachée comme cela.

Fitzhugh sembla hésiter, mais il jeta un regard à la fillette blottie dans ses bras et finit par hocher la tête.

— Vous avez sans doute raison, lady Longhaven.

— Je n'ai pas peur de dire ce que j'ai fait, assura Julianne. Mais vous connaissez Michael mieux que personne. Pensez-vous qu'il me pardonnera ?

— Le colonel est un homme bon et juste. Il vous suffira de franchir cette porte pour vous en rendre compte.

Même trempé et crotté, l'ancien sergent conservait une étonnante dignité.

Julianne contempla la porte en bois sculpté et se répéta que Chloé avait tous les droits de pénétrer dans cette maison.

De toute façon, dans l'immédiat, elle ne voyait pas d'autre solution.

L'ennui, c'étaient les invités.

Avec un peu de chance, ils seraient déjà tous assemblés dans la salle à manger. Julianne pourrait donc monter discrètement jusqu'à sa chambre, faire un brin de toilette et se changer avant de devoir s'expliquer.

Elle s'interrogeait évidemment sur la réaction du duc et de la duchesse.

— Viens, chérie, dit-elle, caressant les cheveux de Chloé qui, sans doute épuisée, fermait à moitié les yeux. Je te promets que la maison va te plaire.

Carrant les épaules, Julianne gravit le perron. À sa grande surprise, la porte s'ouvrit avant même qu'elle ait frappé. Michael s'encadra sur le seuil, sa silhouette se découpant dans le flot de lumière qui provenait des pièces de réception. Son habit de soirée, sa cravate blanche et ses souliers vernis tranchaient avec la tenue misérable de Julianne.

— Où diable étais-tu ? demanda-t-il, la détaillant rapidement du regard avant d'aboyer en direction de son valet : Que s'est-il passé ?

— Je vais tout vous expliquer, colonel, répondit Fitzhugh de son ton stoïque.

Julianne frissonnait de froid.

— Non, c'est *moi* qui vais tout expliquer. Mais pourrions-nous entrer ?

Son mari sembla réaliser qu'il bloquait le passage, car il s'écarta brusquement et Julianne put s'engouffrer dans la maison, ses jupes laissant une traînée humide sur le dallage de marbre. Elle gouttait de partout – même des sourcils.

— Puis-je prendre votre manteau, milady ? demanda poliment Rutgers, comme si elle revenait d'un thé mondain et qu'elle ne portait pas une fillette dans ses bras.

— J'ai peur qu'il ne soit pas récupérable, murmura Julianne.

Michael fit glisser le manteau trempé sur ses épaules et le tendit à Rutgers.

— Jetez-le, dit-il.

L'austère majordome sembla partager son avis, car il tint le manteau comme avec des pincettes, pour ne pas salir son costume impeccable, et il fit signe à un valet de venir l'en débarrasser. Les chaussures de Julianne étaient dans un bien plus triste état, mais elle ne se voyait pas se déchausser dans le vestibule de la maison ducale.

— Je suis désolée de tout salir, Rutgers, mais nous avons eu un accident.

— Ne vous excusez pas, milady. Voulez-vous que je vous fasse monter de l'eau chaude ?

— Ce serait merveilleux.

— Quel genre d'accident ? demanda Michael. Es-tu blessée ?

— Non.

— Julianne.

Jusqu'ici, elle avait pu éviter de croiser son regard, mais cette fois elle fut bien obligée de le regarder en face.

Mais lui-même regardait Chloé. La fillette s'était endormie.

— Ne pourrions-nous pas discuter de cela là-haut ? suggéra Julianne. Je suis trempée, je grelotte et j'ai eu un après-midi éprouvant.

À son grand désarroi, sa voix tremblait. Et malgré sa résolution de ne pas pleurer devant tout le monde, elle ne put retenir une larme qui roula sur sa joue.

— Fitz, va te changer avant d'attraper froid, entendit-elle Michael ordonner à son valet. Rutgers, appelez une femme de chambre pour s'occuper de l'enfant. Et faites monter l'eau chaude pour milady le plus vite possible. Trouvez aussi quelque chose à raconter à ma mère, pour excuser notre absence au dîner.

— Oui, milord.

Julianne n'eut même pas le temps de réagir que Michael la soulevait dans ses bras – alors qu'elle-même tenait toujours Chloé.

— Tu vas salir ton beau costume, protesta-t-elle.

Mais il était fort, solide, chaud et il sentait bon – ce qui n'était probablement pas le cas de Julianne pour le moment.

— Je commence à avoir l'habitude, marmonna-t-il.

Que diable voulait-il dire par là ?

— Et ce sera plus rapide, ajouta-t-il. Car j'avoue que je suis curieux d'entendre ce qui a pu t'arriver, pour que tu rentres à la maison crottée des pieds à la tête, avec une enfant des rues dans les bras.

— Ce n'est pas une enfant des rues, répliqua Julianne, sur la défensive.

Mais elle avait conscience que les haillons trempés de Chloé l'avaient légitimement porté à cette déduction.

— Non ? fit-il, montant l'escalier apparemment sans effort. Qui est-ce, alors ?

La question était un peu délicate. Finalement, Julianne répondit :

— Elle est à nous.

Michael se resservit à boire – du bordeaux – pendant qu'il regardait sa femme picorer dans son poulet braisé, accompagné d'une sauce au miel et au porto. Le couple s'était installé dans la chambre de Julianne, où sa camériste avait monté le dîner, dressé à la hâte sur une table.

Après avoir pris son bain et revêtu un peignoir de satin bleu dans lequel elle était évidemment ravissante, Julianne avait voulu s'expliquer. Mais Michael avait insisté pour qu'elle mange quelque chose avant de parler.

De cette manière, elle aurait aussi le temps de réfléchir à ce qu'elle voulait exactement lui dire. Michael ignorait pourquoi il lui avait accordé ce répit stratégique, qui n'était pas dans ses habitudes lorsqu'il devait traiter avec l'ennemi. Mais sa femme ne comptait pas non plus au nombre de ses ennemis.

De toute façon, il avait l'habitude des interrogatoires. Et il n'avait pas d'inquiétude sur l'issue de celui-ci : il obtiendrait la vérité. Julianne lui dirait qui était cette enfant.

Sur le coup, il avait pensé qu'elle en était la mère. Sa réaction avait été instinctive, viscérale. Julianne l'avait peut-être dupé, elle n'était pas arrivée vierge au mariage. Mais il s'était bien vite repris : les draps avaient porté la trace de la perte de son innocence. Et Michael se souvenait avec précision du moment où il avait forcé son hymen.

Donc, la fillette n'était pas d'elle.

Mais alors, pourquoi l'avait-elle amenée ici, et pourquoi se comportait-elle avec elle comme une lionne défendant sa progéniture ?

— Fais un effort pour manger, l'encouragea-t-il. Ce que tu as à me dire n'est quand même pas si catastrophique que tu doives t'en rendre malade.

— Mais ça me coupe l'appétit, dit-elle, s'emparant de son verre de vin pour boire une gorgée afin de se donner du courage.

Ses yeux brillaient. Michael pria le Ciel pour qu'elle ne se remette pas à pleurer.

Il avait résisté à deux jours de torture par les Français dans un cachot sordide, mais la larme qu'avait versée Julianne tout à l'heure l'avait anéanti.

— Julianne… commença-t-il.

— Tu n'as pas non plus mangé grand-chose, répliqua-t-elle, désignant l'assiette à peine entamée de Michael.

En vérité, il était trop troublé pour avoir faim.

— Et tu me regardes comme si j'étais une curiosité exposée au musée des Antiquités, ajouta-t-elle d'une toute petite voix.

Michael s'agita sur sa chaise.

— Je suis curieux, ce qui peut se comprendre. Mais finis de manger.

Julianne secoua la tête. Ses cheveux étaient encore humides de son bain.

— Je n'y arrive pas, murmura-t-elle. Ce sera sans doute plus facile quand je t'aurai tout dit.

Et, reposant délicatement sa fourchette, elle lâcha :

— Chloé est la fille de Harry.

Michael n'était pas sûr d'avoir bien entendu.

Son frère, ce parangon de vertu, l'héritier idéal de la couronne ducale, aurait conçu une enfant illégitime ?

— Je ne connais pas sa date de naissance exacte, mais je sais qu'elle va sur ses trois ans, précisa Julianne.

Michael devait s'avouer qu'il était stupéfait. Ce qui ne lui arrivait pas souvent. Il jeta un rapide coup d'œil en direction du lit, où la fillette était couchée.

— Comment cela a-t-il pu arriver ?

Pour la première fois de la soirée, Julianne manifesta un soupçon d'amusement.

— Je peux témoigner, mon cher mari, que tu sais très bien comment cela peut arriver.

Il sourit à son tour.

— Ce n'est pas ce que je voulais dire. Raconte-moi tout depuis le début, s'il te plaît.

Elle redevint sérieuse.

— Le début ? Je n'y étais pas. Je n'ai appris l'existence de Chloé qu'après la mort de Harry. Je ne savais pas trop quoi faire. Tes parents étaient tellement abattus. Leah m'avait fait parvenir un mot, dans lequel elle me demandait de la rencontrer. Elle savait que j'aurais dû épouser Harry. Elle m'a expliqué qu'il lui avait fait un enfant, et qu'il la payait pour s'occuper de Chloé et garder le silence. Si je ne prenais pas la suite, elle avertirait le duc et la duchesse. Comme je n'étais pas sûre qu'ils pourraient supporter un tel choc à l'époque, j'ai accepté.

Après un silence – le temps de digérer tout cela –, il demanda :

— En d'autres termes, cette femme te faisait chanter ?

— On peut présenter les choses ainsi. Je préfère dire que c'était une façon d'aider Chloé.

— Mais enfin, comment pouvais-tu avoir la certitude que c'était la fille de Harry ?

Julianne se raidit et le fixa droit dans les yeux.

— L'as-tu bien regardée ? C'est une Hepburn, il n'y a aucun doute. De toute façon, Harry savait bien qu'il en était le père, puisqu'il avait accepté de payer. Leah m'a montré un mot de sa main dans lequel il consentait à cet arrangement.

Michael n'avait aperçu qu'un petit visage et quelques boucles de cheveux châtains. Il n'avait pas une grande expérience des enfants. En revanche, les traces écrites lui paraissaient plus convaincantes.

— Et donc, tu payais depuis sa mort ? Mais comment ?

— Avec l'argent de poche que me donnait mon père. J'ai aussi vendu quelques bijoux appartenant à ma grand-mère.

Michael ne savait quoi dire. Une jeune femme non mariée ne disposait pas de beaucoup de ressources, quelle que puisse être la générosité de son père. Mais il n'était pas normal qu'elle ait dû consentir à un tel sacrifice.

— Depuis que nous sommes mariés, reprit-elle, c'était plus facile. Le montant de ma pension me permettait de la payer sans aucun souci.

Michael reposa son verre de vin.

— J'ai à la fois envie de te remercier, dit-il, et de te demander pourquoi tu ne m'as pas parlé plus tôt de l'existence de cette enfant. Je suis ton mari, Julianne.

— Je ne te connaissais pas assez bien pour savoir quelle serait ta réaction.

Plus d'une fois, elle lui avait fait le reproche d'être trop réservé.

Et c'était vrai. La réticence de Julianne à se confier était entièrement de sa faute.

— Je ne voulais pas te cacher la vérité, poursuivit-elle, mais souviens-toi dans quel état étaient tes parents après la mort de Harry. Je pense qu'il ne voulait pas les informer à propos de Chloé, sinon, il le leur aurait dit. Alors, je ne l'ai pas fait seulement pour eux, mais aussi pour lui.

Pour Harry. L'homme dont elle avait toujours pensé qu'il serait un jour son mari. Michael n'était qu'un substitut. Le marquis de substitution. L'héritier de substitution. Et le mari de substitution.

Bon sang.

— Mais je détestais ces ruses auxquelles je devais recourir pour aller lui rendre visite, enchaîna Julianne. Une fois embarqué dans ce genre de mensonges, le secret vous prend au piège.

Le secret. Michael en était familier. Et Julianne disait vrai. Mais son secret à elle était parti d'une bonne intention et elle n'avait péché que par omission.

— L'aimais-tu ? demanda-t-il, sans avoir prémédité sa question.

Julianne haussa les sourcils.

— Aimer qui ?

— Harry.

— Oh, fit-elle, son regard retombant sur son assiette aux trois quarts pleine. Non, pas de la façon que tu imagines.

Michael soupira de soulagement, avant de se reprocher son égoïsme. Allait-il voler cela aussi à son frère ?

Il n'avait rien désiré de ce qu'il avait hérité. Pas même Julianne. Mais la situation avait changé. Le titre de marquis lui importait peu. L'héritage du duché serait un fardeau. En revanche, sa femme lui était précieuse.

— J'aurais sans doute fini par l'aimer, avec le temps, ajouta-t-elle d'une voix songeuse. Mais je sais – j'ignore pourquoi je le sais avec certitude, mais c'est ainsi –, je *sais* que ça n'aurait jamais été comme avec toi.

— *Elle tombera amoureuse de toi...*

Antonia avait-elle vu juste ? Tout à coup, Michael trouvait cette question primordiale.

— Comment est-ce, avec moi ?

D'ordinaire, il était plus adroit pour contrôler sa voix. Il avait désespérément envie d'entendre Julianne lui avouer qu'elle l'aimait.

Comme c'était étrange. Il souhaitait apprendre qu'il avait échoué à la tenir à distance.

Tout à coup la chambre, malgré ses dimensions imposantes, lui paraissait minuscule. Julianne était assise en face de lui. Elle ne portait qu'un peignoir pour tout vêtement.

Et Michael la désirait.

Mais il désirait encore davantage connaître sa réponse.

L'émotion l'emportait sur l'attrait charnel. C'était la première fois qu'il vivait cela avec une femme.

18

— *Comment est-ce, avec moi ?*

Julianne lui en voulait d'avoir posé cette question.

Car la difficulté, à présent, était d'y répondre. Et la personnalité de Michael ajoutait encore à cette difficulté. Elle avait pensé avoir détecté une once de vulnérabilité dans sa voix. Mais il s'agissait de Michael.

Lui, vulnérable ? Non. Avant cet instant, Julianne aurait juré que c'était impossible. Cependant, la façon dont il la regardait, sa soudaine rigidité… Sans doute avait-il besoin de connaître la réponse.

Mais comment accueillerait-il une déclaration ?

Elle craignait qu'il ne rentre dans sa coquille, ce qui anéantirait la proximité qu'elle sentait croître entre eux. Mais peut-être cherchait-il simplement à la tester ?

Elle aurait voulu posséder une plus grande expérience de ces petits jeux. À sa place, Antonia Taylor aurait tout de suite su quoi répondre. Elle s'en serait probablement tirée par une pirouette, ils auraient ri tous les deux et ce moment troublant aurait été oublié.

— Pas comme je l'aurais imaginé, répliqua-t-elle finalement.

C'était la réponse la plus évasive qu'elle ait pu trouver.

Il hocha la tête

— Et qu'imaginais-tu ?

— Je te l'ai déjà dit. Je te connaissais beaucoup moins bien que Harry.

— Et c'est logique.

Il semblait parfaitement détendu, débarrassé de sa cravate et de sa veste, le col de sa chemise ouvert et un verre de vin à la main. Mais Julianne savait qu'il n'était jamais complètement détendu.

— Je suis convaincue que j'aurais fini par aimer Harry, reprit-elle, choisissant soigneusement ses mots. Mais je ne pense pas que je serais tombée amoureuse de lui. Évidemment, je n'ai pas une grande expérience en la matière, mais il me semble que ce sont deux notions différentes.

— Aimer une personne ou tomber amoureuse d'elle ne serait pas la même chose ?

— Je ne crois pas, non.

— Qu'essaies-tu de me dire ?

— Qu'essaies-tu de savoir, Michael ? répliqua-t-elle, croisant les mains dans son giron.

Pourquoi irait-elle lui confesser ses sentiments ? Qu'en tirerait-elle de bon ? S'enticher de quelqu'un était une chose, l'admettre à haute voix en était une autre.

— Julianne, j'ai l'impression que tu fais exprès de ne pas comprendre.

— C'est drôle, tu me donnes exactement la même impression.

Il sourit.

— Sais-tu que tu es parfois très agaçante ?

Julianne éclata de rire, ce qui eut pour effet de briser la tension. Bien qu'elle ne portât qu'un peignoir, elle avait soudain trop chaud.

— Je t'agace parce que je souligne une fois de plus tes réticences à te livrer.

— Ce n'est pas faux.

Julianne décida de changer de conversation, car une question importante la taraudait.

— Que va-t-il arriver à Chloé ? demanda-t-elle. Je sais l'affection que tes parents portaient à Harry, mais j'ai peur qu'ils ne l'acceptent pas. La plupart des familles aristocratiques tournent le dos aux enfants illégitimes.

— Où est sa mère ?

Leah. Julianne n'avait jamais éprouvé beaucoup de sympathie pour elle, et ce soir, elle la détestait franchement.

— Ce n'est pas une lady. Et elle est alcoolique. Je la soupçonnais de dépenser tout l'argent que je lui donnais dans des tavernes. En tout cas, elle ne le consacrait guère à Chloé, sauf pour subvenir à ses besoins élémentaires. Quand je suis arrivée, cet après-midi, la maison était fermée. Je suis bien contente que Fitzhugh m'ait suivie, car il a pu enfoncer la porte. Nous avons trouvé Chloé enfermée dans le garde-manger. Pour le reste, la maison était déserte.

Michael grimaça.

— La petite était donc abandonnée à elle-même ?

Julianne nota qu'il ne paraissait nullement surpris d'apprendre que Fitzhugh l'avait suivie. Mais elle était si soulagée qu'il ne soit pas en colère contre elle qu'elle préféra ne pas relever pour le moment.

— J'étais consternée, dit-elle.

Elle détourna un instant le regard, avant de reprendre :

— Mais tout cela est de ma faute. Je n'aurais pas dû laisser Chloé à Leah. D'ailleurs, il était clair qu'elle considérait sa fille comme un fardeau. Elle l'aurait sans doute abandonnée depuis longtemps, si elle n'en avait pas tiré de l'argent. Mais je frissonne à l'idée des traitements qu'elle lui faisait subir quand je n'étais pas là. Comme je te l'ai dit, Chloé aura bientôt trois ans. Pourtant, elle ne parle toujours pas. D'un autre côté, je peux comprendre le ressentiment de Leah. Harry lui avait fait un enfant, mais il ne l'aurait jamais épousée. Il n'aurait pas rompu ses fiançailles avec moi.

— À en juger par ta description, s'il l'avait épousée, toutes les anciennes duchesses de Southbrook se seraient retournées dans leurs tombes, ironisa Michael. Je pense qu'il avait commis une erreur qu'il regrettait amèrement, mais ne lui jetons pas la pierre. Qui de nous ne commet pas d'erreurs, dans sa vie ? En revanche, il aurait dû informer mon père de l'existence de cette enfant, afin que quelqu'un puisse continuer à s'occuper d'elle s'il lui arrivait quelque chose.

Julianne partageait son avis. Mais elle pouvait comprendre, aussi, que Harry ait eu des difficultés à l'avouer à ses parents. Ils n'auraient pas manqué d'être horrifiés, s'ils avaient dû rencontrer Leah.

— Pour sa défense, je te rappelle qu'il était jeune et en bonne santé. Il ne pouvait certainement pas imaginer le sort qui l'attendait.

— Tu n'as pas besoin de le défendre, car je ne l'accuse de rien. Mais cesse aussi de te blâmer. Cette histoire n'est pas de ta faute.

— Non, bien sûr. Il n'empêche que j'aurais dû en avertir ton père.

Elle se demandait, encore aujourd'hui, si elle avait pris la bonne décision à l'époque de la mort de Harry. Et si Chloé n'en avait pas pâti.

— Ce n'est pas certain. Aujourd'hui, leur chagrin est un peu retombé. Je vais tout leur expliquer. De toute façon, ne t'inquiète pas de la réaction de mes parents. Chloé s'est visiblement attachée à toi. Il me semble normal que nous continuions à nous en occuper.

Sa suggestion, si généreuse et spontanée, laissa Julianne sans voix.

— C'est la fille de mon frère, ajouta Michael comme pour se justifier. Je ne peux quand même pas l'abandonner. Elle sera plus heureuse avec nos enfants.

Nos enfants. Il voulait bien sûr un héritier, comme n'importe quel homme dans sa position, toutefois un seul aurait suffi.

— Merci, dit Julianne.

— De quoi veux-tu me remercier ? répliqua Michael.

Il se leva et contourna la table pour inviter la jeune femme à l'imiter. Elle se retrouva dans ses bras mais, à sa grande surprise, Michael, au lieu de l'embrasser, se contenta de la serrer fort.

— Tu es épuisée, dit-il. Et comme nous avons une invitée qui risque de se réveiller en pleine nuit et de se mettre à pleurer en découvrant un décor qu'elle ne connaît pas, je suppose que tu préféreras rester dormir ici, avec elle. Je pourrais demander à une femme de chambre de la veiller, mais ce serait trop égoïste de ma part. Chloé pourrait avoir besoin de toi. Demain, nous lui choisirons une nurse.

Si elle n'avait pas déjà été éperdument amoureuse de son mari, Julianne aurait eu le coup de foudre à cet instant.

Aussi, c'est *elle* qui l'embrassa.

Ce ne fut pas un baiser explosif. Ni même un baiser de séductrice. Mais un doux baiser, empli de tendresse.

— Je crois, murmura-t-il contre ses lèvres, que je ferais mieux de me retirer dans ma chambre. Sinon, mes nobles intentions pourraient bien voler en éclats.

Elle hocha la tête et recula d'un pas. Il avait raison. Chloé en avait déjà assez enduré comme cela pour aujourd'hui. Mais Julianne regretterait de ne pas dormir dans le lit de Michael.

Son mari lui manquerait. Ses bras puissants, la façon dont il l'enlaçait dans son sommeil, sa présence chaude et solide à côté d'elle…

— Au moins, il vous a raté, colonel, commenta Fitzhugh tandis qu'il défaisait le pansement de fortune qu'avait confectionné Michael, rougi de sang. Votre agresseur aurait besoin de prendre des leçons de tir.

— Je te serais très reconnaissant de ne pas lui en donner, Fitz.

— Mais vous auriez pu vous dispenser d'un excès de galanterie, reprit son valet, imperturbable. Porter la marquise dans les escaliers n'a rien arrangé. Votre blessure s'est rouverte.

— Ce n'est pas une vraie blessure, juste une éraflure, le corrigea Michael qui s'était assis dans un fauteuil. J'aurais pu pourchasser ce gredin, mais je ne voulais pas courir le risque de tomber dans une embuscade. De toute façon, entre la pluie et la nuit qui tombait, je ne voyais pas grand-chose.

— Deviendriez-vous plus prudent ?

— Je n'ai pas le choix. Sans parler de mes parents qui ont déjà perdu un fils, j'ai maintenant une femme et je viens en plus d'hériter d'une petite fille. Au fait, Julianne t'est très reconnaissante de ton intervention. Moi aussi, du reste.

Son valet haussa négligemment les épaules. Il posait déjà un nouveau pansement.

— Je ne savais pas si je devais révéler ma présence, mais lady Longhaven semblait en grand désarroi. J'ai jugé préférable de me montrer et de proposer mon aide.

— Je vais devoir lui expliquer deux choses. D'abord, pourquoi tu la suivais. Et ensuite, pourquoi je porte un nouveau pansement. Heureusement, elle était trop fatiguée ce soir pour me poser des questions, mais je commence à bien la connaître et je sais que mon répit sera de courte durée.

— En tout cas, elle ne manque pas de courage, cette petite.

Il n'était pas facile de gagner l'estime de Fitzhugh, et il venait indubitablement de proférer un compliment. Michael haussa les sourcils.

— J'ai l'impression que Julianne a gagné un admirateur.

— Milady m'a expliqué l'histoire dans ses grandes lignes, pendant que nous nous étions arrêtés dans une auberge pour que la fillette puisse manger quelque chose. Dans des circonstances normales, je ne pense pas que lady Longhaven se serait laissée aller aux confidences, mais elle était épuisée et elle avait peur de l'accueil qu'elle recevrait ici. J'aime beaucoup la compassion chez les femmes. Cela les rend plus belles.

— Ma femme est déjà très belle.

— Je me doutais que vous vous en étiez aperçu, ironisa Fitzhugh tandis qu'il nouait son bandage. Mais la beauté intérieure n'est pas mal non plus, si vous voulez mon avis.

— Julianne cherchait à protéger mes parents.

— C'est aussi l'impression qu'elle m'a donnée, colon... milord.

— Raconte-moi tout en détail.

Son valet s'exécuta bien volontiers, son récit confirmant en tout point celui de Julianne.

— J'aimerais que tu retrouves cette femme, la mère de l'enfant, dit Michael, se levant pour remettre sa chemise. Je ne voudrais pas qu'elle importune Julianne en prétendant que l'enfant lui a été kidnappé. J'entends clarifier la situation. L'enfant restera avec nous. Nous trouverons l'accord qu'il faudra.

Fitzhugh lui tendit sa veste.

— Comptez sur moi, colonel. Je comprends que le bonheur de la marquise vous soit vital.

Il y eut un silence. Quand Michael s'était marié, il n'aurait pas imaginé un seul instant qu'un jour, sa femme lui importerait autant.

— Je suis fichu, n'est-ce pas ?

— J'en ai peur, acquiesça Fitzhugh avec un sourire. Mais la marquise est tellement charmante.

— La plupart des femmes sont des nuisances.

— Malheureusement, nous ne pouvons pas exister sans elles.

— Aurais-tu décidé de t'amuser à mes dépens, sergent ?

— Je ne suis plus sergent, milord.

Michael n'avait aucune envie de sortir ce soir, mais il n'avait pas le choix.

— Reste ici et veille sur elle.

— Je crois que je devrais plutôt vous accompagner.

Michael secoua la tête.

— Tout ira bien. Si mon assassin est vraiment déterminé, la chance ne me sourira pas éternellement, mais je préfère quand même te savoir ici, Fitz.

— Alors, je vais rester.

Michael se rassit pour enfiler ses chaussures et les lacer.

— Si elle demande où je suis…

— Vous serez sans doute rentré avant qu'elle ne se réveille et qu'elle ne pose la question. Ce ne devrait pas être trop difficile.

Michael jeta un regard sardonique à son valet.

— Je ferai de mon mieux.

19

Son érection était une distraction malvenue. Mais elle n'aurait pas eu lieu d'être si Antonia n'avait pas collé ses fesses à son bassin, en se penchant pour inspecter le côté de l'immeuble.

Elle avait évidemment prémédité son geste. Lawrence n'était pas dupe.

Cependant, son abstinence de ces dernières semaines y était sans doute aussi pour quelque chose. Lawrence s'était souvent demandé – et notamment à cet instant – s'il n'était pas idiot de refuser de coucher avec Antonia depuis le mariage de Longhaven. Sa réaction pouvait ressembler à de l'orgueil, pourtant il était persuadé d'avoir remisé il y a bien longtemps son orgueil aux orties – en fait, quand il s'était retrouvé, des années plus tôt, à mendier dans la rue ou à voler. Dès lors que vous renoncez ne serait-ce qu'une fois à vos principes pour survivre, vos scrupules deviennent ensuite de plus en plus flexibles.

Quoi qu'il en soit, l'heure n'était pas à la bagatelle. Mais au travail.

Antonia était convaincue qu'ils avaient une chance d'attraper Roget. Johnson leur avait expliqué avoir suivi l'homme qui avait tiré sur Longhaven jusqu'à cette adresse.

Le marquis deviendrait le débiteur de Lawrence, s'il remontait jusqu'au gredin qui cherchait à attenter à sa vie. Et il avait bien l'intention de se faire rétribuer en conséquence.

Il enlaça Antonia à la taille et lui murmura à l'oreille :

— J'y vais en premier. Ne discutez pas.

— Les privilèges masculins m'ont toujours insupportée, répliqua-t-elle. Tu le sais très bien.

— Beaucoup de choses vous insupportent, fit-il valoir, amusé. Mais votre sécurité m'importe par-dessus tout. J'agis par égoïsme, plutôt que par héroïsme. S'il vous arrivait quelque chose, je ne m'en remettrais pas. Je n'aurais plus personne à insupporter.

— N'essaie pas d'être cynique.

— Ce n'était pas du cynisme. J'étais sincère, pour une fois. Sans vous, ma vie serait totalement dépourvue d'intérêt.

Il savait comment la réduire au silence. Mais quand comprendrait-elle qu'il la connaissait mieux que personne ?

Antonia ne se résolvait jamais de gaieté de cœur à un compromis, cependant elle s'effaça dans la pénombre pour le laisser passer.

— Je t'accorde deux minutes.

— Cinq, marchanda-t-il, dégainant son pistolet pour vérifier qu'il était chargé.

— Cette ruelle n'est pas sûre. Tu ne voudrais quand même pas m'y abandonner toute seule ?

— Avec vous dans la place, je confirme que cette ruelle n'est pas sûre, rétorqua-t-il avec un sourire taquin. N'effrayez pas les vide-goussets en mon absence.

Il se faufila le long du mur de l'immeuble, jusqu'à la porte d'entrée. Les lieux lui étaient inconnus, mais il avait fréquenté beaucoup d'autres constructions semblables à celle-ci.

La porte n'était évidemment pas verrouillée, puisque l'immeuble hébergeait plusieurs occupants. Lawrence pénétra dans l'entrée. Les murs étaient en mauvais état. Des rats couraient sur le parquet.

Il semblait peu probable qu'un maître espion tel que Roget vive dans un tel taudis. Mais Johnson avait suivi l'homme ayant tiré sur Longhaven jusqu'ici.

Lawrence compta soigneusement les portes, avant de s'arrêter devant la bonne. Il préférait commencer l'interrogatoire sans Antonia – à supposer que l'oiseau se trouvât au nid. Elle était trop passionnée au sujet de Roget. Elle désirait trop se venger. Elle savait Roget lié au massacre de sa famille et cela l'aveuglait.

Devait-il frapper, ou ne pas frapper ? Lawrence opta pour la première solution et cogna fermement au battant. Il s'était déjà forgé une petite opinion de son adversaire. Les hommes vraiment dangereux logeaient dans des immeubles plus luxueux. Certaines « compétences » se monnayaient à de très bons prix.

Lawrence entendit du bruit derrière la porte. Un raclement de chaussures sur le plancher et le murmure ensommeillé d'une voix de femme.

Pourvu que Johnson ne se soit pas trompé.

Lawrence serra, dans sa poche, la crosse de son pistolet. À peine la porte s'ouvrit-elle qu'il donna un coup de pied à l'homme qui tenait la poignée. Celui-ci, cueilli par surprise, tomba à la renverse sur le tapis. Lawrence en profita pour se ruer à l'intérieur et lui montrer son arme.

— Je suis juste venu chercher quelques réponses.

L'homme était maigre, le visage marqué par la petite vérole. Il était pauvrement vêtu et, d'un rapide coup d'œil, Lawrence constata que l'appartement était tout aussi misérable. Quelques chaises dépareillées, un lit dans lequel une femme à moitié nue s'était redressée, bouche bée. Une odeur de graillon flottait dans l'air.

Si Roget désirait vraiment la mort de Longhaven, il n'irait certainement pas recruter un tel amateur.

Mais alors, qui l'avait embauché ?

Comme il s'y attendait, Lawrence entendit du bruit derrière lui. C'était Antonia. Elle n'avait pas pu résister. Même au lit, elle était toujours impatiente.

— Il est armé ? demanda-t-elle.

Sans attendre de réponse, elle pénétra à son tour dans la pièce, un poignard à la main. Vêtue de noir des pieds à la tête, ses cheveux cachés sous un chapeau de la même couleur, elle évoquait quelque ange exterminateur.

— Non ! glapit l'homme, levant les mains. Je n'ai pas d'arme sur moi.

La femme, dans le lit, se mit à sangloter et plongea la tête sous les couvertures.

Lawrence se retenait de rire, car leur suspect était pétrifié devant Antonia et son poignard. Il l'attrapa par la chemise pour l'obliger à se relever.

— Comme je disais, nous désirons quelques réponses.

Dès que Lawrence l'eut assis sur une chaise, Antonia attaqua :

— Un peu plus tôt, dans la soirée, tu as tenté de tuer le marquis de Longhaven. Dis-nous pourquoi.

— Non... non, ce n'était pas moi !

Malheureusement pour lui, son ton n'était guère convaincant.

Antonia passa un pouce sur le tranchant de la lame de son poignard.

— Vraiment ? Pourtant, nous avons un ami qui t'a suivi jusqu'ici, et j'ai plus confiance en lui qu'en toi. Évidemment, si je te tranche la gorge, j'ai peur de ne jamais connaître la vérité. D'un autre côté, je pense que personne ne te regrettera.

Il y eut un silence, comme si l'homme avait peur de parler.

— Je peux la tenir à distance, si tu nous dis la vérité, proposa Lawrence.

— Il peut *peut-être* me tenir à distance, rectifia Antonia qui fixait l'homme tremblant sur sa chaise.

Plus vite tu nous diras la vérité, plus tu auras de chances de t'en sortir vivant.

La conviction qu'elle parlait sérieusement était suffisante pour faire craquer n'importe quel homme. D'autant qu'elle brandissait son poignard avec une évidente dextérité.

— Je n'ai fait que rendre service à un ami, lâcha l'homme. Mais j'ai manqué ma cible. Je voyais très mal. Quand j'ai voulu vérifier si j'avais touché le lord, il avait disparu.

— Qui t'a embauché ? demanda Antonia d'une voix implacable.

La lame de son poignard n'était plus qu'à quelques centimètres de la gorge de l'homme. Mais il ne pouvait pas quitter sa chaise : Lawrence le tenait fermement.

— J'ai reçu un message, expliqua-t-il, des gouttes de sueur perlant sur son front. Le message me donnait l'adresse du lord. Je devais m'embusquer près de chez lui et attendre l'occasion de lui tirer dessus. Mais je ne sais rien de plus, je le jure !

— Un « ami » t'en aurait dit davantage, objecta Antonia avec un sourire à glacer les sangs.

Elle était vraiment parfaite, dans le rôle.

Lawrence n'avait d'ailleurs pas oublié la façon dont ils s'étaient rencontrés.

C'était bien sûr Longhaven qui les avait présentés. Sauf qu'à l'époque, il n'était pas encore marquis, mais simplement lord Michael Hepburn. Et l'amant d'Antonia. Lawrence, pourtant, était immédiatement tombé amoureux de la brune ensorcelante.

— Parle, dit-il, secouant son prisonnier.

Il se savait intimidant, à cause de sa stature et de la cicatrice qui lui barrait le visage.

— J'ai une réputation de bon tireur, dit l'homme. Et des gens recourent parfois à mes services.

— Quel genre de services ? interrogea Antonia.

— Vous savez bien lesquels.

Ce n'était pas la réponse à faire à Antonia. Elle se pencha vers lui.

— Non, je ne sais pas. Éclaire ma lanterne.

Même Lawrence tressaillit au son de sa voix. Bonaparte et Wellington auraient sans doute abandonné la bataille.

Ce que fit, du reste, leur prisonnier.

— Eh bien, pour supprimer des gens.

— En d'autres termes, tu reconnais être un tueur à gages ? susurra Antonia d'une voix mielleuse.

L'homme pâlit.

— S'il vous plaît, vous avez promis...

— Réponds-moi.

— Oui, je l'ai déjà fait quelques fois. Pour des gens qui me paient.

— Et qui t'a payé, cette fois ? demanda Antonia, qui faisait mine d'inspecter le tranchant de sa lame. Ne me mens pas.

Leur prisonnier suait maintenant à grosses gouttes.

— Une femme. Une femme avec des cheveux roux. Je n'en sais pas plus, je vous le jure. Elle portait un grand manteau. Elle m'a dit où je trouverais le lord et ce qu'elle attendait de moi. J'ai touché la moitié de la somme. Le reste devait venir une fois le travail terminé.

Une femme ? Lawrence s'attendait à tout sauf à ça.

— Quelle femme ?

— Je vous dis que je n'en sais rien. Je ne lui ai pas demandé son nom. Vous savez, dans mon métier, on est habitués à la discrétion.

— Si tu as menti...

— Je n'ai pas menti !

— Qu'en penses-tu ? demanda Antonia à Lawrence, d'une voix doucereuse. Ce type ne m'inspire pas confiance. Ne serait-il pas préférable que je le supprime ?

Lawrence lâcha l'homme qui s'écroula de sa chaise, et il enlaça Antonia à la taille.

— Non, ma chère. Je pense qu'il sera plus sévèrement puni si nous lui laissons la vie sauve, avec la hantise de subir votre vengeance jusqu'à son dernier souffle. Nous ferions mieux d'employer notre énergie à découvrir qui veut la mort de votre marquis.

— Ce n'est pas mon marquis.

Ah. C'était indubitablement un progrès. Elle n'aurait jamais dit cela avant.

Mais s'il le lui faisait remarquer, Lawrence subirait ses foudres. Aussi se contenta-t-il de suggérer :

— Nous devrions rendre visite demain matin à Longhaven, pour l'informer de ces derniers développements.

Ainsi, c'était une femme qui voulait la mort de Michael.

Voilà qui ne manquait pas d'être intéressant.

Antonia jeta son chapeau sur le lit et défit le ruban qui retenait ses cheveux. La situation semblait nouvelle, cependant il n'était pas impossible que Roget soit encore à la manœuvre. Il avait pu recruter une inconnue pour contacter ce minable tueur à gages. Cependant, tout cela ne faisait pas très sérieux. Antonia avait beau détester Roget, elle lui reconnaissait une certaine virtuosité. Sinon, il serait mort depuis longtemps.

Alors, qui d'autre ? Une ancienne maîtresse qui ne supporterait pas son mariage ? Ce n'était pas impossible. Depuis son retour en Angleterre, Michael avait refusé de coucher avec Antonia, mais il n'avait pas dû rester abstinent pour autant.

Le diable l'emporte !

Elle posa le ruban sur sa coiffeuse et commença de se déshabiller.

Ces derniers temps, Lawrence gardait ses distances et cela irritait la jeune femme bien plus qu'elle ne voulait l'admettre. Elle avait envie de lui. Elle voulait goûter à ses baisers passionnés, à ses étreintes brutales et, ensuite, savourer la paix de le savoir contre elle quand ils reposaient au milieu du lit défait. Michael avait été un bon amant, mais plein d'égards. Lawrence, pas du tout. Il ne se refrénait pas et c'est ce qu'Antonia aimait chez lui.

Ce soir, elle le désirait tout particulièrement. Et, pour une fois, elle avait le sentiment que sa frustration à l'égard de Michael n'y était pour rien. Non, elle désirait Lawrence pour lui-même.

Le séduire promettait d'être passionnant. Par le passé, la tâche aurait été facile, mais il manifestait une certaine résistance depuis le mariage de Michael. Comme s'il n'était plus décidé à jouer les amants de remplacement, maintenant que Michael était tout à fait indisponible.

Antonia n'aurait jamais imaginé qu'elle aurait un jour à convaincre Lawrence de coucher avec elle. Il en avait toujours eu très envie.

Et c'était encore vrai, à en juger par la manière dont il avait réagi, tout à l'heure, quand elle avait pressé ses fesses contre son pantalon.

Peut-être fallait-il commencer par là où il était le plus vulnérable…

Une fois déshabillée, elle s'assit, nue, à sa coiffeuse et déboucha un flacon de parfum, pour qu'une fragrance de rose se répande dans la pièce. Puis elle se brossa soigneusement les cheveux, avant d'appliquer un peu de parfum derrière ses oreilles, à la base de son cou et dans le sillon qui séparait ses seins. Après quoi, elle s'empara d'un petit pot de rouge, dont elle usait très rarement, pour rajouter un peu de couleur non pas à ses joues, mais à ses tétons.

Son armoire renfermait un déshabillé de dentelle qu'elle n'avait encore jamais porté, qui révélait son corps bien plus qu'il ne le cachait. Elle décida de l'enfiler ce soir. Sans être certaine, toutefois, du résultat.

Lawrence était intraitable. S'il avait décidé qu'il ne coucherait pas avec elle, ce n'était pas un déshabillé qui le ferait changer d'avis.

Pour un homme supposément sans scrupules, il avait beaucoup de principes – qu'il avait pour la plupart édictés lui-même. À sa façon, il était largement aussi complexe que Michael.

Quand elle eut passé le déshabillé, Antonia vérifia son image dans la glace. Ainsi parée, elle avait tout d'une courtisane, mais c'était voulu. Désormais, le succès de cette fin de soirée dépendait de la résistance que tenterait d'opposer Lawrence au désir qu'elle lui inspirait.

Et, bien entendu, Antonia avait l'intention de gagner.

Au lieu de tirer le cordon de sonnette pour l'appeler, elle quitta sa chambre, un chandelier à la main, pour se faufiler jusqu'à celle de Lawrence. Même si cela faisait jaser le personnel, il ne dormait pas dans le quartier réservé aux domestiques, mais au même étage qu'Antonia.

La porte était fermée, cependant il ne dormait pas, malgré l'heure tardive : un rai de lumière filtrait sous le battant.

Elle frappa à la porte, ce qui provoqua un soudain silence, comme si toute activité s'était interrompue dans la pièce.

Il devait se douter que c'était elle.

La porte s'ouvrit finalement et il apparut, ne portant sur lui que son pantalon. Les muscles de son torse brillaient à la clarté du chandelier que tenait Antonia, et la cicatrice de son visage lui donnait, comme toujours, l'air d'un pirate des Caraïbes, ou encore d'un bandit de grands chemins qui rançonnerait les voyageurs. En cela, il était différent de Michael, qui gardait ses blessures cachées. Ce qu'il avait subi ne se découvrait que lorsqu'il se déshabillait.

Lawrence avait un corps magnifique, dans le genre virilité à l'état brut. Il était très musclé, et il se servait au lit de cette force physique d'une façon qui donnait des frissons à Antonia.

— Eh bien ? dit-il, reluquant son déshabillé.

— Je peux entrer ? demanda-t-elle d'une petite voix timide à souhait.

Il s'appuya au chambranle de la porte. Mais la tension qu'Antonia devinait chez lui contredisait cette apparente nonchalance.

— Tout dépend de vos motivations.

— Tes scrupules...

— Vous insupportent ? ironisa-t-il. Il me semble me souvenir que nous sommes déjà arrivés à la conclusion, plus tôt dans la soirée, que beaucoup de choses vous insupportaient. Pourquoi êtes-vous venue frapper à ma porte, Antonia ?

— Devine.

— Non, dites-moi.

Antonia s'arma de courage.

— Parce que j'ai envie de toi.

— Juste envie ? répliqua-t-il tranquillement. Au point où vous en êtes, lady Taylor, vous pourriez peut-être creuser vos sentiments.

Il en attendait plus de sa part, et si Antonia voulait être honnête, elle devait reconnaître qu'il le méritait.

La jeune femme se faufila dans la pièce avec son plus charmant sourire et un balancement suggestif des hanches. Elle n'était jamais entrée dans sa chambre : c'était toujours Lawrence qui venait dans la sienne. Elle fut surprise de découvrir une collection de cartes marines accrochées aux murs, une maquette de bateau trônant sur le manteau de la cheminée, et un compas de marine en étain doré dans une boîte en verre posée sur une petite table. Le désir d'Antonia s'estompa soudainement derrière la curiosité. Elle ne savait presque rien de Lawrence – pas même son nom complet.

— Tu as été marin ? s'enquit-elle, s'approchant d'une carte des mers du Sud.

— En quelque sorte.

Il n'avait pas bougé. Il s'était juste tourné pour la suivre des yeux.

— Capitaine de bateau.

Cela expliquait beaucoup de choses. Sa déférence envers les gens, et pas seulement Antonia, était toujours teintée d'une pointe d'ironie. Comme s'il ne se sentait nullement tenu par sa position, apparemment inférieure, dans la société. En fait, il avait commandé des hommes.

Pourquoi ne l'avait-elle pas deviné plus tôt ?

— Dans une autre vie.

Étrange. Antonia aurait volontiers juré qu'il n'avait pas encore trente ans. Elle se dirigea vers une autre carte qui représentait les côtes américaines, avec la direction des principaux courants marins.

— La mer te manque ?

— Oui, répondit-il, sans la moindre hésitation. J'ai de l'eau salée dans les veines.

Elle se retourna.

— Que t'est-il arrivé ?

Il croisa les bras sur son torse musculeux.

— Je doute que vous soyez venue ici pour discuter de mon passé. Mais j'attends toujours de connaître la *vraie* raison de votre présence dans ma chambre.

Antonia réalisait, avec une certaine consternation, qu'elle était si obsédée par son propre passé qu'elle ne s'était jamais intéressée au sien. La guerre les avait pourtant réunis. Cette guerre qui créait d'étranges relations, comme celle d'Antonia avec lord Longhaven. Même s'ils étaient tous deux aristocrates, et d'excellente lignée, ils avaient des personnalités diamétralement opposées. Antonia était le soleil brûlant d'Espagne, et Michael le froid des hivers anglais.

Enfin, pas si froid que cela, à en juger par la façon dont il se conduisait avec sa jeune épouse. Mais la personnalité de Michael n'intéressait plus autant Antonia.

Alors que Lawrence représentait un vrai mystère, qu'elle souhaitait tout à coup percer.

Il se redressa, abandonnant le chambranle de la porte.

— Vous féliciterez de ma part la couturière qui a dessiné votre déshabillé, dit-il.

L'intensité de son regard donnait des frissons à Antonia.

Le doute n'était plus permis. Il la désirait.

— Je suis contente qu'il te plaise. Mais peut-être aimerais-tu me l'enlever ?

— Quand vous m'aurez dit pourquoi vous êtes venue.

Sa requête, implacable, frustrait la jeune femme. Elle eut un geste impatient de la main.

— Qu'attends-tu exactement de moi ?

— Plus que ce que vous m'offrez en apparence. Votre corps est magnifique, bien sûr, mais j'ai l'arrogance d'exiger un peu de sentiments en prime. Si vous ne désirez rien d'autre qu'un sexe bien rigide pour vous pénétrer, vous trouverez des dizaines d'hommes tout disposés à vous satisfaire, lady Taylor. Et vous le savez bien. Alors, expliquez-moi pourquoi vous tenez tant à coucher avec moi.

Il était insupportable. Antonia songea à partir.

— Ne fais pas le difficile, marmonna-t-elle.

— Essayez d'être moins entêtée, répliqua-t-il, avant de faire un premier pas vers elle. Vous savez que vous pouvez me faire confiance.

Elle redressa fièrement le menton.

— Je ne fais confiance à personne.

— Pas même à Longhaven ?

— Tout dépend sur quoi. Je crois à son instinct, à son intuition, à son sens de l'honneur, à son courage, à son intelligence…

— Oui, je sais. C'est un parangon de vertu, dit-il, avançant d'un autre pas, si bien qu'Antonia pouvait maintenant sentir son eau de Cologne. Mais en quoi ne lui faites-vous pas confiance ?

— Il en a épousé une autre, expliqua-t-elle, ce qui était un peu ridicule car Lawrence était évidemment au courant. Mais il ne l'aimait pas, ajouta-t-elle. En l'épousant, il m'a trahie.

Lawrence la rejoignit et lui souleva le menton pour l'obliger à croiser son regard.

— Il ne vous aimait pas davantage. Allons, Antonia, nous en avons déjà souvent parlé. Il ne vous a pas trahie, car il n'y avait aucun engagement à trahir.

— Il a été mon amant.

— Mais c'était il y a longtemps, répliqua Lawrence, lui caressant le menton. Opposez-moi un meilleur argument.

— Ce n'est pas seulement à propos de lui, confia-t-elle soudain, abandonnant son visage dans la paume de Lawrence, tel un enfant qui chercherait du réconfort. C'est à propos de nous.

— Ah, voilà qui devient plus intéressant. Continuez.

— Je ne crois pas à l'amour.

— Et pourtant, vous vous êtes persuadée que vous aimiez Longhaven. C'est donc que vous y croyez quand même. Mais que cet échec vous a déçue. N'ai-je pas raison ?

Antonia n'aurait pas su répondre. Elle n'avait plus qu'une envie : qu'il la prenne dans ses bras.

— Aime-moi, murmura-t-elle, bien qu'il lui en coûtât de formuler une telle requête. Je suis ici parce que j'ai envie que tu m'aimes.

— Voilà ce que j'avais envie d'entendre.

Et il inclina la tête pour l'embrasser.

Elle s'abandonna à l'invasion de sa langue. Lawrence l'enlaça fougueusement, sans la moindre subtilité, et quand il la débarrassa de son déshabillé, le tissu se déchira à moitié. Mais elle n'en avait cure. Elle s'émerveilla, au contraire, de la force avec laquelle il la porta jusqu'au lit, où il la jeta presque sur les couvertures avant de dégrafer son pantalon pour la rejoindre. Elle cria son nom quand il la pénétra. Leur étreinte fut passionnée, tumultueuse. À l'instant de jouir, Antonia lui griffa le dos jusqu'au sang, tandis qu'il répandait sa semence dans un grand râle.

Lorsqu'ils eurent repris leur souffle, Antonia murmura, ou plutôt ronronna :

— Voilà pourquoi j'étais venue.

Lawrence croisa son regard, un sourire aux lèvres.

— Je reconnais que ce fut un bon moment, mais n'oublie pas que les règles ont changé.

— Comment cela ?

Il lui prit la main pour la baiser.

— Tu as fini par admettre que tu désirais mon amour.

20

Il commençait à perdre la main. Il ne s'était même pas aperçu, hier, en rentrant chez lui, juste avant de recevoir ce coup de feu, que quelqu'un le suivait. Il n'était pas assez sur ses gardes.

Pour un espion, cela faisait désordre.

Sauf qu'il ne se considérait plus vraiment comme un espion. Il avait l'impression de graviter de plus en plus autour du soleil, après avoir longtemps côtoyé les ténèbres. De se rapprocher du chaud après avoir connu le froid.

Et ce changement n'était pas pour lui déplaire.

À cause de sa femme.

— Pourquoi me faisiez-vous toujours suivre ? Je croyais que Johnson avait été vexé que je le démasque ?

Mais il n'avait pas remarqué la filature ces derniers temps, devait s'avouer Michael. Soit le jeune homme s'était montré plus discret, soit Michael avait été trop préoccupé par sa vie personnelle pour remarquer sa présence.

L'explication résidait sans doute dans une combinaison des deux.

— Parce que nous tenons à toi, répondit Antonia. Moi, en tout cas. Reconnais que sa surveillance s'est avérée utile.

— Il ne peut que le reconnaître, renchérit Lawrence avec un sourire insolent. Mais puisque nous parlons de cela, je tiens moi aussi à ce que vous restiez en vie, même si mes motivations sont différentes de celles de lady Taylor.

Michael était convaincu que Lawrence ne tenait à sa sécurité que parce que cela servait ses propres objectifs – en l'occurrence, ceux qu'il nourrissait envers Antonia. Mais il pouvait difficilement l'en blâmer.

Elle valait la peine qu'on se batte pour elle. Et en d'autres circonstances...

Mais, non. Même s'ils étaient très proches, Antonia et Michael n'avaient jamais formé un vrai couple. Et maintenant, il ne s'inquiétait que de Julianne. Sans parler de Chloé. Même s'il avait encore un peu de mal à appeler par son nom une nièce dont il avait ignoré l'existence jusqu'à la veille.

— Qu'avez-vous donc appris de si important pour venir m'en informer à dix heures du matin ? demanda-t-il, avant d'aller fermer la porte de la bibliothèque.

La tranquillité de la pièce aux murs tapissés de livres semblait faire écho à celle du jardin, qu'on apercevait par les fenêtres.

— Le type qui t'a tiré dessus hier après-midi a été recruté par une femme, expliqua Antonia.

Elle portait une robe de mousseline à rayures. Michael lui trouva un air rajeuni. Son regard paraissait moins hanté.

— Comme assassin, on fait mieux, ajouta-t-elle. C'est un minable.

— Sa balle m'a quand même éraflé le bras. Il aurait pu tirer plus mal.

— Je t'ai tiré dessus moi aussi, un jour, lui rappela-t-elle avec un sourire qui n'était pas amusé.

— Je sais. J'en porte encore la cicatrice. Mais tu as toujours prétendu que c'était un accident.

— Mieux vaut que tu ne connaisses pas la vérité. Je n'en suis pas très fière.

Tôt ou tard, elle finirait par renoncer à sa jalousie – et cela leur profiterait à tous les deux. Julianne n'était pas comme elle. Il n'avait jamais vu, dans les yeux de sa femme, la lueur possessive qu'il avait si souvent remarquée dans ceux d'Antonia. Julianne le regardait avec... douceur. Et ses prunelles exprimaient un sentiment qu'il n'aurait su définir.

L'amour, sans doute ?

Il s'esclaffa.

— J'apprécierais beaucoup que les gens arrêtent de me tirer dessus. Qu'avez-vous pu apprendre d'autre, de la part de ce tueur à gages ?

— Pas grand-chose. Sinon que la femme qui l'a payé avait les cheveux roux.

Cela ne disait rien à Michael. Mais, après toutes ces années passées en Espagne, il n'était pas vraiment étonné que quelqu'un qu'il ne connaissait pas cherche à le supprimer. Il s'était fait beaucoup d'ennemis.

— Asseyez-vous donc, dit-il, désignant un groupe de fauteuils. La description n'est pas plus précise ?

Michael et Lawrence attendirent poliment qu'Antonia choisisse un fauteuil et s'installe confortablement. Au lieu de s'asseoir à son tour, Lawrence alla se placer derrière elle et posa les mains sur le dossier du siège, dans un geste possessif qui n'échappa pas à Michael.

Qu'il en soit ainsi. Il était heureux pour eux.

Il s'assit face à Antonia et croisa les jambes.

— Non, la description n'est pas plus précise, déclara Lawrence. Croyez bien que nous aurions préféré en apprendre davantage. Mais ce n'est pas un vrai professionnel. Il était pétrifié en nous voyant.

La pluie avait cessé, remplacée par un ciel de traîne, grisâtre. Michael regardait dehors, tout en réfléchissant.

— Je n'arrive pas à voir qui ça peut être. Roget avait des complices, évidemment. Et même plusieurs. Mais c'était en Espagne. À Londres, c'est forcément différent. D'autant que le nombre de ses complices s'est amenuisé à mesure que nous les arrêtions.

— Peut-être cette affaire n'a-t-elle aucun rapport avec Roget, suggéra Antonia. Et si c'était l'œuvre d'une maîtresse délaissée ?

Son ton était légèrement accusateur.

— J'avoue avoir un faible pour les brunes, ironisa Michael. Plus sérieusement, je ne vois pas qui, après une rupture, aurait pu vouloir aller jusqu'au meurtre.

— Non ? insista Antonia. Réfléchis bien.

— Si, toi, bien sûr. Mais tu m'aurais exécuté toi-même.

— J'y ai pensé, répliqua-t-elle d'une voix doucereuse.

Elle disait sans doute vrai.

— Sache que j'apprécie ta pitié, fit Michael avec une pointe d'amusement dans la voix. Mais il semblerait que quelqu'un ne partage pas ta compassion.

— D'après Johnson, notre assassin amateur avait rendez-vous avec sa commanditaire à la taverne du Lièvre, dans Camden Town, intervint Lawrence. Je suppose que vous ne verrez pas d'objection à ce que Johnson continue de vous filer, ou de filer ceux qui s'intéressent de trop près à vous ?

— Comme mes objections ne changeraient rien à l'affaire, continuez à dépenser votre argent pour me faire suivre, si ça vous chante. Et vous féliciterez Johnson de ma part, d'avoir eu la présence d'esprit de pister mon agresseur.

— J'ai mes raisons pour vous faire suivre, insista Lawrence, qui ne semblait nullement disposé à les divulguer. De toute façon, vous avez déjà prouvé que vous étiez capable de semer Johnson si vous le vouliez. Vos petits secrets resteront donc bien gardés. Mais reconnaissez qu'il peut s'avérer utile.

La porte de la pièce s'ouvrit doucement.

Si Julianne avait fait attention, elle se serait aperçue que la bibliothèque était occupée, mais elle avait les yeux baissés sur la fillette qu'elle tenait par la main.

Michael se leva.

— Bonjour, lança-t-il.

Julianne releva aussitôt les yeux.

— Oh, fit-elle, remarquant la présence d'Antonia et d'un homme qui lui était inconnu. Je suis désolée de vous déranger. J'ignorais que quelqu'un se trouvait ici. Je cherchais des livres illustrés pour Chloé. Mais j'en trouverai sans doute dans la nursery.

— Tu ne nous déranges pas, assura Michael, qui avait vu le regard d'Antonia se poser alternativement sur la fillette et sur lui.

Il ne pouvait pas lui en vouloir de sa surprise. Lui-même n'était pas encore complètement remis du choc.

À présent, il comprenait pourquoi Julianne était convaincue qu'il s'agissait bien de la fille de Harry. Une fois lavée et séchée, Chloé arborait des cheveux de la même couleur que ceux de Harry. Et ses prunelles avaient l'éclat distinctif des yeux Hepburn. Sans parler des traits de son visage.

Voyant que Julianne attendait la suite, il s'éclaircit la voix.

— Je crois que tu connais déjà lady Taylor, dit-il. Et je te présente Lawrence. Lawrence, voici ma femme, lady Longhaven.

— Capitaine Lawrence, le corrigea l'homme, avant de prendre la main de Julianne pour la baiser. Je suis enchanté, madame.

Capitaine ? Voilà qui était intéressant. Michael n'avait jamais rien pu découvrir du passé de Lawrence.

— Tout le plaisir est pour moi, monsieur, répondit Julianne, belle à ravir dans sa robe blanche brodée de petites roses roses.

Michael avait conscience qu'Antonia fixait sur lui un regard accusateur. Cependant, il jugeait impoli d'apprendre à qui que ce soit l'identité de Chloé avant d'en avoir informé ses parents. Il savait que ses deux « collègues » garderaient le secret – dans leur métier, les ragots étaient malvenus –, mais il ne voulait pas révéler tout de suite qu'il avait une nièce illégitime. Non pas qu'il ait la moindre intention de revenir sur la promesse faite à Julianne de garder la fillette. Il voulait simplement ménager ses parents, avant de présenter Chloé au monde. Si son père n'avait pas eu un rendez-vous très matinal, la discussion aurait déjà eu lieu. Hier soir, après le dîner qu'elle avait donné, sa mère, épuisée, était montée tout de suite se coucher, et elle n'était pas encore levée. Grâce à la complicité de Rutgers, elle était donc restée dans l'ignorance de l'arrivée quelque peu mélodramatique, sous la pluie, de Julianne et de la fillette.

— Quelle ravissante enfant, murmura Antonia d'une voix glaciale, tout en regardant Michael.

Julianne l'entendit, car elle rougit légèrement, avant de lancer à son mari un regard hésitant.

La situation se compliquait.

Lady Taylor était manifestement parvenue à la conclusion que Chloé était la fille de Michael. Et cette réaction troublait Julianne. Michael était assez grand pour se défendre tout seul, là n'était pas la question. En revanche, Julianne aurait aimé comprendre la raison de la colère de la belle Espagnole.

S'ils n'étaient que des amis, comme le lui avait assuré lady Taylor, pourquoi son regard lançait-il des flammes ?

Et si leur liaison était vraiment terminée, pourquoi venait-elle lui rendre visite si tôt dans la journée ?

L'homme à la cicatrice – Lawrence – dit soudain, avec une ironie perceptible :

— Antonia, l'arithmétique suffirait à contredire ce à quoi tu penses. Mais brisons là. Nous avons informé lord Longhaven, il ne nous reste plus qu'à partir.

Après une brève hésitation, lady Taylor se releva dans un mouvement gracieux.

— Bien sûr, dit-elle.

Et, inclinant la tête en direction de Julianne, elle ajouta :

— Ravie de vous avoir vue, lady Longhaven.

La minute d'après, Julianne se retrouva seule avec Michael et Chloé, qui s'agrippait toujours à elle.

— Je vois bien que je vous ai dérangés, s'excusa-t-elle encore. Mais, pour ma défense, j'ignorais que tu avais de la visite.

— Tu n'as pas besoin de t'excuser. Ils s'apprêtaient de toute façon à partir.

Elle n'avait pas envie de se disputer avec lui – du reste, était-il possible de se disputer avec quelqu'un d'aussi fuyant que Michael ? –, et surtout pas devant la petite Chloé, qui ne s'était pas encore habituée à lui et le regardait avec de grands yeux écarquillés.

Toutefois, Julianne pouvait difficilement lui reprocher d'être intimidée. Il était, de fait, intimidant. Et son expression demeurait, comme d'habitude, indéchiffrable.

Quoi qu'il en soit, elle ne voulait pas poser de questions pour le moment. Car bien qu'elle n'eût pas une grande expérience des enfants, elle était convaincue que Chloé, malgré son jeune âge, comprenait déjà beaucoup de choses.

Elle s'agenouilla pour murmurer à l'oreille de la fillette, d'une voix de conspiratrice :

— Chérie, c'est ton oncle Michael.

Bizarrement, Julianne réussit, avec ces quelques mots, à déstabiliser son mari – dont elle aurait pourtant pensé que rien au monde ne pouvait le déstabiliser.

Il garda le silence plusieurs secondes avant de dire :

— Bonjour, Chloé.

Puis il s'adressa de nouveau à Julianne :

— Je vois que tu lui as trouvé des vêtements propres à sa taille.

— Ma cameriste m'a appris que la cuisinière avait une petite-fille du même âge. Elle a été ravie de nous dépanner.

— Si les domestiques sont déjà au courant, j'ai bien fait de demander à la cameriste de ma mère de me prévenir de son réveil. Je ne voudrais pas que les commérages du personnel parviennent à ses oreilles avant que je lui aie moi-même parlé de Chloé. D'autant que je crains que la rumeur ne se répande qu'elle est de moi.

Julianne se releva.

— Oui. J'ai bien vu la réaction de lady Taylor.

— Ma réputation est apparemment moins virginale que celle de Harry. D'ailleurs, je suis toujours stupéfait qu'il ait pu avoir une maîtresse. Mais je comprends, à présent, que tu n'aies pas douté un seul instant qu'il était bien le père de cette enfant.

— La ressemblance est extraordinaire, n'est-ce pas ?

— En effet.

— Et le capitaine Lawrence a raison : tu étais en Espagne, quand elle a été conçue.

— Crois-le ou non, Julianne, les soldats dispersent souvent des enfants illégitimes au gré de leurs affectations. De toute façon, je me moque de savoir ce que les gens penseront. En revanche, la réaction de mes parents m'importe. Pour tout t'avouer, hier soir, j'ai imaginé un moment endosser cette paternité. Mais je me suis dit que c'était trop te demander. Les mauvaises langues seraient heureuses de colporter que je t'ai ordonné de t'occuper de ma bâtarde.

— Elles seront bien assez heureuses de colporter que j'élève la fille de l'homme que j'étais supposée épouser, répliqua Julianne. Merci d'y avoir songé, ajouta-t-elle, mais je pense que la vérité sera aussi bien. Tu t'es déjà assez sacrifié comme cela.

Comme il haussait les sourcils, elle s'empressa de préciser :

— Tu m'as épousée alors que tu n'en avais pas envie. Mais tu as décidé de servir ta famille comme tu avais servi ton pays. Et quand tu deviendras duc, je suis convaincue que tu t'acquitteras de ton nouveau rôle avec la compétence qu'il requiert. Tu n'es pas quelqu'un qui fait passer son bonheur en premier. Mais sache que ton bonheur est important pour moi.

— C'est vrai ? murmura-t-il, d'une voix manifestement altérée par l'émotion.

— Oui, répondit fermement Julianne. Et je ne te laisserai pas risquer de subir la réprobation de tes parents, alors que tu ne la mérites pas. J'ajoute que l'existence de Chloé n'est pas une erreur, mais une bénédiction. Même si Harry ne leur semblera plus aussi parfait qu'auparavant – mais qui peut se targuer d'être parfait ? –, tes parents seront ravis de connaître sa fille.

— Pour quelqu'un de jeune et d'innocent, tu fais preuve de beaucoup d'esprit de pénétration. Personnellement, je n'ai pas le sentiment de me sacrifier, mais il est vrai que j'analyse rarement mes faits et gestes. Disons, pour être honnête, que je préfère ne pas trop m'appesantir sur moi-même. Mais pour ce qui est de mes parents, tu as raison. Je n'avais pas vu les choses sous cet angle. Il est évident qu'ils ne renieront pas leur amour pour Harry.

— Non, confirma Julianne, troublée par la façon dont il la regardait.

Si la porte de la bibliothèque n'était pas restée entrouverte et si Chloé ne s'était pas trouvée avec eux, nul doute qu'il l'aurait prise dans ses bras pour l'embrasser.

Mais il ne s'agissait plus seulement, entre eux, de passion charnelle. Du moins Julianne voulait-elle s'en persuader.

Il baissa les yeux sur Chloé, qui s'accrochait aux jupes de la jeune femme.

— J'ai l'impression qu'elle a peur de moi, dit-il avec un sourire contrit.

Julianne posa la main sur l'épaule de la fillette. Il était normal que Chloé fût timide. Son existence, jusqu'ici, avait été pour le moins précaire.

— Elle ne te connaît pas, et tu es très grand. Mais elle apprendra à te faire confiance.

— Lord Longhaven ? intervint une voix féminine depuis le seuil.

Une femme de chambre fit timidement un pas dans la pièce.

— Je viens vous informer que Sa Grâce prend son petit déjeuner dans sa chambre et qu'elle vous invite à l'y retrouver, pour l'entretien que vous avez sollicité.

— Merci, répondit Michael. Le duc est-il rentré ?

— Oui, milord. À l'instant.

— Pouvez-vous lui demander de nous rejoindre ?

La servante s'éclipsa après une courbette, mais Julianne remarqua qu'elle avait jeté un regard furtif à Chloé. Décidément, l'arrivée de la fillette dans la maison ne risquait pas de passer inaperçue.

Elle reporta son attention sur Michael.

— Tes parents n'aimeront pas moins Harry, mais j'ai peur qu'ils ne soient pas très enchantés de mon rôle dans l'histoire.

— Moi, je suis enchanté par toi, et c'est le plus important, répliqua Michael. Fais-moi confiance, et allons expliquer pourquoi nous avons pris cette enfant sous notre aile.

Je suis enchanté par toi. Ce n'était pas à proprement parler une déclaration, mais Julianne avait le sentiment de progresser.

Elle hocha la tête et ajusta le col de la robe un peu trop grande que portait Chloé. Plus vite ils en auraient fini, mieux cela vaudrait. Malgré l'assurance de Michael, elle savait que les ducs n'avaient pas pour habitude d'inviter des enfants illégitimes sous leur toit. Tout au plus se contentaient-ils de pourvoir à leurs besoins. Et il en allait ainsi de la plupart des aristocrates. Dès lors que les parents de Michael connaîtraient l'existence de Chloé, Julianne n'aurait plus qu'à s'incliner devant leur décision.

Toutefois, elle ne se sentait pas totalement impuissante.

Car son mari constituait un solide allié.

21

— Ça s'est finalement passé beaucoup mieux que prévu, résuma Michael.

Son père lui servit un verre de whisky qu'il poussa dans sa direction.

— À quoi t'attendais-tu ?

— Je m'étais préparé à des larmes et des protestations, confessa Michael, avant de prendre le verre et d'en boire une gorgée. Vous n'avez pas paru surpris.

— De quoi ? demanda le duc de Southbrook, qui s'assit derrière son bureau.

— De la réaction de mère.

Son père passa une main dans ses cheveux grisonnants.

— Non, pas vraiment. J'ai plus été surpris de découvrir que Harry ne s'était pas montré très prudent. Mais il n'est pas le premier jeune gentleman à avoir fauté et il ne sera pas le dernier.

— Julianne m'a dit que la mère est une actrice.

— Grands dieux, marmonna son père.

— Pour l'instant, elle semble avoir disparu. Mais je suis sûr qu'elle finira par réapparaître.

— Sans aucun doute. J'aurais préféré que Harry se confie à moi, mais tant pis. Quant à la réaction de ta mère, il n'y a rien d'étonnant à ce qu'elle ait pratiquement sauté de joie d'apprendre qu'elle était grand-mère.

Évidemment, la personnalité de la mère ne sera pas pour la ravir, mais la disparition tragique de Harry a changé les perspectives. Cette enfant est une partie de notre fils. Les circonstances de sa naissance nous importent peu.

Michael était évidemment soulagé que ses parents aient accepté Chloé.

— Et donc, vous estimez que Julianne s'est bien débrouillée de la situation ?

Michael et son père se trouvaient dans le bureau de ce dernier. Un feu crépitait dans l'âtre et des effluves d'alcool de qualité flottaient dans l'air.

Son père médita un moment la question, avant de soupirer.

— C'est incroyable qu'une jeune femme de dix-neuf ans se soit retrouvée victime du chantage de la maîtresse de son ancien fiancé. Je comprends qu'elle ait agi par compassion, mais je suis stupéfait qu'elle ait utilisé son propre argent afin de garder le secret. C'était à la fois très courageux et très altruiste de sa part.

Michael ne put s'empêcher de sourire.

— Julianne est remarquable de bien des façons.

— Je t'ai contraint à ce mariage, mais tu ne sembles pas t'en plaindre, constata son père.

— Vous ne m'avez contraint à rien. J'ai épousé Julianne de mon plein gré.

Son père but une gorgée de whisky.

— Quoi qu'il en soit, je suis content qu'elle te rende heureux.

Michael s'agita sur son siège. Discuter de ses émotions n'était pas son fort. Il préféra revenir au sujet initial.

— Comment comptez-vous régler cette affaire ?

— Personnellement, je pense que la campagne convient beaucoup mieux que Londres aux enfants.

— Julianne voudra l'accompagner.

— Ça, ça ne me regarde pas. C'est ton affaire.

Il fut un temps où Michael aurait été ravi de se débarrasser de son épouse en l'envoyant à la campagne. Mais à présent, il rechignait à l'idée d'une séparation prolongée. D'un autre côté, les récentes agressions dont il avait été victime l'incitaient plutôt à quitter Londres.

Il soupira avec résignation.

— Vous avez raison, dit-il. Julianne s'est prise d'affection pour Chloé et il est évident que la fillette a besoin d'elle.

Et, après un silence, il ajouta franchement :

— Je lui ai promis que nous l'élèverions comme notre fille.

Son père s'esclaffa.

— Tu te laisses mener par ta femme. C'est bon signe.

Michael sourit à son tour.

— Je croyais que vous veniez juste de vous excuser pour m'avoir contraint à l'épouser ?

— Ce mariage représentait beaucoup pour ta mère. Et pour moi aussi. Je m'excuse volontiers pour la méthode, mais pas pour mes motivations.

— Vous donneriez tout pour mère.

Ce n'était pas une question, simplement un constat.

— Tout.

— Sans aucune condition ?

Michael réclamait rarement des conseils – ce n'était pas dans sa nature. Il préférait analyser chaque situation et prendre lui-même ses décisions. Parfois, cela avait failli lui coûter la vie, mais il était depuis longtemps habitué au danger.

Avec Julianne, c'était différent. Il ne s'agissait plus d'espionnage, ni de missions guerrières. Et son père en savait davantage que lui sur la vie de famille… et sur l'amour.

Michael était-il amoureux ? Une chose était sûre, sa femme comptait de plus en plus pour lui. Elle lui avait dit, tout à l'heure, qu'elle tenait à son bonheur. La réciproque était vraie : il tenait au sien.

Son père regarda le feu qui crépitait dans l'âtre. Il caressait son verre dans sa main.

— Si, bien sûr, à certaines conditions. La vie est faite de compromis. Je ne tolérerais pas l'infidélité, par exemple, même si je connais beaucoup d'hommes qui se moquent comme d'une guigne de la vie privée de leurs épouses, une fois qu'elles leur ont donné un héritier. Eux-mêmes sont volages de leur côté et ils prétendent que leur indulgence est en fait un refus de l'hypocrisie, mais je ne vois pas le mariage sous cet angle.

— Même si je ne suis pas dénué de reproches, j'ai toujours été stupéfait du manque de moralité de la bonne société.

— Je suis heureux de savoir que tu partages mon avis sur ce point.

Michael haussa un sourcil.

— Donc, il n'y a pas d'objections à ce que Julianne et moi prenions Chloé en charge ?

— Non, car je suis convaincu que ta mère sera d'accord. De toute façon, dans l'histoire, nous ne sommes que les grands-parents. Et cette enfant a besoin d'un père et d'une mère.

— Dans ce cas, je vais demander à Rutgers s'il peut nous recommander une nurse.

— Rutgers est toujours très efficace.

Michael était ravi qu'ils aient pu parvenir à une solution qui satisferait pleinement Julianne. Il se sentait soudain le cœur plus léger.

— Je vais suggérer à Julianne la possibilité de partir pour le Kent, dit-il.

Il ne pouvait pas révéler à son père que ses missions pour la Couronne avaient mis la vie de sa femme en danger.

— Ta mère sera enchantée. Elle parlait justement de repartir à la campagne.

Michael termina son verre et se leva.

— J'ai un rendez-vous qui ne peut pas attendre.

— Tu as souvent des rendez-vous urgents, lui fit remarquer son père.

— Je continue de travailler pour Wellington.

— Que t'est-il arrivé au bras ?

— Oh, ce n'est rien, assura-t-il avec un haussement d'épaules.

— Si tu le dis, je veux bien te croire, mais je pense que tu ferais bien d'être sur tes gardes, mon fils.

Michael hocha la tête et quitta son père. En sortant du bureau, il tomba sur Fitzhugh qui l'attendait, son manteau à la main.

— Que se passe-t-il ? demanda-t-il.

— Les affaires vous appellent, colonel, lui répondit Fitzhugh, avant de l'aider à enfiler son manteau.

Tout se passait pour le mieux. La nurse proposée par Rutgers était une jeune fille native du pays de Galles, pleine de santé, s'exprimant avec peu d'accent et aux manières irréprochables. Et Chloé semblait plutôt bien s'acclimater à son changement d'existence, qui l'avait précipitée d'une misérable maison, quasi déserte, à une demeure immense emplie de grandes personnes qu'elle ne connaissait pas. Julianne ne la quitta cependant qu'après le déjeuner, qu'elle avait partagé avec la jeune Galloise, sans se soucier de l'étiquette. Elle voulait par-dessus tout que Chloé s'habitue à sa nurse.

Elle réussit finalement à s'éclipser après la découverte, dans la nursery, d'un superbe jeu de construction qui absorba toute l'attention de la fillette.

De retour au rez-de-chaussée, Julianne découvrit, sans grande surprise, que son mari s'était absenté. En revanche, une visiteuse l'attendait. Elle n'avait pas voulu donner sa carte à Rutgers, mais elle lui avait expliqué qu'elle attendrait le temps qu'il faudrait, jusqu'à ce que Julianne accepte de la recevoir.

La curiosité de la jeune femme était évidemment piquée.

— Très bien, dit-elle. Je vais la recevoir.

— Je l'ai introduite dans le petit salon, milady.

Julianne gagna le petit salon en question. La visiteuse, assise sur un sofa, lui était parfaitement inconnue. Sa chevelure rousse s'accordait mal avec le rose de sa robe.

— Bonjour, dit Julianne. Je suis lady Longhaven. Vous souhaitiez me voir ?

La femme se leva et plissa les yeux.

— Alors, c'est vous. Je m'imaginais quelqu'un dans votre genre. Une ravissante petite poupée de porcelaine. Mais, après tout, Harry n'aurait pas voulu épouser un laideron.

— Qui êtes-vous ? demanda Julianne.

— Leah McDermont.

Julianne secoua la tête.

— Non, dit-elle, ne comprenant plus rien.

Ces six derniers mois, elle avait rencontré la mère de Chloé une fois par semaine. Ce n'était pas la même femme.

— Comment, non ? Je sais mon nom mieux que vous !

Elle ne ressemblait pas à Leah, et cependant, elle avait la même attitude méprisante.

— Je connais Mlle McDermont.

— Non, milady. Vous *croyez* la connaître.

— Que voulez-vous dire ? demanda Julianne, déroutée par tant d'hostilité.

— Que je suis fatiguée de m'en remettre à quelqu'un d'autre pour obtenir ce que je mérite. Dites-moi où se trouve la précieuse fille de Harry, sinon je ferai appel à la justice.

Ses propos ne clarifiaient rien du tout. Julianne cligna des yeux.

— Chloé était livrée à elle-même dans une maison déserte. Je l'ai naturellement amenée ici.

— Ce n'est pas moi qui l'ai laissée seule, c'est *elle*, répliqua la femme. Je me doutais, depuis le début, que vous la convoitiez. Vous lui apportiez toujours des cadeaux. Eh bien, si vous ne voulez pas que je la reprenne avec moi, vous me paierez, comme elle m'assurait que vous étiez disposée à le faire.

— Qui ça, « elle » ? De qui parlez-vous donc ?

Sa visiteuse eut un mouvement de tête dédaigneux, que Julianne avait souvent remarqué chez la femme qu'elle croyait s'appeler Leah.

— Je veux de l'argent. Si vous ne me donnez pas ce qui m'est dû, j'irai raconter au *Times* comment l'honorable marquis de Longhaven avait engrossé une serveuse de taverne.

— Taisez-vous.

Les deux femmes se retournèrent d'un même mouvement vers la porte. Le duc se tenait sur le seuil. Son affabilité coutumière avait cédé la place à un visage fermé, presque aussi indéchiffrable que celui de son fils.

— J'ignore qui vous êtes précisément, dit-il à la visiteuse, en même temps qu'il s'approchait de Julianne comme s'il venait lui porter secours. Mais je n'apprécie pas que vous osiez menacer ma belle-fille. Je crois que vous ne réalisez pas qu'un seul mot de ma part suffirait pour dissuader tous les journaux anglais d'imprimer quoi que ce soit d'infamant sur mon fils. Et quand bien même vous monteriez sur les toits pour crier votre histoire à la populace, sachez que la famille Hepburn est assez puissante pour se remettre d'un aussi maigre scandale.

Cette Leah – Julianne ne savait plus, à présent, qui était la vraie mère de Chloé – regardait le duc bouche bée. Elle ne s'attendait manifestement pas à une telle tirade.

Une serveuse de taverne ? Leah – l'autre Leah – avait prétendu être actrice.

Le duc se tourna vers Julianne.

— Vous avez déjà fait beaucoup pour notre famille, ma chère. Laissez-moi régler cette histoire déplaisante.

C'était une façon polie de la congédier. Julianne était si désarçonnée par la tournure des événements qu'elle s'exécuta bien volontiers.

Au moment de quitter la pièce, elle se demanda quelles motivations pouvaient pousser quelqu'un à se faire passer pour une malheureuse ayant donné le jour à une enfant illégitime...

22

La réputation de la taverne du Lièvre n'était guère brillante, mais ce n'était pas non plus un établissement sordide, comme il y en avait beaucoup à Londres. Vêtu d'un manteau usé, ses vieilles bottes aux pieds, Michael descendit du fiacre et pénétra dans l'établissement. La salle était à moitié pleine, le patron servant lui-même ses modestes clients. Un nuage de fumée de tabac flottait sous le plafond, donnant à l'ensemble une impression de décor embrumé.

Michael doutait fort d'apprendre quelque chose d'intéressant, mais son métier s'avérait parfois fastidieux. Ces dernières semaines, il avait rencontré plusieurs informateurs sans rien apprendre de nouveau sur Roget.

Et cette fois, il n'était même pas sûr que Roget fasse partie de l'histoire.

Il choisit une table dans un coin discret. Dès que le patron s'approcha, il lui dit :

— Je vais prendre une bière, mais je voudrais aussi un conseil.

Le patron était un homme massif, avec une barbe broussailleuse et des yeux enfoncés dans leurs orbites. Il s'esclaffa.

— La bière, je peux vous la fournir. Pour ce qui est du conseil…

— On m'a dit qu'ici, je pouvais rencontrer quelqu'un susceptible de me rendre service, le coupa Michael. Je suis sûr que vous comprenez ce à quoi je fais allusion.

— Ne soyez sûr de rien, répliqua l'homme. Je vous apporte votre bière.

Michael était familier de ces petits jeux. Aussi attendit-il tranquillement que le patron décide ou non de lui faire confiance.

Ce dernier revint peu après, avec une pinte de bière.

— Que voulez-vous, exactement ? demanda-t-il tandis qu'il se penchait pour poser la pinte sur la table.

— Nous avons un ami commun. Everett.

C'était le nom du tueur à gages que Lawrence et Antonia avaient terrorisé pour lui soutirer des renseignements.

— Oui, je le connais, acquiesça le patron, sans s'engager davantage.

— Et je sais le genre de services qu'il rend, reprit Michael. J'aimerais savoir si vous l'avez vu récemment en compagnie d'une femme. Une rousse, à ce qu'on m'a dit.

Le patron avait laissé son poing posé sur la table.

— Pourquoi j'irais me rappeler ça ?

— Parce que leur rendez-vous s'est déroulé dans votre établissement. Je suis convaincu que rien ne vous échappe.

Cette dernière remarque fut récompensée d'un hochement de tête.

— Que pouvez-vous me dire au sujet de cette femme ? insista Michael. J'ai de l'argent sur moi, mais il ne finira dans votre poche que si l'information en vaut la peine.

Au cours de sa carrière, il avait traité avec toutes sortes d'interlocuteurs. Celui-ci semblait disposé à parler sans grande difficulté.

Le patron hésita un moment, avant de murmurer :

— J'ai un petit salon privé, à l'arrière. Il est vide.

Michael prit sa bière avec lui et suivit l'homme vers l'arrière-salle. Bien qu'il répugnât à l'admettre, il devait un fier service à Lawrence.

Un quart d'heure plus tard, il ressortit de la taverne du Lièvre nanti d'une description plus précise de la femme qui voulait sa mort. Mince, de taille moyenne et, détail intéressant, c'était une lady. Le patron avait été formel sur ce point : elle lui avait paru aussi déplacée, dans le décor de son établissement, qu'une catin de Whitechapel dans un couvent de nonnes. C'était sa façon de s'exprimer qui l'avait trahie.

Michael avait appris un autre détail utile : la chevelure rousse était une perruque. Là encore, le patron était prêt à le jurer. Mais il n'avait pas été étonné que la femme ait préféré cacher ses véritables traits, puisqu'elle était venue recruter un tueur à gages.

Que Dieu bénisse les patrons de tavernes observateurs, songea Michael en quittant l'établissement pour regagner le fiacre qui l'attendait.

Trois agressions contre lui avaient déjà échoué. La fausse rousse devait commencer à perdre patience. Tandis qu'il profitait de la discrétion du fiacre pour remettre une cravate, changer de chaussures et de manteau pour des vêtements plus dignes de lui, Michael cherchait désespérément qui pouvait être cette femme. Et il finit par avoir une idée.

Oui, il existait une femme susceptible de nourrir du ressentiment contre lui.

Ce n'était pas une ancienne maîtresse, comme l'avait soupçonné Antonia. En tout cas, Michael ne voyait pas qui, parmi les femmes avec lesquelles il avait couché, pourrait lui en vouloir au point de recruter un tueur à gages.

La femme en question était l'ancienne maîtresse de Roget. L'ennui, c'est qu'elle avait pris un bateau quelques mois plus tôt. Pour autant que Michael fût bien informé, elle ne se trouvait donc plus en Angleterre.

Le fiacre s'arrêta devant son club. Il descendit, paya la course et s'engouffra dans l'immeuble, l'esprit toujours préoccupé par ce mystère. Plus il y réfléchissait, plus il lui semblait évident que les trois agressions avaient été commanditées par une personne habituée aux intrigues et familière des changements d'identité.

Peut-être aurait-il dû prendre Alice Stewart plus au sérieux. Il était à peu près sûr qu'elle avait tué au moins deux personnes, et il avait la certitude qu'elle avait participé à plusieurs enlèvements. Cependant, il n'avait pas voulu user de violence contre elle. Dès qu'elle lui avait livré les informations qu'il désirait, Michael l'avait laissée filer hors d'Angleterre. En outre, ses supérieurs tenaient à la discrétion. Déférer une femme devant le tribunal – surtout une femme espion – aurait fait trop de bruit.

Il l'avait donc relâchée.

Mais il se demandait maintenant s'il n'avait pas commis une grave erreur.

— Bonsoir, milord, l'accueillit le majordome, qui se précipita pour prendre son manteau. Nous sommes toujours ravis de vous voir.

— Merci, Phillip. Lord Altea serait-il là, par hasard ?

— Oui, milord. À sa table habituelle.

Parfait. Michael aimait parfois formuler ses hypothèses à haute voix, et Luke était l'oreille tout indiquée, car il avait une assez bonne connaissance du dossier.

À l'approche de Michael, son ami leva les yeux du journal qu'il lisait. Son regard était curieux. Et en guise de salutation, il demanda :

— C'est vrai, cette histoire ? Tu t'es fait tirer dessus hier après-midi ?

Enfer et damnation. Michael avait complètement oublié le valet serviable qui avait surgi de chez lady Armington pour lui proposer son aide. Un marquis se faisant tirer dessus dans Mayfair constituait un événement qui ne pouvait passer inaperçu.

Il se laissa choir dans un fauteuil.

— Ai-je l'air de quelqu'un de blessé ?

Luke replia son journal et le posa sur la table, sous le nez de Michael.

— Non, concéda-t-il. Mais avec toi, on ne sait jamais. Il n'y a pas si longtemps, tu as reçu un coup de poignard et ça ne se voyait pas davantage.

Le marquis était-il visé ? pouvait lire Michael dans le journal. *Nous avons appris qu'un certain lord L. a été victime d'une blessure par arme à feu, hier après-midi, alors qu'il marchait dans l'une des rues les plus cossues de Mayfair. Toute la question est de savoir s'il s'agissait d'un accident, ou si le marquis était bel et bien la cible du tireur.*

Plus vite Michael en informerait Julianne et mieux cela vaudrait, à présent. Mais, au lieu de commenter l'article, il demanda :

— Que penses-tu d'Alice Stewart ?

Luke plissa un instant les yeux.

— La cousine de ma femme ? Elle a voulu utiliser mon beau-fils comme monnaie d'échange pour fuir l'Angleterre, après avoir essayé d'humilier publiquement mon épouse. Autant dire que je la déteste.

La question de Michael avait été de pure forme. Il se souvenait très bien de l'incident.

— J'ai toujours pensé qu'elle était l'associée de mon ennemi juré.

— Roget ?

— Lui-même.

— Peux-tu m'en dire plus ?

— Pas à propos de lui. Mais je m'interroge sur Mme Stewart. Ta femme n'a plus de nouvelles d'elle ?

— Non. Madeline la déteste également. Si Alice Stewart cherchait à la contacter, j'en serais immédiatement averti.

— Je commence à me demander si elle n'est pas derrière les agressions dirigées contre moi.

Un serveur arriva avec leurs consommations. Luke attendit qu'ils soient de nouveau seuls pour répondre :

— Comment cela ? Je croyais qu'elle avait quitté l'Angleterre ?

— Oui. L'un de mes collègues l'a vue embarquer à bord d'un bateau pour les Indes. La traversée prend des mois. Mais l'homme qui m'a tiré dessus hier a été engagé par une femme. Si je dois dresser la liste des femmes qui pourraient vouloir se venger de moi, elle occupe la première place.

— Mais un océan est supposé vous séparer.

— Je me méfie des suppositions.

Luke se passa une main dans les cheveux.

— Alice avait aussi une dent contre Madeline. Ton hypothèse m'inquiète donc beaucoup. Comment pourrais-je t'aider ?

Michael s'était fait tirer dessus ?

Comme si la journée n'avait pas déjà été assez bouleversante comme cela, il ne manquait plus que cette mauvaise nouvelle pour assombrir un peu plus l'humeur de Julianne.

La jeune femme secoua la tête et regarda sa mère.

— Ce n'est pas possible. Il m'a…

Zut. Elle avait failli dire : « Il m'a portée dans l'escalier hier soir. » Ce qui n'aurait fait que provoquer d'autres questions embarrassantes, auxquelles Julianne n'avait certainement pas envie de répondre. Aussi s'empressa-t-elle de se reprendre :

— Il m'a paru en pleine forme hier soir. Le journal doit se tromper. Ils l'ont confondu avec quelqu'un d'autre.

Malheureusement, la duchesse était encore plus mauvaise actrice qu'elle. Resplendissante dans sa robe de satin bleu, elle hocha vivement la tête.

— Oui, c'est ça. Quelqu'un d'autre.

Sa mère les dévisagea toutes les deux avec un scepticisme manifeste.

— Quel autre lord L. est marquis ? Apparemment, le valet de lady Armington a été témoin de l'incident.

— Oh, alors, c'est *forcément* vrai, ironisa Julianne.

Du reste, elle nourrissait quelques soupçons, car elle n'avait pas oublié le pansement que portait Michael lors de leur nuit de noces. Pourtant, il avait assisté à la cérémonie et à la fête qui avait suivi sans paraître blessé.

Elle avait appris qu'avec lui, tous les secrets étaient possibles.

Par chance, sa mère sut habilement battre en retraite.

— Je suis heureuse que ce soit une fausse nouvelle, dit-elle. Imaginez mon horreur quand j'ai lu cela. C'est pourquoi j'ai tout de suite accouru, afin de m'assurer qu'il n'était pas gravement blessé.

— Pas du tout. Il va bien, assura la duchesse avec un sourire qu'elle voulait serein.

Mais elle avait connu quelques heures agitées, d'abord en se découvrant une petite-fille dont elle ignorait l'existence, puis en apprenant qu'une inconnue se faisait passer pour sa mère et, pour finir, en découvrant que son fils s'était fait tirer dessus.

Julianne pouvait donc difficilement la blâmer d'être quelque peu désarçonnée.

Quand sa mère fut repartie, une bonne demi-heure plus tard, elle et la duchesse se regardèrent.

— Je crois que je vais devenir folle, dit celle-ci. Que se passe-t-il soudain, dans cette maison ? Et où est Michael ?

— Je l'ignore.

— Était-il blessé, hier ?

— Je ne le crois pas, répondit Julianne avec un geste d'impuissance. Chloé a dormi avec moi. Donc, nous n'avons pas… enfin…

Elle sentit ses joues s'empourprer. La situation devenait comique.

— Je vois, fit sa belle-mère. Et cette enfant a de toute façon besoin de vous. Elle a besoin de nous tous, mais certainement pas de cette horrible femme qui prétendait être sa mère.

Julianne aurait voulu informer Michael des derniers rebondissements. Mais il était encore sorti. À présent toutefois, si le journal disait vrai, elle comprenait mieux la visite matinale de lady Antonia et du capitaine Lawrence.

— Je suis autant déboussolée que vous.

— Et le duc aussi, vous pouvez me croire, ma chère. Ce qui n'arrive pas souvent. Il est habitué à ce que règne l'ordre dans sa maisonnée.

Julianne pouvait le comprendre.

— J'avoue que mon optimisme habituel a quelque peu été ébranlé par tous ces événements.

— Le mien en sort renforcé, assura la duchesse. Je ne vous ai pas encore remerciée de ce que vous avez fait pour la fille de Harry.

— Ne me remerciez pas. J'avais très peur que vous ne soyez en colère contre moi.

La duchesse posa un bras sur l'accoudoir, l'air songeur.

— J'aurais pu l'être, si j'avais appris la nouvelle juste après la mort de mon fils. Ce fut un tel choc. Au début, je me suis demandé pourquoi vous aviez gardé secrète l'existence de Chloé, mais après réflexion, j'ai compris vos motivations.

— Comme je l'ai expliqué à Michael, si Harry ne voulait pas que vous le sachiez, je ne me sentais pas le droit de vous le dire.

— Et que pense Michael de tout cela ?

En d'autres circonstances, Julianne n'aurait sans doute pas été si franche. Mais elle confia avec un sourire :

— Il m'a demandé si j'aimais Harry.

— Ah, fit la duchesse. C'est bon signe. Et qu'avez-vous répondu ?

— Je vous dérange ?

Julianne sursauta au son de la voix de son mari. Michael entra dans le salon, de son allure de parfait gentleman, son costume tombant bien droit et sa cravate nouée à la perfection. Mais elle le trouva fatigué.

— Michael !

— Tu attendais quelqu'un d'autre ?

Elle dut résister à l'envie de se lever pour courir se jeter dans ses bras.

— Ma mère vient juste de partir.

— Je suis désolé de l'avoir manquée, répondit-il poliment. Tout va bien ?

Comment pouvait-il faire comme si de rien n'était ?

— Pas précisément, répliqua Julianne, s'obligeant au calme. Ma mère prétend avoir lu dans le journal le récit d'un accident qui te serait arrivé hier et dont tu aurais oublié de nous informer.

— Non.

— Il n'y a pas eu d'accident ?

Il eut un sourire ironique.

— Je voulais dire, non, ce n'était pas un accident. Quelqu'un m'a délibérément tiré dessus.

Julianne le regarda, bouche bée. La duchesse laissa échapper un petit cri de désarroi.

— Mère, voulez-vous bien nous excuser ? demanda Michael avec une exquise politesse. J'aimerais m'entretenir en privé avec Julianne. Julianne, si nous montions dans nos appartements ?

— Tu vas quitter Londres.

Michael se rendit compte qu'il avait formulé cet ordre un peu trop abruptement. Il commença par fermer la porte, avant de se reprendre :

— Laisse-moi te le dire autrement. Je pense que tu devrais prendre Chloé avec toi et partir pour le Kent. Fitzhugh vous accompagnera.

Julianne se dirigea vers le lit et s'assit sur le bord.

— Je te serais reconnaissante de m'expliquer ce qu'il se passe exactement. Au cas où tu ne t'en serais pas aperçu, je ne suis pas complètement idiote et j'ai déjà compris que tu travailles pour le gouvernement, d'une façon qui semble apparemment dangereuse. Le soir de nos noces, tu es resté évasif sur l'origine de ta blessure, et tu ne m'en as pas dit beaucoup plus depuis. Je n'aurai pas l'hypocrisie de prétendre que tu me dois la vérité. Après tout, je t'ai caché moi aussi quelque chose. Mais je t'aime, et je voudrais que tu partages toute ta vie avec moi, pas seulement ce que tu as bien voulu m'accorder jusqu'ici.

Aucun des dangers qu'il avait affrontés dans sa vie ne l'avait paralysé à ce point. Michael avait été capturé – deux fois – par les Français et torturé. Il avait participé à plusieurs batailles et reçu maintes blessures. Il avait même accepté l'idée qu'il pourrait mourir au service de son pays.

Mais tout cela avait été finalement très facile, en comparaison de l'épreuve qu'il affrontait maintenant.

C'est bien simple, il ne pouvait pas bouger. À peine respirer.

Voilà des semaines qu'il rêvait d'entendre cela. Mais à présent que son vœu avait été exaucé, il ne savait plus quoi faire.

Julianne attendait, les mains croisées dans son giron. Son expression était poignante.

Il s'éclaircit la voix.

— Je…

— Tu ? le pressa-t-elle.

Bon sang. Alors qu'elle était jeune et inexpérimentée, c'était elle qui menait le jeu, avec sa déclaration impromptue.

Michael inspira un grand coup.

— Je vais essayer d'être aussi honnête que possible. Il ne m'appartient pas de révéler certains secrets.

Aurait-elle paru déçue, il serait tombé à genoux pour l'assurer de sa dévotion.

Mais elle ne semblait pas l'être.

Peut-être le connaissait-elle beaucoup mieux qu'il ne l'imaginait.

— Cet après-midi, dit-elle, une femme prétendant être la mère de Chloé est venue me voir. J'ignore comment sa visite s'est terminée, car ton père est arrivé et il m'a demandé de les laisser. Mais ce n'était pas la femme à qui je donnais habituellement l'argent.

Un mauvais pressentiment accabla Michael.

— Que t'a-t-elle dit exactement ? Essaie de te souvenir, c'est très important.

Julianne lui expliqua ce qu'elle avait cru comprendre du discours incohérent de sa visiteuse, à savoir qu'elles étaient deux complices pour lui soutirer l'argent.

Cette histoire était déjà en soi très étrange. Et Michael avait appris à ne pas croire aux coïncidences. Or, il relevait maintenant de drôles de coïncidences.

La première agression manquée contre lui s'était déroulée au lendemain de l'annonce officielle de ses fiançailles. C'était à peu près à cette époque que Julianne avait reçu des menaces de chantage qui l'avaient obligée à payer pour Chloé.

Le puzzle commençait à s'assembler, pièce par pièce.

Il s'approcha de la jeune femme, pour la faire se relever et l'embrasser passionnément. Le désir coulait dans ses veines, mais il ressentait plus que du désir. Un sentiment d'appartenance mutuelle. Julianne lui appartenait, comme il appartenait à Julianne.

Sa décision était prise. Quand il aurait résolu cette histoire, il la rejoindrait dans le Kent. Les nécessités de son travail l'avaient jusqu'ici retenu la plupart du temps à Londres, mais l'Angleterre pourrait bien se passer un moment de ses services. L'automne était toujours magnifique à la campagne, et il se voyait déjà faire visiter la contrée à Julianne par de grandes chevauchées à travers champs et des pique-niques au bord des rivières.

Quand, pour la dernière fois, avait-il tout simplement apprécié le bonheur de vivre ? Son mariage l'incitait à réviser ses priorités, et il trouvait beaucoup moins urgent de risquer sa tête pour la Couronne maintenant qu'il avait une femme et même une fillette. Désormais, Julianne et Chloé passaient avant tout le reste.

— Sonne ta cameriste et fais tes bagages, dit-il, lui caressant la joue. Tu partiras demain matin. Ne t'inquiète de rien, chérie, je m'occupe de tout.

Il devait parler d'urgence à son père. Peut-être aussi prévenir Charles. Il tournait déjà les talons, malgré ses réticences à quitter les bras de Julianne, quand la jeune femme le cloua sur place :

— Tu ne m'avais encore jamais appelée « chérie ».

Il se retourna. Son regard exprimait... quoi ? du triomphe ? de l'espoir ?

Michael se souvint qu'elle était jeune. Et idéaliste. Elle croyait à l'amour. Elle s'était persuadée de l'aimer...

Après toutes les atrocités auxquelles il avait assisté, il n'était pas sûr de pouvoir renouer avec une vision idyllique du monde. Mais, pour Julianne, il était prêt à essayer.

— Je m'occupe de tout, répéta-t-il.

Et il partit vers la porte.

Elle l'ignorait, mais il n'avait jamais appelé aucune femme « chérie ».

23

La pluie s'était mise à tomber. Une fois de plus. Lawrence avait beau être natif de Manchester, il ne s'habituerait jamais au climat de l'Angleterre. Il suffisait d'avoir navigué en Méditerranée ou, mieux encore, dans la mer des Caraïbes, pour devenir un dévot des ciels bleus et des plages écrasées de soleil. Au gré de ses traversées, il avait découvert des petites îles paradisiaques aux baies ourlées de cocotiers.

Jusqu'à ce jour funeste où il avait croisé la route d'un vaisseau corsaire français. Il s'était retrouvé enchaîné et forcé de travailler pour Bonaparte s'il voulait rester en vie.

Mais les Français ignoraient qu'il était sorti du ruisseau à la force du poignet. Lawrence connaissait plus d'une ruse. En même temps qu'il servait le petit Corse, il s'était ingénié à le trahir.

Aujourd'hui, il n'était pas certain qu'il aimerait refaire le même parcours. Mais il ne regrettait rien. Parce qu'il ne croyait pas aux regrets.

De ce point de vue, Antonia et lui étaient faits pour s'entendre, songeait-il alors qu'il remontait le col de son manteau pour se prémunir de la pluie.

Mais dans l'immédiat, plutôt que de penser à Antonia, il devait s'assurer qu'il n'avait pas commis une grossière erreur.

Peut-être que si. Car après être rentré à la maison et avoir accroché son manteau, il découvrit la gouvernante, Mme Purser, qui l'attendait.

— Je suis contente que vous soyez de retour, monsieur Lawrence. Milady a un visiteur, et elle vous demande de les rejoindre tout de suite.

Lawrence se doutait que le personnel d'Antonia devait s'interroger sur leur relation et ne savait pas trop quelle déférence lui témoigner. La plupart des soubrettes l'appelaient « monsieur », mais Mme Purser, qui était plutôt puritaine, l'amusait en reniflant avec désapprobation chaque fois qu'ils se croisaient dans un couloir – ce qui arrivait souvent, la maison n'étant pas immense. De toute évidence, elle le soupçonnait de partager le lit de lady Taylor.

— Dans le salon ? demanda-t-il, sortant son mouchoir pour s'essuyer le visage.

Il n'était pas vraiment habillé pour recevoir un visiteur mais, à sa défense, aucune visite n'était prévue aujourd'hui.

— Dans le bureau de lord Taylor.

Antonia ne recevait pas n'importe qui dans le bureau de son ancien mari.

Longhaven.

Lawrence s'était demandé combien de temps s'écoulerait avant qu'il ne revoie le marquis.

Comme d'habitude, son rival était très séduisant, même en pantalon marron, chemise blanche et veste sombre. Il avait pris place derrière le bureau, dans le fauteuil de lord Taylor, comme s'il était ici chez lui, ce qui ne manqua pas d'irriter Lawrence. Antonia était déjà habillée pour sortir ce soir. Sa robe couleur rubis s'harmonisait parfaitement avec sa peau olivâtre et ses cheveux aile-de-corbeau. Sa beauté fatale d'Espagnole fascinait toujours autant Lawrence.

L'ennui, c'est qu'elle jeta sur lui un regard soupçonneux.

Mauvais, ça, très mauvais, se dit-il. Il a dû arriver quelque chose.

— Bonsoir, lança-t-il depuis le seuil de la pièce. Vous vouliez me voir ?

— Je me demandais, commença le marquis de Longhaven d'une voix nonchalante, si Mme Stewart était bien partie pour les Indes. Il est certes possible qu'elle ait réellement embarqué, auquel cas mes soupçons seraient infondés. Mais plus j'y pense, et plus elle me paraît être la candidate idéale pour souhaiter ma mort.

Longhaven n'avait jamais été idiot. Il le prouvait une fois de plus.

Lawrence pénétra dans la pièce et ôta ses gants.

— Elle est supposée avoir quitté le pays, dit Antonia d'une voix glaciale. Mais peut-être nous trompons-nous ?

Le feu, dans la cheminée, fumait un peu, mais c'était le cadet des soucis de Lawrence. Il choisit un fauteuil et s'assit.

— J'ai l'impression d'être coupable de quelque chose. Expliquez-moi quoi.

— C'est très simple. Alice Stewart, dont nous savons tous les trois qu'elle était une amie très proche de Roget, a-t-elle ou non pris ce bateau pour les Indes ? Tu étais censé l'avoir vue embarquer.

— Ah oui, la néfaste Mme Stewart. Je me souviens de l'incident.

Lawrence n'aurait pas su dire pourquoi il cherchait à gagner du temps.

— Dans ce cas, vous n'aurez pas de difficulté à répondre à la question, répliqua Michael Hepburn.

Lawrence aurait pu mentir. Ce ne serait pas la première fois de sa vie. Mais mentir dans l'absolu et mentir à Longhaven étaient deux choses différentes. Et puis, il n'avait pas envie de se parjurer devant Antonia.

Cependant, il ne souhaitait pas davantage s'expliquer.

Le dilemme était bien embarrassant.

Alors, il botta en touche.

— Elle a pris un bateau. Et j'ai vu ce bateau appareiller.

— Mais sa destination était-elle l'Inde ?

— Pourquoi pensez-vous qu'elle puisse être derrière ces agressions ?

— Je pense également qu'elle a trouvé le moyen de s'introduire chez moi en se faisant passer pour quelqu'un d'autre.

— Comment cela ? s'enquit Lawrence, qui n'ignorait pas qu'il n'avait toujours pas répondu à la question qui lui avait été posée.

— Les détails sont inutiles.

— Toute bribe d'information est utile, objecta Lawrence.

— Dans ce cas, disons que je ne souhaite pas donner de détails.

Il fallait être né dans l'aristocratie pour se permettre d'employer un ton aussi cinglant. Lawrence ne pouvait s'offrir ce luxe. Mais il n'était pas disposé à se laisser humilier.

— Si vous voulez poursuivre cette conversation, mettons-nous sur un pied d'égalité. Répondez à mes questions et je répondrai aux vôtres.

Longhaven eut l'élégance de ne pas lui faire remarquer qu'ils n'avaient jamais été égaux. Du moins, du point de vue du statut social.

— D'accord, dit-il. J'ai toujours eu confiance en vous – enfin, dans la mesure où je peux avoir confiance en quelqu'un. Mon épouse a été contactée par une femme qui prétendait être la mère de l'enfant illégitime de mon frère décédé. Inutile de préciser qu'elle réclamait de l'argent. L'histoire est un peu compliquée mais, pour simplifier, il semblerait que la vraie mère de l'enfant ne soit pas la femme à qui mon épouse versait l'argent. Il s'agirait donc, en apparence, d'une complicité de chantage. Mais, à la lumière des récents événements, j'en viens à me demander si la cupidité est le seul motif.

Lawrence s'inquiétait exactement de la même chose.

— Pourquoi Mme Stewart serait-elle suspecte ?

Antonia bondit soudain de son fauteuil. Ses yeux lançaient des éclairs.

— Je suis fatiguée de vos petits jeux ! Parlez-vous franchement, pour une fois ! Maintenant qu'il t'a dit ce que tu voulais savoir, réponds à sa question, Lawrence. Cette femme est-elle partie pour les Indes ?

Bien sûr, en parfait gentleman, Longhaven se leva à son tour, puisque Antonia était debout.

Lawrence n'était pas si raffiné. Il resta assis.

— Ta requête sonne comme une accusation, ma chère Antonia. J'ignore si Mme Stewart est notre coupable, mais non, elle n'est pas partie pour les Indes.

Longhaven ne parut pas surpris.

— Où se rendait son bateau ?

— En France.

— Ah.

— Qui voudrait aller là-bas ? cracha Antonia avant d'ajouter, en espagnol, un juron qui n'était guère flatteur pour ce pays.

L'immense majorité des Français n'était pas responsable des exactions commises en Espagne par les armées napoléoniennes, mais il était inutile de vouloir raisonner Antonia. Quand elle haïssait, elle haïssait passionnément.

Et quand elle aimait, elle aimait avec la même intensité.

Lawrence désirait par-dessus tout qu'elle l'aime.

— Eh bien, par exemple, quelqu'un qui souhaiterait revenir rapidement en Angleterre, répondit Longhaven. La traversée ne prend pas beaucoup de temps. Comment a-t-elle pu vous convaincre ?

La question était posée sur le ton de la conversation, mais Lawrence n'était pas dupe.

Il devrait jouer serré.

— Comment vous a-t-elle convaincu de ne pas l'emprisonner ? rétorqua-t-il.

Longhaven esquissa un sourire.

— Vous étiez là. Elle m'a livré des renseignements sur Roget.

— Pas beaucoup. Juste qu'il se trouvait en Angleterre. Mais pour le reste, elle ne vous a rien dit.

— Au contraire. Elle m'a appris que Roget était un Anglais.

En effet, elle avait dit cela. Mais elle avait refusé de dévoiler son identité – même sous la menace d'un emprisonnement, voire de l'échafaud.

— Nous donner son vrai nom aurait été plus utile, fit valoir Lawrence. En vérité, je crains qu'elle ne vous ait pas beaucoup aidé, milord.

Longhaven se frotta le menton.

— Je n'étais pas sûr qu'elle connaissait son vrai nom. C'est en partie pour cela que je l'ai finalement relâchée.

— J'aurais pu lui arracher davantage d'informations, assura Antonia avec conviction. Vous, les hommes, vous êtes trop tendres quand il s'agit d'interroger une femme. Si elle avait passé quelques minutes avec moi, elle aurait parlé, vous pouvez me croire.

— Peut-être, concéda le marquis avec une pointe d'amusement dans la voix. Mais je ne voyais pas l'utilité d'être aussi sanguinaire. Et la torture ne figure pas à mon registre. De toute façon, elle voulait quitter l'Angleterre. Maintenant, Lawrence, puis-je réitérer ma question ? Pourquoi l'avez-vous laissée embarquer pour la France au lieu de suivre le plan choisi ?

— Les larmes d'une femme peuvent déplacer des montagnes.

La réponse de Lawrence était évasive, et cependant exacte – même si ce n'était pas la vraie raison pour laquelle il avait laissé Alice partir pour la France.

— Alice Stewart sanglotait à l'idée de se retrouver à l'autre bout du monde, ajouta-t-il. Elle prétendait que les Indes la terrifiaient. Et je l'ai crue. Après tout, elle avait déjà passé plusieurs années en France, et elle savait qu'elle risquait d'être pendue si elle revenait en Angleterre. Je n'ai pas imaginé un seul instant que c'était pourtant ce qu'elle ferait.

— Moi, je ne pleure jamais, commenta Antonia.

Elle s'empara de la bouteille de bordeaux et remplit son verre. Le vin était de la même couleur rubis que sa robe.

— Pourquoi irais-tu pleurer ? rétorqua Lawrence. Tu peux déplacer des montagnes sans verser une seule larme.

Cependant, elle mentait. Il l'avait entendue pleurer une ou deux fois, en pleine nuit. Pas des vrais sanglots, bien sûr, elle ne se le permettrait pas. Mais des pleurs étouffés, qui laissaient deviner un tel chagrin que Lawrence avait dû prendre sur lui pour ne pas l'attirer dans ses bras et la consoler.

Il était prêt à mourir pour la protéger. Et il donnerait même volontiers sa vie si cela pouvait effacer son chagrin. Mais c'était impossible. Le passé était le passé. Tout ce qu'il pouvait lui offrir, c'était un avenir.

À condition qu'elle le veuille bien, maintenant qu'il avait mis son précieux Longhaven en danger, même si c'était par inadvertance. Il disait vrai : il n'aurait jamais pensé qu'Alice remettrait les pieds en Angleterre.

— Savez-vous comment la trouver ? lui demanda le marquis.

— Non, répondit-il. Mais je sais par où commencer nos recherches.

— C'est-à-dire ?

— Où est votre femme ?

Depuis qu'il connaissait le marquis, il l'avait toujours vu réagir à toutes les situations avec le même sang-froid imperturbable. Mais cette fois, Lawrence aurait juré qu'il avait légèrement pâli.

— Elle a accepté une invitation pour le bal des Marston. Mes parents doivent également s'y rendre. Je leur ai promis de les rejoindre plus tard. Demain, je l'envoie dans notre manoir familial du Kent. Elle y sera plus en sécurité qu'à Londres.

— Il n'y a de sécurité nulle part, milord, répliqua Lawrence.

Et il savait de quoi il parlait.

La petite Chloé s'était endormie avant leur départ, mais Julianne ne put résister à l'envie de s'approcher de son lit sur la pointe des pieds pour lui caresser les cheveux. Bryn lui sourit. La jeune nurse était déjà habillée pour se coucher, ne portant qu'un simple châle sur sa chemise de nuit.

La nursery disposant de plusieurs chambres, Julianne en avait choisi une donnant sur le jardin et qui profitait ainsi du soleil matinal. Des tableaux aux murs représentaient des scènes champêtres, avec des lapins ou des agneaux gambadant dans les prés. Chloé les avait contemplés avec fascination, sa précieuse poupée serrée dans ses bras. Puis elle avait souri.

C'était un début.

La duchesse craignait qu'elle ne soit muette, mais Julianne refusait pour l'instant d'y croire. Elle n'était pas médecin, mais elle soupçonnait que le silence de la fillette relevait d'un réflexe défensif. Chloé cherchait instinctivement à se protéger. Aussi Julianne espérait-elle qu'elle se mettrait à parler dès qu'elle serait installée dans le confort et la sécurité de sa nouvelle vie.

Pour le moment, Julianne se satisfaisait amplement de ce sourire de pur ravissement qui avait éclairé son visage.

— Si vous pensez qu'elle a besoin de moi, vous pouvez la conduire dans ma chambre, dit-elle à la nurse. Nous ne rentrerons pas très tard.

— Ne vous inquiétez pas, milady, tout ira bien, assura Bryn avec son léger accent. Je vais dormir ici, avec elle. Profitez bien de votre soirée.

— Merci, répondit Julianne, qui quitta la chambre de la fillette pour descendre au rez-de-chaussée.

Rutgers s'était montré une fois de plus très efficace : Bryn remplissait son rôle à merveille. Elle avait paru enchantée de partir à la campagne – du moins, pour quelques semaines. Julianne ne s'opposait pas non plus à ce départ imprévu. Elle ignorait quels étaient exactement les plans de Michael, mais elle voulait bien quitter Londres le temps qu'il règle l'affaire Leah. Les étranges événements de ces derniers jours avaient évidemment pesé dans la balance.

Et, parmi ces événements, elle incluait le baiser qu'il lui avait donné après qu'elle avait avoué son amour pour lui.

Elle était convaincue qu'il ne s'était pas agi d'un artifice de séduction. Ni même d'une simple pulsion charnelle. Elle avait perçu de l'émotion sous son étreinte impétueuse.

— Vous êtes très en beauté, ma chère, lui lança le duc alors qu'elle pénétrait dans le vestibule.

Lui-même était impressionnant, en habit de soirée noir, et la duchesse resplendissait dans sa robe de satin émeraude. Un diadème devant coûter une petite fortune couronnait son chignon.

— Merci.

Julianne aurait aimé que Michael soit là pour les accompagner, mais elle put constater que le fidèle Fitzhugh se rendrait lui aussi à la soirée, déguisé en valet de pied. Sa livrée était impeccable et il ouvrit la portière du véhicule avec un grand sourire. Elle comprit qu'il ne la quitterait pas d'une semelle jusqu'à son départ pour la campagne, où il la suivrait d'ailleurs. La situation était-elle vraiment si dangereuse que cela ?

La question était ridicule. Michael s'était fait agresser plusieurs fois.

— Je vois que vous ne manquez pas de cordes à votre arc, Fitzhugh, dit-elle alors qu'il l'aidait à monter en voiture.

— Merci, milady.

— J'ai cru comprendre que vous veniez aussi dans le Kent ?

— J'espère que cela ne vous déplaît pas trop, milady.

Julianne sourit.

— Je crois que je commence à m'habituer à votre présence.

24

Michael avait bien fait de solliciter de l'aide, se félicitait-il alors que le fiacre roulait sur les pavés mouillés. Car Luke avait pu lui donner l'adresse de la dernière résidence londonienne connue de Mme Stewart. Elle n'y habitait plus, mais avec des arguments persuasifs – une pièce d'or –, l'agent immobilier chargé de louer l'appartement avait consenti à révéler l'adresse où il expédiait le montant du loyer.

À présent, Michael avait un but. Mais il nourrissait aussi un mauvais pressentiment.

L'adresse en question correspondait à la maison jusqu'à laquelle Fitzhugh avait suivi Julianne. Celle-là même où son épouse s'était rendue plusieurs fois pour voir Chloé.

Désormais, il était convaincu qu'Alice avait découvert le secret de Harry et qu'elle s'en était servie pour atteindre Julianne.

Le doute n'était plus permis : les agressions dont il avait été victime et le chantage étaient liés.

Et le lien s'appelait Alice Stewart.

— Bon sang, marmonna-t-il. Pourquoi n'ai-je pas un homme pour adversaire ?

Assis en face de lui, Lawrence hocha la tête.

— Oui, ce n'est pas la même chose. Elles raisonnent différemment de nous. Cette Mme Stewart a trouvé un astucieux moyen pour s'approcher de votre femme. Chaque fois que lady Longhaven rendait visite à la fillette, elle était en danger sans le savoir. Tout le monde ignorait où elle se trouvait et Alice Stewart aurait pu choisir librement le moment de frapper. Je pense qu'elle attendait que votre femme tombe enceinte. Ainsi, sa vengeance aurait été encore plus terrible.

Michael ferma brièvement les yeux. Cette éventualité lui glaçait les sangs.

— Roget ne peut pas être derrière cette affaire, continua Lawrence. Trop de maladresses se sont enchaînées. Probablement parce que Mme Stewart ne voulait pas qu'on puisse suspecter qu'elle était revenue en Angleterre, ce qui limitait ses moyens. D'ailleurs, son chantage est à mes yeux la preuve qu'elle manquait d'argent. Elle est obligée en outre de se cacher de deux hommes très dangereux : vous, mais aussi Roget. Car elle ne voulait sans doute pas risquer de le trahir en s'approchant de lui. Je parierais qu'il ignorait son retour autant que vous.

Michael sortit son pistolet de sa poche, le vérifia et le remit en place.

— Je m'interrogeais dès le début sur la nature de la menace. Ce n'était pas assez… professionnel.

— En effet, acquiesça Lawrence avec un sourire ironique. Vous êtes un bon agent, Longhaven, mais si Roget avait vraiment voulu vous tuer, vous n'auriez pas pu lui échapper, croyez-moi.

— Nous devons absolument la trouver, dit Michael.

Londres était une grande ville, mais après avoir traqué l'ennemi en territoire étranger, dénicher Alice Stewart ne lui semblait pas une tâche insurmontable. D'autant qu'il disposait maintenant d'une piste.

— Si vous avez raison, ce que je pense, elle ne pourra pas nous permettre de localiser Roget.

— Cet homme est un fantôme, murmura Lawrence. Oubliez-le.

— Si Roget croisait le chemin d'Antonia, il deviendrait vite un fantôme, c'est sûr.

— Oui. Elle perd toute raison dès qu'il s'agit de lui.

— C'est vrai.

Michael avait déjà essayé de la convaincre qu'aucune preuve ne permettait de relier Roget au massacre de sa famille, mais c'était peine perdue. Antonia s'était persuadée du contraire. Roget était certes un ennemi, mais Michael ne le haïssait pas comme Antonia.

Il préférait se concentrer sur des émotions beaucoup plus agréables.

— *Je t'aime et je voudrais que tu partages toute ta vie avec moi, pas seulement ce que tu as bien voulu m'accorder jusqu'ici.*

Michael n'avait jamais entendu déclaration aussi sincère. Un baiser passionné n'était pas la même chose qu'une réponse verbale, mais il n'avait pu faire mieux. Cependant, il était convaincu que Julianne l'avait compris.

C'était sans doute là ce qu'un homme pouvait désirer de plus beau dans sa vie. Michael avait connu de nombreuses jolies femmes – à commencer par Antonia – mais aucune ne ressemblait à Julianne.

Elle lui apportait un sentiment de sérénité. Et de plénitude. Tout cela était si nouveau, pour lui, qu'il n'y était pas encore habitué. Il savait plus facilement se débrouiller du malheur que du bonheur.

— La maison n'est pas allumée, remarqua-t-il alors que le fiacre s'immobilisait. Il est possible qu'elle ne soit pas là, mais restons tout de même sur nos gardes. Cette femme est dangereuse. Elle a déjà tué.

— Moi aussi, rétorqua tranquillement Lawrence tandis qu'il descendait du véhicule.

C'était une belle cohue, mais comme l'air avait fraîchi, la salle de bal restait respirable et l'orchestre viennois était le même qui avait joué la semaine dernière au palais royal. Les invités virevoltaient sur le parquet au rythme des valses qui se succédaient.

Michael n'était toujours pas là, et pour l'heure Julianne dansait au bras d'un jeune homme qui la couvait du regard. Malgré la foule – toute la bonne société était présente –, elle n'aurait pas pu manquer son arrivée, car elle jetait régulièrement des coups d'œil en direction de la porte. En revanche, lady Taylor assistait au bal. Julianne l'avait aperçue tout à l'heure, valsant avec un jeune cavalier très blond. Leurs chevelures contrastaient si fort qu'ils formaient un couple détonnant.

Julianne était donc rassurée sur un point : Michael n'était pas retenu par son ancienne maîtresse.

En réalité, elle n'était pas vraiment jalouse. Pourtant, même si elle n'en avait pas eu la confirmation, elle savait que Michael et Antonia avaient été amants autrefois, et que lady Taylor n'avait pas complètement tourné la page sur cette liaison. Mais pour ce qui était de Michael...

Julianne ignorait ce qu'il ressentait exactement, mais lady Taylor ne se serait pas montrée aussi jalouse d'elle s'ils avaient poursuivi leur relation. Et puis, c'était peut-être de l'innocence de sa part, mais elle n'imaginait pas Michael tromper sa femme. Ce n'était pas son genre – ce qui le distinguait de la plupart des autres gentlemen.

— Lady Longhaven ? l'interpella une soubrette en robe noire et tablier blanc, alors que la musique venait de cesser. Je suis désolée de vous déranger, mais votre mari vient d'arriver et il souhaite vous parler. Voulez-vous bien me suivre ?

Dieu soit loué. Il était sain et sauf.

Julianne gratifia son cavalier d'un sourire et suivit la domestique aux cheveux noirs.

L'intensité de son soulagement lui fit comprendre qu'elle s'était follement inquiétée. C'était normal, du reste, puisque quelqu'un avait essayé de le tuer. Au moins à deux reprises, mais connaissant son mari et son goût du secret, elle soupçonnait d'autres tentatives.

Cela l'effrayait, bien sûr, car même si Michael dégageait une aura d'invincibilité, personne n'était immortel. D'ailleurs, il avait été blessé les deux fois.

La soubrette l'entraîna dans un couloir dallé de marbre beaucoup plus calme que la salle de bal. Au début, Julianne fut heureuse d'échapper à la foule et au bruit. Mais au bout du couloir, elles tournèrent dans un autre couloir, puis dans un autre encore.

Julianne finit par s'impatienter.

— Où se trouve mon mari ?

— Il n'était pas habillé pour la réception, aussi il vous demande de le rejoindre dans la bibliothèque de sir Benedict.

C'était la vérité : quand il avait quitté la maison, Michael n'était pas habillé pour se rendre à une soirée. En revanche, elle ignorait qu'il fût assez ami avec sir Benedict pour user de sa bibliothèque. Elle était encore loin de tout connaître de son mari.

La soubrette ouvrit enfin une porte et s'effaça pour la laisser passer.

— Michael ? appela la jeune femme, pénétrant dans la pièce.

Mais celle-ci semblait déserte. Et une seule lampe était allumée, permettant tout juste d'entrevoir les rayonnages couverts de livres.

La porte se referma à l'instant où Julianne se retourna.

La soubrette brandissait un pistolet pointé sur elle. Elle lui sourit avec un mouvement de tête familier.

— Vous vous souvenez de moi ? dit-elle.

Et sa voix n'avait plus rien de déférent.

Oui. Julianne se souvenait d'elle. Les cheveux n'étaient plus roux, mais elle reconnaissait à présent le visage. C'était la femme qui s'était fait passer pour la mère de Chloé.

Michael aurait intérêt à la féliciter.

Antonia avisa la porte fermée, colla un instant son oreille au battant et réfléchit à la manière dont elle devait intervenir.

Il fallait une femme pour comprendre une autre femme.

Antonia tourna doucement la poignée et entrouvrit la porte de quelques millimètres. Par chance, les gonds étaient bien huilés et son geste ne provoqua aucun grincement.

Ah. Mme Stewart avait un pistolet.

Mais ce n'était pas un problème. Antonia était elle aussi armée.

Cependant, cette femme était dangereuse. Elle avait réussi à duper Michael et Lawrence. Antonia aurait donc tort de la sous-estimer.

Et elle lui révélerait peut-être comment trouver Roget.

— ... ce n'était malheureusement pas prévu. Le temps était exécrable et j'ai été retenue à Reading à cause de l'état des routes.

— C'était malheureux pour vos plans, ou pour une fillette apeurée et livrée à elle-même ? rétorqua lady Longhaven avec dédain.

— Comment pouvais-je deviner que sa mère ne rentrerait pas comme promis ?

Par l'entrebâillement de la porte, Antonia pouvait voir lady Longhaven serrer les poings, sans doute pour masquer le tremblement de ses mains. Mais elle relevait fièrement le menton.

— De toute façon, ce n'était pas la mère idéale, répliqua-t-elle, puisque vous aviez réussi à la convaincre de se servir de sa fille pour faire du chantage.

Antonia devait s'avouer qu'elle éprouvait une certaine admiration pour la femme de Michael. Julianne Hepburn n'avait sans doute jamais affronté la mort d'aussi près.

Mais c'était comme faire l'amour : il y avait toujours une première fois.

La robe bleu foncé de la marquise contrastait avec sa peau d'albâtre, rendue encore plus pâle par la peur. Mais elle ne cilla pas quand la femme déguisée en soubrette – et qui tournait le dos à Antonia – pointa son arme sur elle dans un geste menaçant.

— Votre mari s'est révélé difficile à supprimer, dit-elle. Mais quand vous serez morte, je pense qu'il prendra l'affaire un peu plus au sérieux. J'espérais préserver mon anonymat, mais j'ai peur que lord Longhaven ne soit déjà arrivé à certaines conclusions.

Et, haussant les épaules, elle ajouta :

— Peu importe. Quoi qu'il en soit, j'avais décidé de vous tuer.

— Eh bien, allez-y, rétorqua Julianne Hepburn. Je ne vous donnerai pas la satisfaction de vous supplier de m'épargner.

Quoi ? Était-elle folle ? Antonia comprit qu'elle devait intervenir tout de suite. Ce qui ne l'arrangeait pas. Son objectif, c'était Roget. Si elle tuait cette femme, elle perdrait peut-être toutes ses chances de lui mettre la main dessus.

Alice Stewart arma son pistolet, provoquant un déclic qui résonna dans le silence. Au même instant, Antonia poussa la porte d'un coup de pied et lança son poignard.

La lame se ficha entre les omoplates de Mme Stewart. Le coup de feu partit quand même, mais la balle alla se loger dans le plafond. Alice se passa une main dans le dos, comme si elle voulait retirer le poignard, puis elle tituba quelques instants avant de s'écrouler par terre, lâchant du même coup son pistolet.

Antonia, ignorant lady Longhaven qui tremblait de tous ses membres, se précipita pour s'agenouiller devant Alice Stewart.

— Dites-moi qui il est, la pressa-t-elle, mais du sang coulait déjà de sa bouche et son regard fixait le vide. Je veux Roget, ajouta Antonia. Je suis sûre que vous ne lui devez rien. Aucune allégeance. Si vous étiez encore alliés, il vous aurait aidée à tuer Longhaven. Comment s'appelle-t-il ? Quel est son vrai nom ?

Alice Stewart ne répondit pas. Elle venait de mourir.

Antonia proféra quelques jurons bien sentis, en espagnol, que la femme de Michael ne pouvait heureusement pas comprendre. Elle tira sur le poignard pour le retirer du cadavre d'Alice Stewart, l'essuya sur le tablier de son déguisement de soubrette, puis se releva.

— Ça n'a pas marché comme je l'espérais, marmonna-t-elle avec exaspération.

À son crédit, lady Longhaven lui répondit par un croassement étouffé, mais elle ne s'évanouit pas.

Antonia détestait les femmes qui avaient des vapeurs.

25

Comment s'excuser, après une telle débâcle ?

Michael hésitait devant la porte qui communiquait entre leurs chambres. Il se demandait si Julianne n'était pas déjà couchée. Sans doute que si. Elle avait eu une soirée éprouvante.

Il grimaça à cette idée. Pendant qu'il pourchassait une ombre, Julianne s'était retrouvée face à un pistolet pointé sur elle. Et brandi par une femme qui avait déjà tué.

Il n'avait pas été à la hauteur.

Après une dernière hésitation, il tourna la poignée.

Julianne n'était pas couchée. Vêtue de son peignoir, elle se tenait devant la cheminée.

Elle se retourna et lui offrit un pâle sourire.

— Je n'arrive pas à me réchauffer.

— C'est normal, tu viens de traverser une rude épreuve, répondit Michael, refermant la porte derrière lui. (Il était lui aussi en peignoir.) Et tu es probablement épuisée, ajouta-t-il. Préfères-tu que je te laisse ?

— Surtout pas, répliqua-t-elle avec force. Si tu n'étais pas venu, j'aurais été te chercher, et je n'aurais pas hésité à fouiller toute la maison pour te trouver. Je pense qu'il serait bon que nous ayons une petite discussion.

Michael appréciait la façon dont elle lui tenait tête, même si elle ne s'était pas complètement remise de ses émotions. Et il comprenait sa requête.

— D'accord.

— Parfois, il t'arrive de me surprendre en te montrant raisonnable.

Il réussit à sourire.

— J'essaierai d'être plus raisonnable à l'avenir. De quoi veux-tu précisément discuter ?

Julianne croisa les bras.

— J'aimerais saisir le fin mot de l'histoire. Pourquoi cette femme prétendait-elle être Leah ? Quel but poursuivait-elle ? Pourquoi lady Taylor me suivait-elle ? Et Fitzhugh ? Parce que tu avais prévu ce genre d'incident ? Et pourquoi...

Il leva la main pour l'interrompre.

— Je répondrai à toutes tes questions. Mais tu as froid. Si nous parlions de tout cela au lit ?

— Je ne veux pas que tu me séduises pour esquiver mes questions.

Michael faillit protester, mais il avait conscience d'avoir un peu trop recouru à cette tactique par le passé.

— Je voulais simplement te tenir dans mes bras pendant que nous parlons.

Après un silence, elle hocha la tête.

— Oui. J'ai envie que tu me tiennes dans tes bras.

Puisqu'il en avait la permission, Michael lui prit la main pour l'entraîner vers le lit. Elle ne portait qu'une chemise de nuit en dentelle sous son peignoir, mais il ne lui enleva pas. Il tira les couvertures, aida la jeune femme à s'installer dans le lit, puis il s'allongea à son côté et ramena les couvertures sur eux. Elle frissonna quelques instants, avant que son corps ne commence à se détendre.

— Explique-moi pourquoi cette femme voulait ta mort.

Michael estima qu'elle méritait qu'il lui raconte toute l'histoire.

— C'était une Anglaise qui travaillait pour Bonaparte. Je l'ai démasquée. J'ai pensé qu'elle préférerait l'exil à la mort, mais je me suis trompé.

— Je suppose qu'elle s'est servie de Chloé et de moi pour t'atteindre.

Ce fut au tour de Michael de frissonner – rétrospectivement. Il aurait pu perdre Julianne. Et pas seulement ce soir.

— Je vois que tu raisonnes très bien, pour une femme, ironisa-t-il afin de détendre l'atmosphère.

Elle s'esclaffa.

— Qui est Roget ?

Peut-être que si elle n'avait pas niché la tête contre son épaule, Michael aurait trouvé un moyen d'éluder cette question. Les vieilles habitudes étaient difficiles à perdre. Mais il n'avait plus envie d'être évasif.

— Un agent français. Ou plutôt non : un agent au service des Français, car nous le soupçonnons d'être anglais. Cela fait cinq ans que j'essaye de l'attraper.

— Apparemment, c'est aussi le cas de lady Taylor. Je crois que ce fut un gros conflit intérieur, pour elle, de me sauver la vie au détriment de l'information qu'elle espérait récolter.

— En effet. Et je suis heureux qu'elle l'ait résolu dans ce sens. Je pense que dans l'esprit d'Antonia, c'était sa façon de payer la dette qu'elle estimait avoir envers moi. Elle est convaincue que Roget est responsable du massacre de sa famille. Laisser passer une chance de le démasquer tenait du sacrifice pour elle.

Antonia avait sauvé la vie de Julianne. C'était maintenant au tour de Michael d'être son débiteur.

— Vous n'avez vraiment plus aucune chance d'attraper Roget ? demanda Julianne.

Il respirait le délicat parfum de fleur qui s'échappait de sa chevelure, et il résistait à l'envie de la caresser sur tout le corps.

— C'est une sorte de fantôme, dit-il, reprenant l'expression de Lawrence, tout à l'heure, dans le fiacre. Au début, j'ai cru qu'il était l'instigateur des agressions qui me visaient, mais à présent je sais qu'Alice Stewart en était seule responsable. J'ai l'intuition que la bataille est définitivement terminée avec mon vieil ennemi.

— Mais si c'est un Anglais, c'est donc un traître ?

— La guerre change les gens comme tu ne peux pas l'imaginer, chérie. Regarde Antonia. Elle sait maintenant bien mieux se défendre que la plupart des hommes. Pourtant, elle est née au sein d'une famille de l'aristocratie espagnole, et elle a grandi dans un cocon. La tragédie qu'elle a vécue est regrettable, mais elle l'a rendue plus forte. Et c'est vrai pour nous tous, lorsque nous sommes confrontés à l'adversité. Ce qui ne nous détruit pas nous rend plus forts.

Julianne se pressa contre lui.

— Je lui dois la vie, murmura-t-elle.

— Non. *Je* lui dois *ta* vie. Maintenant, si j'ai convenablement répondu à tes questions, nous pourrions peut-être changer de sujet ?

Julianne glissa une main dans l'entrebâillement de son peignoir, pour lui caresser le torse.

— De quoi veux-tu discuter ?

Malgré sa bonne résolution de simplement la serrer dans ses bras, Michael sentit ses veines s'embraser.

— De nous.

— Hmm. Voilà un sujet digne d'intérêt, murmura Julianne, qui continuait ses caresses en direction de son abdomen.

Encore quelques centimètres, et sa main rencontrerait le sexe érigé de Michael.

— Notre mariage n'a pas fonctionné comme je l'avais anticipé, dit-il.

— Peux-tu préciser ?

Michael avait toutes les peines du monde à se concentrer sous ses caresses. Il lui saisit le poignet pour immobiliser sa main.

— Je n'aurais jamais imaginé que je pourrais partager ma vie avec quelqu'un. Dans la forme, oui. Mais alors, le mariage se résumait à une cérémonie à l'église et à quelques papiers signés. Donner mon nom et ma protection à une femme est une chose. Lui accorder mon cœur en est une autre.

Julianne avait-elle bien entendu ? Michael avait-il parlé de lui accorder son cœur ?

Elle avait cru que cette soirée ne pourrait être plus mémorable qu'elle ne l'était déjà, mais elle s'était manifestement trompée. Michael Hepburn ne serait jamais un grand romantique. Mais il n'était plus non plus l'homme réservé et distant qu'elle avait épousé.

— Je ne sais pas ce que c'est que de tomber amoureux, reprit-il avec une évidente sincérité qui devait lui coûter. J'ai aimé des femmes, mais uniquement sur le plan charnel. Avec toi, c'est différent. Et cela, depuis la première nuit. Je te désire, c'est évident, ajouta-t-il avec un sourire, mais j'ai vite compris que ça allait bien au-delà.

— Ça va jusqu'où ? s'enquit Julianne.

Elle prenait le risque de ne pas obtenir de réponse, mais elle avait l'intuition que c'était le bon soir pour poser la question.

— L'autre soir, quand tu étais très en retard à cause de Chloé, j'ai commencé à m'affoler.

Fidèle à sa réputation, le marquis de Longhaven bottait en touche. Mais Julianne refusait de le laisser s'en tirer aussi facilement.

Pas maintenant, alors que cette soirée serait peut-être la plus importante de sa vie.

— Pourquoi t'affolais-tu ? demanda-t-elle.

Libérant sa main, elle fit glisser son peignoir sur ses épaules pour lui embrasser le cou et le torse, avant d'ajouter :

— Tu sais, ce n'est pas si difficile que ça à dire. Je te l'ai bien dit, moi. Et je vais même le répéter. Je t'aime.

— Tu es beaucoup plus idéaliste que moi, répliqua-t-il, avant de brusquement rouler sur elle. Et tu es aussi plus habillée.

Julianne ne lui opposa aucune résistance quand il entreprit de lui ôter sa chemise de nuit, la jetant par terre. Puis il se débarrassa de son peignoir, avant de se rallonger sur elle et de l'embrasser avec un mélange de passion et d'exubérance. Julianne sentit aussitôt le désir lui incendier les veines. Michael ne lui dirait peut-être jamais qu'il l'aimait, mais elle essaierait de s'en accommoder, car elle avait conscience qu'il était déjà allé très loin.

Lorsqu'il ajusta sa position pour la pénétrer, elle écarta d'elle-même les cuisses, impatiente de l'accueillir en elle.

Il joignit leurs deux corps d'une seule poussée.

— Je t'aime, chuchota Michael à son oreille. Je pense que c'est le meilleur moment pour te le dire. Et tu as raison : ce n'est pas si difficile à dire.

Le plaisir de Julianne était décuplé par un intense bonheur. Elle s'agrippa à lui et ils s'étreignirent de plus en plus fort, de plus en plus vite, pour atteindre une commune jouissance.

Quand tout fut consommé, ils ne dirent plus rien. Julianne, repue, contente mais épuisée par cette journée à rebondissements, commençait déjà à s'endormir.

— Aimerais-tu connaître un secret ? lui demanda Michael.

Sa voix la réveilla. Elle lui sourit.

— Dis-moi.

— Avant de te rencontrer, le bonheur était pour moi un concept abstrait.

Ce n'était pas un secret. Michael avait sans doute recouru à beaucoup de ruses dans son métier, il avait probablement contribué à changer le cours de l'histoire grâce à ses talents d'espion, mais cela, il n'avait pas réussi à le cacher à Julianne.

Elle ne le lui dit pas, bien sûr. Elle se contenta de s'endormir, heureuse, dans ses bras.

Épilogue

La température avait fraîchi et le vent faisait tomber les feuilles des arbres de Hyde Park par brassées. Michael se dirigea vers une silhouette solitaire, aisément repérable dans les allées presque désertes. Les promeneurs habituels avaient préféré rester chez eux, pour savourer une tasse de thé bien chaud devant leur cheminée.

Charles avait remonté le col de son manteau.

— Bonjour, milord, lança-t-il.

Michael était nu-tête. Le vent ébouriffait ses cheveux.

— Bonjour, Charles. Merci d'avoir accepté ce rendez-vous inopiné. Nous partons tous demain matin pour le Kent.

— Ah, je comprends l'urgence, alors, ironisa Charles. Mais j'avoue que j'ai du mal à vous imaginer à la campagne. Vous comptez vous y enterrer ?

Il y a encore seulement quelques semaines, Michael ne s'y imaginait pas non plus. Mais, avec Julianne, les perspectives étaient changées.

Cependant, il voulait régler quelques derniers détails avant de partir.

— Bon, dit-il d'une voix la plus neutre possible, êtes-vous disposé à m'annoncer que Lawrence et Roget ne sont qu'une seule et même personne ?

Charles le regarda un moment en silence.

— Si nous marchions ? proposa-t-il finalement. Ça nous réchauffera.

— D'accord, acquiesça Michael qui lui emboîta le pas.

Charles lui jeta un regard en coin.

— Ainsi, vous avez fini par deviner... Notez que j'étais sûr que vous comprendriez tôt ou tard.

Michael trouvait qu'il avait mis beaucoup de temps à comprendre. Mais c'était notamment parce que son propre gouvernement l'avait plusieurs fois lancé sur de fausses pistes. Il n'avait donc résolu l'énigme que tout récemment.

— Pourquoi ? demanda-t-il.

— Il était très utile. Nous devions le protéger. Un agent double est un élément précieux. Nous ne pouvions pas vous laisser l'attraper. Alors... nous vous avons égaré une ou deux fois.

Une ou deux fois ? C'était peu dire.

— Vous auriez pu choisir de me faire confiance et me révéler la vérité.

— Nous n'étions que deux dans la confidence, répondit Charles, sans s'excuser le moins du monde. Moi, et le ministre de la Guerre. Même le Premier ministre n'était pas au courant. Il était vital que Lawrence se sente en sécurité.

— Je l'ai pourchassé à travers toute l'Espagne.

— Oui, et ce faisant, vous nous avez adressé beaucoup d'informations très précieuses.

— Bon sang, Charles, n'essayez pas de justifier les moyens par la fin !

— Je ne justifie jamais rien, et vous le savez bien. En outre, il était assez amusant de le faire travailler avec vous une fois que la guerre était finie.

Sans aucun doute, songea Michael avec ironie.

— Il a convaincu Antonia de vendre sa maison et de le suivre dans les Caraïbes, annonça Charles.

— Si jamais elle découvre…

— Il n'avait aucun lien direct avec le massacre de sa famille. Son seul crime est d'avoir fourni une route sûre aux troupes françaises qui voulaient éviter les lignes anglaises. Mais cela faisait partie de son devoir.

— Croyez-moi, Antonia ne le verrait pas de cet œil.

— Si elle doit l'apprendre un jour, c'est parce qu'il aura décidé de le lui dire. J'ai cru comprendre qu'il était très amoureux de lady Taylor. Et puisqu'elle est d'accord pour le suivre, c'est la preuve que son béguin est partagé. Dès lors, leur histoire ne vous regarde plus.

C'était vrai. Ce qui regardait Michael, c'était Julianne, sa petite nièce et les autres enfants à venir. Antonia avait besoin de soleil et d'aventure. Michael avait désormais une famille.

La vie réservait parfois d'étranges surprises.

— Mais le mieux est encore que vous en discutiez avec lui, reprit Charles. Quant à nous, gardons le contact. Si jamais vous vous ennuyez des paysages bucoliques, de l'air pur et de toutes ces calembredaines, faites-moi signe. Je pourrai vous trouver quelque chose d'intéressant à faire.

Là-dessus, il tourna les talons et rebroussa chemin.

Au même moment, Michael remarqua un homme qui approchait à sa rencontre. Il ne mit pas longtemps à reconnaître l'imposante silhouette, la chevelure brune malmenée par le vent et, bien sûr, la cicatrice au visage.

Michael s'immobilisa et attendit.

— Charles se croit très intelligent, dit-il quand Lawrence le rejoignit.

— Et il l'est, confirma celui-ci.

— Je viens juste de lui annoncer que j'avais compris qui vous étiez, et pourtant il avait déjà organisé notre rencontre.

— Quand je lui ai rapporté notre conversation de l'autre soir à propos de Mme Stewart, il a deviné que vous ne tarderiez plus à tirer la conclusion qui s'imposait. Aussi, dès que vous lui avez demandé une entrevue, il m'a contacté.

— J'ai été manipulé, dit Michael, mais avec Charles, j'ai souvent eu l'impression de l'être.

— Si cela peut vous consoler, ils étaient convaincus que vous finiriez par me démasquer. Ce qui piquait mon orgueil. Mais, à chaque fois que vous brûliez, ils vous ont égaré sur une fausse piste.

— Comment vous êtes-vous retrouvé à travailler pour les Français ?

— Je n'ai pas eu le choix. Mais, quitte à travailler pour eux, je me suis acquitté au mieux des missions qu'ils me confiaient. Et je suis ainsi monté en grade. J'avais besoin de toute leur confiance si je voulais aider les Anglais de manière profitable.

— Et vous y avez réussi. Si Mme Stewart ne s'était pas mis en tête de me faire la peau, je n'en aurais jamais rien su.

— Le destin est toujours plus fort que nos petites manipulations humaines, commenta Lawrence. Mais dites-moi : à quel moment, exactement, avez-vous deviné ?

— Je dirais que votre explication à propos de l'embarquement d'Alice Stewart pour la France ne m'avait pas entièrement convaincu. Même si elle était plausible. Vous semblez avoir un faible pour les femmes dangereuses, comme en témoigne votre relation avec Antonia. Mais, pour être honnête, ce n'est pas à ce moment-là que j'ai compris.

Lawrence le regarda avec curiosité.

— C'est quand vous m'avez dit, dans le fiacre, alors que nous nous rendions chez Alice Stewart, que si Roget avait voulu me tuer, je n'aurais pas pu lui échapper. J'ai eu le sentiment que vous parliez en connaissance de cause.

— J'ai essayé de vous faire comprendre, tout du long, que celui qui cherchait à vous tuer ne pouvait pas être Roget.

— Oui, c'est vrai.

La rivière Serpentine, qui traversait Hyde Park, était aussi grise que le ciel. Des feuilles mortes dérivaient à la surface.

— Je suppose que Charles vous a dit qu'Antonia était d'accord pour me suivre.

— En effet, il me l'a dit. Avez-vous l'intention de la mettre au courant ?

— Je n'ai pas encore décidé. Que feriez-vous à ma place, Longhaven ?

— Pour commencer, je m'assurerais que je suis bien armé. Et le mieux serait de le faire en pleine mer, quand elle ne pourra pas vous échapper. Mais il y a le risque qu'elle vous balance par-dessus bord et que vous finissiez dévoré par les requins. Quoi que vous décidiez, je vous souhaite bonne chance.

Lawrence s'esclaffa.

— C'est un peu ce que je pense.

Michael enfonça les mains dans les poches de son manteau.

— J'ai décidé moi aussi de démissionner.

— Définitivement ? Charles ne vous laissera pas facilement partir. Vous lui êtes précieux.

— Définitivement.

— Alors, c'est par amour, conclut Lawrence. Je ne vois pas d'autre explication.

Michael pensait à Julianne qui attendait son retour, et au sourire avec lequel elle l'accueillerait.

— Oui, ce doit être ça, murmura-t-il, avant de prendre congé de Lawrence et de tourner le dos aux secrets.

Découvrez les prochaines nouveautés
des différentes collections J'ai lu pour elle

AVENTURES
& PASSIONS

Le 21 août

Inédit

Il était une fois - 3 - La princesse au petit pois

Eloisa James

Tarquin, duc de Sconce, sait parfaitement que la fragile et très séduisante Georgiana Lytton ferait une parfaite duchesse. Pourtant, il est irrésistiblement attiré par sa sœur jumelle, la scandaleuse Olivia. Entre son cœur et sa raison, Tarquin parviendra-t-il à choisir ?

Inédit

Les chevaliers des Highlands - 3 - La Vigie

Monica McCarthy

1307, Écosse. Lorsqu'il reçoit l'ordre de s'infiltrer dans le clan du chef qui a assassiné son père, Arthur Campbell est bien décidé à en profiter pour se venger. Mais rapidement ses plans sont bouleversés par une sirène aux cheveux couleur de miel : la fille de son ennemi…

La saga des Montgomery - 4- Un ange de velours

Jude Deveraux

Lorsque Miles Montgomery reçoit, de la part de lord Pagnell, un tapis roulé, il est pour le moins surpris. Quel étrange cadeau ! Il s'approche, déroule le tapis et découvre une ravissante jeune fille nue. Elizabeth est une Chatworth et elle hait les Montgomery. Or Miles n'a que faire des différends entre leurs deux familles et brûle d'envie de la posséder. Lui seul pourra lui offrir ce qu'elle recherche si seulement elle se laisse approcher…

Le 28 août

Inédit *Les séductrices - 1 - L'empreinte de tes lèvres* ☙ **Heather Snow**

Liliana Claremont, jeune intellectuelle et chimiste, ne s'intéresse qu'aux sciences. Pourtant, lorsqu'elle reçoit une invitation pour une garden-party, elle saute sur l'occasion. Voilà le moyen idéal de se rapprocher de Geoffrey Wentworth, comte de Stratford, et de découvrir enfin la vérité sur la mort de son père. Mais Liliana n'avait pas pensé une seule seconde qu'elle pourrait tomber amoureuse...

Inédit *Maîtres et seigneurs - 1 - Le maître de mon cœur* ☙ **Karin Tabke**

1066. L'Angleterre, à feu et à sang, hésite entre Saxons et Normands. Rohan de Luc est un excellent guerrier mais cela ne l'a pas empêché d'être fait prisonnier avec ses compagnons. Il ressort des geôles sarrasines marqué dans sa chair. Désormais au service du roi Guillaume le Conquérant, il a reçu l'ordre de s'emparer du domaine d'Alethorpe. Une tâche qui ne va pas s'avérer des plus faciles. En effet, Isabel, fière et fougueuse Saxonne, dirige seule la seigneurie. Charmé par la jeune femme, Rohan lui propose d'épargner ses gens en échange de son honneur...

L'ange nocturne ☙ **Liz Carlyle**

Le jour, Sidonie Saint-Godard est une jeune veuve respectable. La nuit, elle se métamorphose en séduisant ange noir et hante les lieux de débauches de l'aristocratie. Ses proies : de riches gentlemen qu'elle soulage de leur or pour le reverser à une fondation venant en aide aux jeunes domestiques enceintes. Mais lorsqu'elle s'attaque au marquis de Devellyn, elle va commettre une erreur...

CRÉPUSCULE

Le 28 août

Inédit ***Les Highlanders - 8 - Aux portes du Songe***

Karen Marie Moning

Après avoir enduré des siècles de torture, emprisonné dans la forteresse du terrible Roi Noir, Aedan MacKinnon va enfin découvrir l'amour… au côté de Jane Sillee. Venue d'un siècle futur qui lui est inconnu, Jane lui est envoyée par la douce Reine Blanche, l'ennemie jurée du Roi Noir. Or les amants ne pourront se retrouver qu'en un seul lieu : le royaume du Songe…

Les Highlanders - 1 - La malédiction de l'Elfe Noir

Karen Marie Moning

À la cour de Faërie, la reine Aoibheal, fâchée contre son époux, s'extasie sur le charme d'un mortel du nom de Hawk, qui a le don de séduire toutes les femmes. Aucune ne lui résiste, affirme-t-elle. Pas même elle. Ivre de jalousie, le roi Finnbheara convoque son bouffon, Adam Black, et lui ordonne de trouver une femme d'une beauté parfaite, mais indépendante, qui refusera de se laisser séduire par Hawk. Et c'est ainsi qu'Adrienne de Simone est précipitée du XXe siècle en 1513…

Les Highlanders - 3 - La tentation de l'immortel

Karen Marie Moning

Quand ce soir-là en travaillant au musée Lisa touche une étrange fiole, tout bascule. Transportée dans l'Écosse du XIVe siècle, elle se retrouve face à Circenn Brodie, un guerrier immortel qui a juré de tuer quiconque aurait touché l'objet. Devant une telle beauté, Circenn tiendra-t-il sa promesse ? Un serment qu'il a jadis fait à Adam Black, l'Elfe Noir…

Passion intense

Des romans légers et coquins

Le 21 août

Inédit **_Houston, forces spéciales - 2 - Douce persuasion_ ☙ Maya Banks**

Grâce à la société qu'elle dirige, Serena James donne vie aux moindres fantaisies de ses clients. Mais son propre bonheur à elle, qui s'en charge ? Dans ses rêves les plus fous, elle s'offre à un homme qui a total pouvoir sur son corps. Un homme que pourrait bien incarner Damon Roche, le directeur de *The House*, un club privé où tous les fantasmes deviennent possibles…

Le 28 août

Inédit **_Les liaisons sulfureuses (nouvelles)_**

☙ Lisa Marie Rice

Révélation fatale : Grace est une femme comblée depuis qu'elle a épousé Drake. Dévoué, protecteur, il est aussi un amant d'exception. Or sous le masque se cache un homme particulièrement dangereux…

Secrets privés : Jack a découvert l'amour au côté de Caroline, avec qui il entretient une relation passionnelle. Aussi, quand un fou furieux s'en prend à elle, Jack n'hésite pas à renouer avec son passé dans les forces armées…

PROMESSES

Le 21 août

Inédit *Friday Harbor - 3 - Le phare des sortilèges* ☙ **Lisa Kleypas**

Quand Jason Black, le concepteur génial de jeux vidéo, a annoncé son arrivée à Friday Harbor, Justine savait déjà que son auberge allait accueillir un personnage insolite, réputé pour ses bizarreries. Et en effet ! Végétarien, épris de bouddhisme, d'une discrétion exacerbée, Black ne ressemble pas vraiment au millionnaire-type. Et surtout, Justine devine en lui une facette cachée, sulfureuse, qui la fascine d'emblée. Mais il lui faudrait rompre le sortilège qui, depuis sa naissance, interdit à Justine toute prétention à l'amour et au bonheur...

Le 28 août

Inédit *Une nuit avec mon héros* ☙ **Laura Kaye**

Après cinq années passées dans les Forces Spéciales, Brady Scott s'est mis au vert le temps de faire la paix avec un douloureux passé. Dans un parc, à Washington, il rencontre Joss. Si délicieuse et sexy avec ses mèches roses, ses tatouages et ses piercings. Pourtant si triste avec ses yeux verts, les plus beaux qu'il ait jamais vus, embués de larmes. Attirance et fascination s'emparent de chacun d'eux. S'il ne cherche pas l'amour, Brady ne refuse pas une aventure d'un soir...

10129

Composition
FACOMPO

Achevé d'imprimer en Italie
par GRAFICA VENETA
le 3 juin 2013.

Dépôt légal : juin 2013.
EAN 9782290055083
L21EPSN000832N001

ÉDITIONS J'AI LU
87, quai Panhard-et-Levassor, 75013 Paris

Diffusion France et étranger : Flammarion